LA GARDE DU COCON

DU MÊME AUTEUR :

LA FEMME BUISSONNIÈRE, Jean-Jacques Pauvert, 1971.
LA DERNIÈRE FEMME DE BARBE-BLEUE, Grasset, 1976.
LA MARIE-MARRAINE, Grasset, 1978.
LA GUENON QUI PLEURE, Grasset, 1980.
L'ÉCUREUIL DANS LA ROUE, Grasset, 1981.
LE BOUCHOT, Grasset, 1982.
LE TOURNIS, Grasset, 1984.
JARDINS-LABYRINTHES (avec Georges VIGNAUX), Grasset, 1985.
CAPITAINE DRAGÉE, Grasset-Pauvert, 1986.
LE DIABLE BLANC (Le roman de Calamity Jane), Flamme, 1987.
« Naître ou la coquille fêlée », *Corps Écrit*, 1987, n° 21, P.U.F.

PRIX-DISTINCTIONS :

GRAND PRIX DES LECTRICES DE « ELLE » 1978 pour *La Marie-Marraine*, adapté à l'écran sous le titre *L'Empreinte des Géants* par Robert Enrico.
PRIX DU LIVRE INTER 1982 pour *Le Bouchot*.

SCÉNARIOS ORIGINAUX :

ÊTRE HEUREUX SANS LE BONHEUR, TF1, 1980.
L'AUTOMATE, FR3, 1980.

HORTENSE DUFOUR

LA GARDE
DU COCON

roman

FLAMMARION

© Flammarion, 1987.
ISBN : 2-08-066045-4

« Le fondement de tout bien
et de tout mal est l'amour. »

Spinoza

LE NOTAIRE

Hem! Hem! Ceci est ma bronchite chronique. Comprenez-moi bien : je suis le notaire. Je n'existe pas beaucoup. Je ne me suis en fait jamais regardé dans une glace. Ma vie se passe dans mon bureau et quand je dis « ma vie », j'y inclus l'essentiel de mes émotions. Moi, homme chauve, taché de son, je goûte secrètement des joies coupables car je me réjouis des vilaines histoires de mes clients.

Mes clients me confient plus de secrets qu'à ceux que l'on appelle des amis, système huileux sur les rouages hypocrites des hommes. Mes clients déposent chez moi leurs détestables révélations de façon à protéger cet aspect dérisoire des choses qui, pourtant, mène les êtres : l'argent.

Dans le fond, je me demande si un notaire n'est pas choisi malgré lui pour constituer la garde du cocon de ce pauvre monde.

La garde du cocon... Ou le crachat de l'araignée au moment où elle tisse la toile pour capturer ses proies, conserver ses biens, avouer ses attentes, révéler ses crimes.

Dans mon grand coffre, je détiens : les testaments – nombreux –, les donations – rares –, le nom des pères biologiques, les usufruits, enfin tout ce qui compose la vidange d'une société française où vous trouverez quelques personnages dont l'histoire – les histoires à suivre – constitue la panacée d'une vie notariale.

Ma femme, qui est aussi ma femme de ménage selon le souhait de beaucoup d'hommes, cire avec furie le parquet de la salle d'attente mais n'a jamais pu obtenir, sauf de Maryvonne, épouse de Gaétan, que les clients chaussent les patins. Pourtant, une vingtaine de patins attendent ostensiblement à l'entrée. Ma femme est charentaise, donc soucieuse de ses parquets plus que de beauté ou de poésie. Pendant la guerre, sa mère avait obligé un officier allemand à enfiler les gros chaussons de laine nommés justement « charentaises » et quand il claquait des talons pour dire bonsoir – il était fort poli comme tous les occupants –, cela manquait évidemment d'un peu d'élégance. Mais les parquets restèrent propres jusqu'à la Libération. Libération de quoi et de qui ? Je me le demande encore.

Donc, ma femme écoute aux portes tout ce qui se dit dans mon bureau : les propos quasi insensés sur les séparations de biens, les expropriations, les droits de brouette, les mitoyennetés, les renonciations, les spoliations, les efforts désespérés de bien de parents pour déshériter les brus, les gendres, bref l'engeance bien nommée « pièces rapportées ». Les épouses avides d'usufruits et sans profession posent sans cesse la même question :

– Si je viens à décéder et qu'il en épouse une Autre, est-ce que l'Autre aura la jouissance de... ?

Hem, hem... ceci est ma bronchite chronique.

– Bien sûr, chère madame, bien sûr...

Rien de plus détestable que les femmes; rien de plus avare ou clochard que les hommes...

Je suis le notaire. Tout ce qui va suivre est au fond de mon grand coffre et ne me regarde pas. Mon principal devoir : l'oubli. Ma seule vertu : le silence. Mon unique amusement : la Garde du cocon. Mon compte en banque vient de la mort.

Je suis le notaire. C'est-à-dire le prologue et la conclusion.

ÉVANGÉLINE

A quatorze ans, j'ai eu une très grave dépression nerveuse. Alors maman, une sculptrice célèbre du nom de Laura Pondia, m'a emmenée chez le Dr Simplon, à la clinique des Lilas Bleus, non loin de Sancy, petit village près de la Marne où elle habite. La maison de maman s'appelle la Bugaudière. Ils ont tous à Sancy des maisons avec des noms ridicules. Régulièrement, elles sont inondées au moment des crues. C'est bien fait.

Jusqu'à onze ans, j'appelais maman « maman »... Je l'aimais sans doute puisque je ne la quittais guère, j'admirais ses gestes à la fois doux et virils quand elle taillait un gros bloc sans forme. Régulièrement, elle me faisait un shampooing et me coupait les cheveux au carré. Elle a tellement de goût et d'habileté dans les mains que sa coupe me donnait une tête de page. Mes cheveux vivaient, aériens, brillants, dorés. Des plumes. De la soie.

Je restais un long moment la tête penchée, les yeux clos. Je me laissais faire, vaguement endormie, proche d'un étrange bonheur. Un jour comme celui-là, vers quatorze ans, un jour de shampooing, j'ai demandé à maman :

– Qui est mon père? Tu ne m'as tout de même pas faite toute seule?

– En quelque sorte si, a dit la voix plus sourde, la voix de Laura. J'ai voulu un enfant à moi. Je suis ton père et ta mère. Le reste, j'ai oublié. Ne m'en parle pas, veux-tu?

Les ciseaux se sont fait coutelas. J'ai mal. Je suis divisée; décapitée. J'ai la gorge sèche. Je ne veux plus que cette femme Laura me touche.

Maman est devenue soudain très violente. Elle a jeté brosse et ciseaux. Depuis, une partie de mes cheveux est restée mal taillée. Ils ont poussé n'importe comment, je ne sais plus rien de leur teinte. Leur longueur? Une gerbe glauque que je lave rarement, retenue par un élastique. Hideuse : je suis devenue hideuse. J'ai grossi. Maigri. J'ai eu des boutons, un eczéma sur les avant-bras. Ma vue s'est troublée. Je porte des vilaines lunettes pires que celles de Petit-Louis, le boiteux de l'Institut médico-légal où je travaille.

J'ai longtemps eu des insomnies dans la chambre jaune, au-dessus de l'atelier de Laura. De ma fenêtre, on voit la Marne où douze ans auparavant, Léon Péchon, sociologue très connu, s'est noyé après une obscure histoire au sujet de ses publications. Tout le pays en a parlé d'autant plus que son cadavre a été découvert aux écluses de Sancy, un mois plus tard. Le Groupe était à son enterrement. J'étais très jeune et pourtant, la Marne en entier m'est entrée par le nez. L'eau. J'ai longtemps rêvé du corps de Léon Péchon couvert de cloques. Son cercueil puait.

Je ne veux pas qu'un homme me touche. De l'eau. De l'eau verdâtre aux orteils; je vais me noyer. Le jour des cheveux j'ai eu mes règles. Le liquide infâme était partout. Dès que l'on a ses règles, on peut procréer. Toutefois, je n'ai plus eu de règles pendant les mois qui ont suivi et Laura disait :

– Je t'en prie, accepte de voir le Dr Simplon.

A l'étage en dessous, j'entends Laura tousser en maniant la scie électrique sur le gros bloc translucide. La poussière lui donne de l'asthme. J'entends rire. Orlanda est là. Ou Josefa. Elles sont gentilles avec moi. Elles fument beaucoup, portent des vêtements excentriques, surtout Josefa.

Je les devine meurtries, assez folles. Gérard et Edmond sont les seuls hommes que l'on voit constamment chez Josefa. Des hommes? Allons donc! Elle a raison d'avoir choisi ces deux volailles. Les hommes n'existent pas. Ne me toucheront pas. Ainsi Glaenda, l'amant d'Orlanda, la plaque sans cesse et Gérard lui jette des regards langoureux. Au fond, je les déteste tous. Si j'ai accepté d'entrer aux Lilas Bleus c'est pour les fuir les fuir les fuir...

Au début, je voyais les murs se gondoler. J'ai maigri de onze kilos. Orlanda me soutenait d'un côté, Josefa de l'autre. Tosca, la mouche du coche, fermait la marche. Tosca se mêle de tout, vit dans le pays de revenus douteux, se croit l'amie et la confidente, vole régulièrement de l'argent à maman Laura et convoite son beau collier d'ambre qui ne la quitte jamais.

Tosca est presque naine avec des bottes à talons en faux serpent, une perruque rose. Elle renifle, prétend être de souche noble. Laura a promis de me dire qui était mon père si j'acceptais la cure du Dr Simplon. J'ai dit « oui oui » mais je sais qu'elle ment. Que tout le monde ment. Si ça continue je vais perdre encore onze kilos.

14

A la clinique, à côté de ma chambre, jaune elle aussi, une dame chante tout le temps *Three Blind Mice* : Léontine Chikowski. La mère de Glaenda. Le mari de Léontine, le vieux Milan, se tient très droit et l'emmène dans le parc.

Il l'aime, oui, il l'aime. Il ressemble à un amoureux. Il ne me dégoûte pas.

Léontine a dû être hospitalisée il y a plusieurs années à cause d'un affreux secret au sujet de Glaenda. C'est beau quand il joue *Gnossienne*... J'écoute, muette. C'était au temps où j'appelais Laura « maman ». On allait quelquefois déjeuner à la Tour-de-Gué, nom de la maison d'Orlanda, et Tosca clabaudait en servant le rôti brûlé :

– Ah! chères artistes, chères artistes...

J'avais vaguement la nausée car elle entrait dans un récit affreux où il était question pour elle de ne pas se laver les parties génitales car un vieux type lui donnait beaucoup d'argent à condition « qu'elle soit sale comme un putois ». Glaenda quittait alors violemment la table pour se mettre au piano.

Three Blind Mice... J'en ai assez de la petite chanson obsédante. Sous les drogues, certains soirs, je me vois dédoublée, glissant sur le mur : un affreux petit canard en plastique au cou trop serré d'un cache-col couleur layette.

TOSCA

Heureusement, j'existe. Je suis l'Indispensable. Je me dévoue à tous nos chers artistes. Dans la majorité, des femmes seules. Comme moi. Ma supériorité sur elles : je suis d'origine aristocratique. Seize ou dix-huit quartiers. Mon ex-mari Bernard me haïssait à cause de cela. Il est vrai que je le traitais de sale roturier. Un jour, il a failli me jeter par la portière d'un train. M'assassiner, quoi. J'ai pu divorcer. Je me harnache bizarrement et je dois puer un peu. Vieillard-du-Vice exige que je porte des slips sales.

C'est pour cela, sans doute, que j'aime tant les roses et les glycines de la maison de ma chère romancière, Josefa Lacolère. C'est encore trop d'honneur que je leur fais d'épousseter leur crasse. Il est vrai que, de temps en temps, je plonge une main ornée de bagues à mon chiffre dans leurs sacs à main. Les temps sont durs. J'aimerais tant porter le collier de Laura! Il reprendrait à mon cou toute sa classe. Ces chères artistes sont en fait des salopes et je me réjouis de savoir que sans moi, tout irait définitivement à hue et à dia.

Heureusement, j'ai sur moi la clef de leurs maisons. J'ouvre les portes, chez elles, quand je veux.

16

Comme je veux. Je suis l'Indispensable, la Tourière. Des yeux pour voir, des oreilles pour entendre. Et le numéro de leurs cartes bleues inscrit dans mon calepin recouvert du même lézard que celui de ma ceinture.

ORLANDA

Je suis Orlanda Ravel, à l'origine « Ravello », je suppose. Concertiste, spécialiste de Ravel, justement.

On m'adule, on m'écrit, on m'admire, on vient à mes concerts, on m'écoute. On ne m'entend pas et l'on ne me connaît guère.

Je suis née un piano sous les doigts. La musique me vient de loin. D'une famille italienne (Rome) éparpillée depuis la guerre. La misère, la musique... Impossible d'échapper à ma réalité, impossible d'échapper à un talent qui me harasse. Je cohabite avec un don. Glaenda, Laura Josefa sont prises au même piège.

Je travaille depuis des années sur ce Steinway, noir, brillant, au couvercle sans cesse ouvert. Par moments, il me paraît moins noir. Plus familier. Sensible. Un cheval de race. Frileux, irritable, les flancs doux, les courbes tendres, il me ressemble. Un musicien finit par entrer en osmose charnelle avec son instrument : il n'y a pas deux pianos semblables.

Si j'aime la musique? Question étrange pour une concertiste. Pourtant, tout au fond de moi, une voix lointaine, invisible, s'interroge. Non, non, je n'aime pas la musique, Josefa n'aime pas écrire, Laura n'aime pas sculpter. Luigi, mon grand-père italien, est mort d'avoir affirmé qu'il aimait la musique. A cause de la musique, je n'ai pu sauver Glaenda. Glaenda Chikowski. Glaenda se moquait toujours de moi quand après un concert où nous venions d'exécuter un quatre mains de Brahms, nous vidions quelques verres de Haig dans le Sofitel réservé par notre agent.

Je monologuais, anéantie par cette maladie incurable qui est aussi la sienne : le don. Il haussait les épaules :

– Cela est sans importance. Tu cherches le bonheur. Tu es bien une femme. Je peux t'apporter le trouble, la musique, mais pas le bonheur... Ce que tu nommes calamité n'est pas cette histoire de don... mais mon amour pour toi, faux, fourbe, malade... Tu aimes un malade, Orlanda. Va-t'en pendant qu'il est temps.

Il dormait déjà, tout habillé. Alors doucement, j'enlevais les vernis noirs, la chemise en soie et j'approchais ma bouche de cette peau à peine soulevée par un souffle inégal.

J'ai cherché une maison pour fuir le boulevard Suchet que je partageais avec Glaenda. Pour fuir ses arrivées en pleine nuit, ivre mort, le smoking défait, accompagné de beaux jeunes gens ou de femmes qui allaient jusqu'à me supplier, moi, défaite de chagrin, de jalousie et de fatigue :

– Laissez-moi le déshabiller, le coucher. Orlanda, je vous en prie.

Alors, après l'enregistrement du quatre mains de Brahms, je suis partie. Laura m'avait aidée à trouver la Tour-de-Gué à Sancy. Je rejoignais mes amies. J'essayais de survivre et laissais la clef de la maison à Tosca pour le ménage.

La Tour-de-Gué : qu'est-ce qui m'avait le plus séduite ? Son portail ? Son vieux puits ? La coulée d'eau sous l'arche du pont ? Le cerisier du Japon ? La flétrissure ancienne de l'escalier ou son ancien propriétaire, le vieux M. Steiner qui achève désormais ses jours aux Lilas Bleus ?

Ma mémoire me renvoie des images : les branches sous la fenêtre mal jointe, les traces de pluie sur les tommettes de la chambre et surtout cette petite goutte glacée derrière la nuque, la nuit, les nuits où j'attendais le coup de téléphone de Glaenda. J'ai peur. J'ai eu peur. J'aurai peut-être à nouveau peur. L'enfer d'aimer. De ne pas l'être. Aujourd'hui, de la maison, je m'en souviens moins bien. Une fumée. Une ruine. Un éboulis de plâtras et de chaînes sous la rouille.

Plus désolé qu'une tombe abandonnée, le jardin disparaissait sous les herbes folles, difficiles à identifier. Faux rosiers, églantiers sanglants, campanules à pieds d'horties, chiendents autour des troncs des pommiers sans fruits... Je revenais du jardin vaguement blessée, petites coupures fraîches au bout des doigts qui mettaient longtemps à cicatriser et dont je prenais conscience en voyant le sang sur les touches du piano. Glaenda. J'y pense sans cesse...

L'été, le jardin réservait d'autres pièges : immobiles, les herbes semblaient protéger le sommeil, le repos à l'ombre : à peine avais-je clos les paupières que sourdaient du sol des nuées d'insectes, grosses fourmis rouges, araignées qui descendaient mollement, suspendues dans l'air, au-dessus de mon cœur.

Alors, j'émigrais vers le perron. Le jardin me chassait vers la maison. Une fois la porte fermée, les volets clos, la lampe allumée, les insectes disparaissaient, l'églantier embaumait, l'illusion revenait. Glaenda tu m'aimes tu m'aimes...

J'aimais le puits. Sa chaîne drue, à goût ferrugineux, le long de laquelle des toiles se tissaient, inachevées.

Un jour, je tirai sur le fer et la rouille; je remontai un gros rat mort, heurté d'un tesson de bouteille si violemment qu'il gisait, fracassé, au milieu des pétales odorants.

ORLANDA

J'avais installé mon piano dans la pièce la plus grande ouvrant sur le jardin. Jusqu'à quel point n'avais-je pas acheté la maison à cause du piano? Je suis sûre aujourd'hui d'avoir acheté cette maison, ce piège, en grande partie pour y enfouir la musique tel un pharaon dans un précieux tombeau. La Musique et Glaenda. M'engloutir ainsi du même coup.

La pièce au piano n'est pas très grande. Ou plutôt, le piano y prend une telle place qu'on la juge petite. La fenêtre donne sur la Marne où s'est noyé Léon Péchon. Alors je pense au don pour empêcher cette contraction nerveuse de nouer sa boule d'acier dans ma gorge. Sur scène, il semble que le don se tienne tranquille, monstre soudain maté par les feux de la rampe. Quel monstre a donc poussé Léon Péchon à la mort, glauque, infâme, infecte? En scène, les différents éclairages dessèchent ma gorge, vident mon regard, engourdissent mon corps au profit du don, fulgurant... La musique alors m'embrase. J'oublie qu'en amour rien pour moi ne fut jamais simple. Au début, dans la pièce au piano, il y avait la photo de Glaenda. Du vieux Milan. De Léontine. Je m'étais raconté une histoire. Une famille. Ni le vieux Milan ni Léontine ne viendraient vivre là. Ou simplement me voir. Glaenda est au bord de la folie et les a entraînés dans un étrange désespoir. Alors toutes les photos ont disparu et, avec acharnement, je joue. Je travaille; mon dos se déchire, de la nuque aux reins. Comme Josefa après des heures passées à sa machine à écrire. Je m'étends de tout mon long au pied du piano jusqu'à ce que disparaissent les courbatures. Vu de dessous, le piano est un gros navire renversé.

La douleur persiste, cette fois-ci aux épaules... Mais je me lève, recommence : Ravel. Les partitions de mon grand-père Luigi envahissent le fauteuil crapaud. Au plafond pend un lustre mauve à rosaces, qui diffuse une lumière de cathédrale. Cet éclairage en faisceau oblique n'éclaire que la partition.

Laura est mon amie. Je ne puis beaucoup l'aider. Pendant la dépression de sa fille Évangéline, Laura se repliait davantage et son angoisse accentuait ma propre fragilité. Laura s'épuise dans sa sculpture. Je dis bien s' « épuise » plus que s' « épanouit ». Le don se manifeste en elle à travers la forme, mais non la forme souhaitée, choisie. Laura aimait la pierre, le bronze. Le don a éclaté sous ses doigts dans des blocs de matière plastique : elle cloue, découpe, scie, accentue ainsi sa scoliose et son asthme. Jamais elle n'obtient ce que son imaginaire a rêvé, ébauché : elle a toujours eu envie de construire un grand mobile floral – le mobile Évangéline –, elle n'a obtenu que l'échafaudage absurde et beau d'une araigne : entrecroisement translucide des pattes, des ailes; oui, une araigne avec des ailes; les yeux sont exorbitants, quasi animés. Tels ceux de certaines icônes, ils vous suivent, où que vous alliez dans la pièce. Les pattes arrière de la bestiole atteignent la sveltesse d'une immense libellule et pourtant, tout parle de monstre au milieu de la magie des couleurs et des transparences.

Le dernier chef-d'œuvre de Laura, une araignée à tête de papillon, a bien failli lui coûter la vie. Déjà, une fièvre brutale la faisait grelotter tandis qu'elle taillait, brodait la matière, environnée d'une poussière proche de la silice.

Enfouie dans sa blouse blanche, menue à fendre l'âme, seuls les yeux, les mains conservaient leur divine précision. Tout le reste n'est que toux, souffle de forge, gouttes de sueur, pauvre vaisseau secoué par sa création. Les lèvres desséchées, les cheveux cassants – Laura perd ses cheveux à chaque sculpture –, elle est restée près de dix-neuf nuits sans dormir afin de parachever son œuvre.

Ce mobile se nomme Arégor.

Arégor se détache devant le carreau bleu, traversé des rayons du jour, transformé en prisme tandis qu'Évangéline, assise sur les marches, le regarde avec haine :

– Toujours ces araignées, toujours ces araignées.

Laura ne croit en rien. Pas même en ce don qui fait sourdre de ses doigts les plus étonnantes formes. Elle a eu Évangéline voici dix-neuf ans d'un homme aussitôt plaqué après la conception de l'enfant. N'avoir un enfant qu'à elle. Créer des formes selon son goût. Enceinte, elle se tord de nausées chez le notaire, à Sancy. De sa mère suicidée, elle héritera d'une importante fortune, à condition qu'elle mentionne le nom du père biologique. Laura hausse les épaules. Fait griffonner un nom, un prénom d'homme dont elle a oublié jusqu'au visage. Sa mère la haïssait : cinquante barbituriques après une scène terrible : qui est le père ? le père ? Jamais Laura ne répondra. Riche, elle a pu acheter l'atelier à Montparnasse, les matériaux et s'installer à Sancy, à la Bugaudière où sa mère a râlé près de six heures.

Tandis que l'enfant commence à bouger dans ses eaux, la première araigne se forme sous ses doigts.

Tout cela, je l'ai appris pendant la dépression d'Évangéline. Grâce au Haig. Ivre, une fois de plus, Laura a un peu parlé. Elle se comporte alors très bien, n'élève ni la voix ni le geste; mais son visage se couvre d'une teinte terreuse. Malgré l'alcool, je sentais un étau autour de mon front. J'ai été incapable de travailler ce soir-là. Mon piano s'endeuillait. Moi aussi je voudrais un enfant pour moi seule. Jamais Glaenda ne sera capable de vivre avec une femme. Tout à coup, devant Laura de plus en plus couverte de cette cendre invisible, j'ai éclaté en sanglots. Le corps de la mère de Laura, bleu, livide par endroits; la bière ouverte près du lit, puis qui disparaît au fond du caveau, non loin de celui de Léon Péchon; la dépression d'Évangéline qui avait longuement hoqueté pendant le trajet jusqu'aux Lilas Bleus; le don, pervers, destructeur, insatiable; ma douleur d'aimer, l'absence de Glaenda. Une convulsion noire m'agita en une seconde. Laura hochait la tête et désignait Arégor comme s'il était responsable de tous ces dégâts.

La matière, la forme, Évangéline sont pour Laura un seul et même malheur. Une seule et même gloire. Un seul et même danger. Créatures jamais abouties, selon ce qu'elle affirme. Le malentendu. Laura voulait deux choses : un garçon, et sculpter dans du bronze. Elle a enfanté la Femme, la Transparence et, en amour, elle s'est éprise du mime Korfou, amoureux des hommes.

Laura veut sculpter des têtes, des regards nichés au fond de vastes paupières dures et bombées, des dos, parfaits, sinueux, sensuels, au bas desquels apparaît parfois une fleur maritime. Laura veut créer le mobile Évangéline et sans cesse jaillit sous ses mains l'infernale araignée à tête de papillon et pattes de libellule. Une seule fois, elle a réussi en moins d'un mois un papillon complet, entrecroisé d'éclats aussi beaux que ceux des vitraux, et pourtant, au dernier moment, la patte de libellule a quand même fait son apparition et Laura a pleuré longtemps, la tête dans les mains, la bière à ses pieds (elle mélange le Haig et la bière). D'ailleurs le verre s'est renversé et Tosca a grondé, serpillière à la main.

Laura a été cette frêle jeune femme aux cheveux de paille, presque de l'argent. Évangéline a dérobé à sa mère sa grâce d'enfant. L'adolescence a fait d'elle un capricorne rebelle : Évangéline a quelque chose de plus brun, de plus musculeux dans le corps, elle devient progressivement étrangère à Laura. Le Sud? Son père est-il du Sud? L'ensemble de sa personne est provisoirement détruit par la dépression. Évangéline, une créature entre la libellule et l'araigne de Laura. L'angoisse.

Laura a peur quand Évangéline écrit au charbon sur le mur de sa chambre : « Qui est mon père? » et Laura boit davantage car elle a oublié.

L'opposition d'Évangéline : elle déteste l'alcool, les cheveux blond clair, les femmes trop petites, Sancy-sur-Marne, l'eau qui déborde, les pluies de novembre, le bruit de la toux et la couleur jaune. Qui est Évangéline? Elle poivre les tomates crues, aime le piment baigné d'huile d'olive, le désert, les étés presque brûlés, la mer. Évangéline n'a rien de commun avec la chair de Laura, blanche, rose, le bleu tavelé de bleu encore plus pâle de ses iris. Laura aime la foudre, l'alcool, l'hiver, l'absence d'homme, le silence, les brusques et meurtrières passions. Sa gloire s'est bâtie sur le matériau exécré : la transparence. Laura vénère le bronze, la pierre et Korfou : l'Inexorable. Son collier d'ambre et d'or est le seul aspect véritablement féminin de sa tenue : jeans, bottes molles. Laura travaille surtout la nuit. Le matin, Tosca erre dans l'atelier, remarque le litre vidé, les canettes de bière, Arégor :

– Chère artiste, vous avez encore travaillé à ce bestiau sublime ? Il a quelque chose du blason de mes aïeux et...

Laura ne répond pas, ne la voit pas, mordille son collier d'ambre tandis que l'aspirateur s'allume avec furie. Elle téléphone au Dr Simplon :

– Quand naîtra le mobile Évangéline, nous serons sauvées.

Tosca qui déteste être exclue « de l'âme des chères artistes » attrape le plumeau et en frappe un grand coup sur la tête d'Arégor. Laura est obligée de gronder :

– Tosca, je vous ai dit cent fois de ne pas toucher aux statues.

Alors Tosca se venge : elle dérange l'ordre des petits canards en plastique, premières œuvres de Laura, dans la chambre jaune, la chambre d'Évangéline.

– Venez voir, chère artiste.

Tosca jubile. Évangéline a gravé une autre phrase au charbon au-dessus du rang absurde :

« Mes enfants biologiques. »

C'était peu de temps après la scène des cheveux.

ÉVANGÉLINE

Ainsi je me nomme, ainsi je me vis : l'affreux petit canard en plastique jaune, aux lunettes en fer rond, aux cache-col tricotés point layette. Je l'ai dit au Dr Simplon qui a hoché la tête :
— En effet, très intéressant. Continuez.
Continuer quoi ? Errer en moi-même et autour de moi ? Autour de moi, il y a l'eau infecte de la Marne. La pluie qui écorche les bronches, les noyés charriés jusqu'aux écluses et la toux de Laura dans l'atelier. Il y a Tosca qui montre ses cuisses de grenouille. Tout est aquatique, ici. Tosca qui pue car elle porte des slips ignobles pour avoir de l'argent. Un jour elle m'en a montré un dans une poche en plastique. Je vais vomir, vomir. Autour de moi, il y a la musique qui me ferait sangloter et parfois, la nuit, la visite du mime Korfou; il ressemble à un mort avec ses yeux d'araigne tels ceux que Laura sculpte. Je me vis canard bleu, layette rose bonbon, vert pomme, jaune, jaunâtre. L'univers est cet amalgame hideux autour duquel chacun tisse une vérité plus infâme encore que le mensonge. Je me sens tout entière engluée dans une toile, une succession de petites morts. Tous les murs de ma chambre se gondolent. Ma vulve n'est que ce trou fermé où

personne ne s'enfouira, ma vulve n'est que le début de la toile tissée pour engloutir le monde. Pour l'étouffer. L'étouffer d'enfants.

– Cela suffit, dit le Dr Simplon, je vous verrai demain.

ORLANDA

J'avais vraiment très mal à la tête quand le téléphone a sonné. Je n'entends même plus les sons. Josefa voit-elle les mots qu'elle écrit? Il y a huit ans, venait de décéder ma mère qui m'avait élevée seule. Je comprends dorénavant Josefa quand elle affirme avoir oublié le visage de ses parents enterrés à Sancy-sur-Marne. Le téléphone a sonné au moment où j'essayais de reconstituer en vain le visage de ma mère. Cette étrange impression – la définitive absence – a tout bloqué en moi. Ma mère, si proche, n'était plus que cette lointaine déliquescence. La musique, si proche, m'échappe sans cesse.

Avant de décrocher, j'ai tâtonné vers le petit album de famille entre deux partitions : ma mère. Son visage. « Je ne te reconnais pas », ai-je dit à haute voix.

Une photo de Glaenda s'échappe de l'album. La beauté me frappe de plein fouet. Il est plus beau que la plus belle des femmes et je ne suis pas la plus belle des femmes. Le mystère s'épaissit. Sentiment aigu de ne jamais rien posséder. Glaenda reste à New York jusqu'au printemps. La critique s'enthousiasme : non seulement Glaenda déchire l'âme rien qu'en posant ses mains sur le clavier, mais il est la grâce même.

Pourrai-je désormais décrire Glaenda? M'arrivera-t-il de dire, certaines nuits, à haute voix : « Je ne te reconnais pas » ?

Aucun mot ne me vient pour décrire Glaenda. La Beauté. La déesse Beauté. Dans la rue, non seulement les femmes, mais aussi les hommes se retournent sur lui. Il transforme la torpeur en chambre d'amour et un brusque affolement s'empare de ceux qui le croisent. Il est l'impossible vision de l'être parfait. Il est tout ce qui désespère.

Laura parle ainsi de Korfou et il fut un temps où Glaïeul effarait Josefa.

– En fait, ils n'appartiennent pas à la race humaine, dit Josefa.

La voix de Laura est tellement altérée que j'ai cru à un appel de Josefa. La nuit où Umberto a eu besoin d'une paracentèse. En revenant de l'hôpital, toutes les feuilles de son roman étaient dispersées, mouillées de pluie. La fenêtre s'était ouverte. Dans ce pays, il pleut toujours. Des pétales de glycine s'étaient mêlés à l'encre diluée à cause de l'humidité et certaines pages restaient illisibles alors que Ludovica Mouny, son éditeur, attend le texte pour demain...

Puis Josefa a pleuré, emportée par ses désespoirs plus forts que les cyclones. Je suis restée avec elle. Umberto dormait, enroulé dans la couverture de voyage. On a bu du cognac, fait du café. On a parlé de Glaenda. De Glaïeul. De Korfou. De Laura qui achève sa nuit, hissée sur l'échelle, au flanc de l'araigne. Josefa s'est brusquement endormie, la tête entre les bras. Je suis partie sur la pointe des pieds, veillant à recouvrir les feuilles de son roman, fermer au mieux la fenêtre, éteindre la lumière, remonter le plaid sur Umberto.

J'ai envie de crier : « Un jour j'aurai un enfant! » J'ai envie de serrer Umberto dans mes bras. Très fort. Si je cède, je suis perdue.

Laura souffle dans le téléphone : « Orlanda, viens! » Quand j'entends « Orlanda, viens! » je ressens le même vertige que quand Glaenda se décommande. Le vertige à rebours, le blocage nauséeux entre la cervelle et le cœur, cette gelée molle où tout est bleu, d'un bleu proche des soirs d'orage. Laura est trop malade. Je veux dire : trop névrosée. La dépression d'Évangéline l'a cadenassée encore davantage dans ses obsessions. Son amour pour Korfou me met très mal à l'aise : ce type est homosexuel, quasi fou, méchant. Il paralyse Laura dans une passion détestable d'où elle ressort avec cette voix blanche, exsangue : « Viens, Orlanda, viens. » A moins qu'elle n'ait achevé un autre mobile en forme d'insecte replié. Alors son désespoir atteint le combre. L'asthme. L'horreur de soi-même, la demi-syncope. Heureusement, Évangéline est à Paris depuis un an. Un petit studio, rue Cujas. Elle fait son droit et travaille à mi-temps à l'Institut médico-légal. Elle ne vient plus guère à la Bugaudière. Aussi, l'angoisse de Laura est-elle paroxistique dans la maison vide, habitée d'araignes, de gloire et de mort.

– Je me sens mourir, a-t-elle soufflé dans le téléphone.

Cette nuit, je suis en plein rejet. Tendue d'attente devant le téléphone muet, sourde sourde sourde malgré les heures passées au piano. Cette nuit, je n'aime pas Laura.

ORLANDA

J'ai dû mettre les essuie-glace. Ma veste est laide. A
la campagne, les femmes s'enlaidissent rapidement à
cause des hommes, des hommes mal vêtus, rustres tels
les intellectuels de la Roussille. Léon Péchon aussi se
déguisait en paysan. A la fin, il errait dans le village,
apostrophant tout le monde pour sa pétition contre la
guerre du Vietnam, pour le désarmement. Il avait
essayé une fois de se pendre à la grande poutre de la
salle à manger. La corde était une certaine manière
d'appeler au secours. La femme de Léon Péchon
n'aimait pas la campagne et n'a eu aucun mal à vendre
la Roussille au Groupe dont les membres décidèrent de
s'installer ensemble dans cette grande baraque en face
de la mienne. Ils sont tous dans l'Éducation nationale
excepté Gaétan, lecteur au Palier. Mais pourquoi
suis-je en train de penser au Groupe? Je ne les
fréquente ni ne les aime. Ah oui, à cause de ma tenue :
jeans, bottes, vieux pulls, tout ce que je déteste et
ne porte quasiment jamais. Tout ce que Glaenda
déteste.

– Orlanda, ma fée. Tes robes plus légères que la
mousse de champagne...

Mes robes de concert. Mes robes pour lui plaire. La

nudité mieux que les robes. La nudité rosée, émouvante, chatoyant mieux que la lumière... Cette nuit, je suis laide puisque tu ne m'aimes pas. Cette nuit, nul ne peut savoir si je suis un homme ou une femme. Cet être dissimulé, couvert de larmes, les bottes boueuses... Josefa a toujours refusé avec rage le pantalon usé, la veste asexuée. On la traite de folle tant au Palier qu'au village car elle écrit en tunique de satin et de strass, avec des bottes dorées, ou des talons argent... Gérard lui fait des mèches, des brushings, lui coud des caracos, Edmond recolle les boucles vernies de ses escarpins...

Longs pendentifs, bracelets aux poignets et aux chevilles, jusqu'à quel point la presse utilise son apparence pour mieux vendre – ou d'écrier – ses livres? Glaenda aime le velours frappé, les moirés, la soie. Il apprécie les tenues de Josefa même si elle s'enrhume sans arrêt. Il approuve mes vêtements qu'il nomme tenues de combat.

Fourreaux noirs, chemisier couleur perle, robe en soie laissant une épaule nue, longs pantalons en crêpe, telles sont mes toilettes de scène quand volent mes mains à la rencontre de Ravel.

Sommes-nous des hommes sommes-nous des femmes! Les mains de Glaenda ont la perfection de celles des statues. Le mime Korfou, en scène, a la peau plus fragile que l'aile des papillons...

Laura semble habillée pour la vie : la longue blouse blanche sur laquelle retombe le cheveu paille qui a dû être beau, désormais plus proche de la cendre que de l'argent... A quarante-six ans, Laura en paraît certaines nuits soixante, parfois trente quand elle a achevé l'œuvre... Laura a l'air d'un minuscule moinillon,

34

accablée devant la nouvelle, l'implacable merveille : une grande libellule-araigne a tête de cheval s'élance au-dessus d'elle. Laura se cache la tête entre les mains, assise au pied de sa créature.

Une poussière translucide, dure à respirer, s'éparpille, pique les yeux. Je tousse. Laura porte des lunettes noires. Elle a toujours les yeux rouges. Chagrin ou poussière de plastique, mélange incoercible qui fabrique en elle un tourbillon différent du mien : elle tombe, suffoquée. A chaque œuvre terminée, elle tombe, suffoquée. Elle prétend avoir la vie d'un mineur de fond. La silicose. Ses ongles sont cassés. Ceux de Josefa aussi. Les miens, taillés court, ont la chance de survivre bombés, vernis, porteurs d'une bague en pierres précieuses, cadeau de Glaenda : « Ma fiancée. Tu es ma fiancée, Orlanda. » « L'art est un métier manuel. » Glaenda indispose à cause de la perfection de ses mains. Le mime Korfou fait presque mal à voir avec les fins vaisseaux visibles du poignet aux extrémités des doigts. Nous trimons; bateliers du son, des mots, des gestes, des formes, des couleurs, nous restituons le monde à l'humanité sous sa forme la plus aiguë, au prix de ce bout d'âme et de ces corps cent fois comprimés entre estomac, cœur, ventre...

– Laura.

Je l'appelle. Elle n'est ni morte ni évanouie. Une des lampes transperce le dos d'Arégor. Laura halète, respire mal. Je masse ses épaules, sa colonne vertébrale. Si l'on pouvait ainsi éviter la piqûre de cortisone... Le souffle devient plus régulier. Ses lunettes ont glissé. Elle tourne vers moi de très beaux yeux dont le bleu s'est obscurci jusqu'au gris.

Elle va mieux. Se déplie. Se relève.

– Excuse-moi, Orlanda, dit-elle.

Le visage de ma mère a disparu. Le dos de Glaenda s'éloigne vers nulle part et je hausse les épaules.

– Ne t'inquiète pas. J'étais déprimée. Glaenda n'appelle pas. Ravel, Satie, Brahms, tout se mélange. Rien ne va.

Nous buvons et je contemple Arégor aux pattes dressées, doué d'une force quasi diabolique. Les yeux exorbités sont la réplique de certains calots en verre que j'offre à Umberto.

– Arégor.

Même la transparence bleutée des antennes ne l'assimile pas à un papillon. Les yeux nous suivent, luisent, s'éteignent, captent d'autres lueurs.

– Ces yeux, Laura, ces yeux...

Laura s'est calmée. Elle a remis ses lunettes et considère sa créature, un poing sur la bouche, une perle d'ambre convulsivement étreinte. Va-t-elle vomir? Je l'ai vue dans cet état quand Évangéline tricotait des cache-col pour les petits canards en plastique.

– Quel monstre! Toute mon angoisse y est passée. Il me dégoûte; tout me dégoûte.

Elle tâte son corps sous la blouse ouverte. Elle respire mal, des larmes coulent derrière ses lunettes.

– Ce n'est pas du chagrin, dit-elle; mais la poussière d'Aregor détruit jusqu'à mes yeux.

– Arégor va avoir un très gros succès, Laura.

Je bois, j'ai froid. Glaenda, mon amour, il y a une heure ou deux, j'ai perdu la notion du temps, tu as plaqué le premier accord et derrière la rampe allumée, les yeux du public ont la folie dévoreuse de ceux d'Arégor et toi, mon amour, tu parviens à la misère des grands rois.

– Je vais brûler Arégor, dit lentement Laura. Il croulera dans les flammes avec mes autres mobiles jusqu'à m'asphyxier.

– Ils t'ont déjà asphyxiée.

Je me lève; je titube un peu. Glaenda se tourne dans le lit vide. Il me cherche. Il veut oublier la foule en délire. Encore chaussé d'escarpins vernis, il me cherche.

... Une envie de te rejoindre, bouche contre bouche, me fait trébucher devant la fenêtre ouverte. La nuit est glaciale, mes mains sont brûlantes. Le piano est devenu cette calebasse pleine de cailloux achevant de meurtrir mon crâne et ma gorge où se mélangent jusqu'à m'écœurer le goût du whisky et la poussière de plastique.

– Bonne nuit, Laura.

J'ai parlé doucement, en titubant vers le jardin très noir.

Dormir.

JOSEFA LACOLÈRE

Ma maison se nomme les Glycines. J'en ai hérité à la mort de mes parents, voilà plus de sept ans. Elle est située en dehors du village, face à la Marne. Il me faut traverser Sancy, longer le gros écusson doré de la maison du notaire quand je veux rejoindre mes amies Orlanda et Laura. J'ai peut-être une bonne vie : quand j'en ai assez de mon bourbier d'encre et de mots, je leur téléphone et elles viennent passer un morceau de soirée avec moi.

Dans nos métiers, une faiblesse physique nous est commune : le mal au dos... Aussi, nos verres de Haig à la main, jouons-nous à la tulipe effondrée. Entendez par là : toutes les trois allongées sur le sol, tête contre tête, les pieds posés sur le mur, nous fermons les yeux.

Orlanda pianote inconsciemment, Laura respire plus régulièrement et j'épelle ma grande négation rituelle :

– Je ne crois pas en l'inspiration.

Juste au-dessus de nos pieds, j'ai affiché – ainsi que dans toutes les pièces y compris la cuisine – une lettre de Mozart :

« *Lorsque je m'occupe de transcrire des idées sur le*

papier, je tire de ma mémoire comme d'un sac, si cette comparaison m'est permise, tout ce qui s'y trouve accumulé. Cette opération est facile car tout le travail intellectuel étant, comme je l'ai dit, achevé, elle n'est guère que manuelle et il est en conséquence très rare que mon travail soit autre sur le papier qu'il n'était dans la tête. Peu m'importe d'être dérangé dans cette occupation. Quelque bruit que l'on fasse autour de moi, j'écris toujours, je puis même parler, pourvu cependant que la conversation ne roule que sur des choses banales, par exemple sur la pluie et le beau temps. »

Edmond et Gérard, mes deux amis homosexuels, n'ont rien compris à la lettre de Mozart. Ils trouvent que cela fait « sale » scotché ainsi sur les murs. Tosca l'époussette avec de grands glapissements et une lente fureur m'envahit quand je regarde ces trois clowns que seule ma faiblesse a attirés chez moi. Est-ce encore chez moi quand ils sont là? Ils ont tissé une toile autour de ma peur. Cette dégoûtante peur qui persiste depuis mon divorce avec Glaïeul.

Glaïeul? Edmond et Gérard l'ont ainsi surnommé. Suprême affront, refus d'accepter la virilité. Pour Edmond, tous les hommes sont des pédés. Je ne suis pas loin de le croire quand Gérard me lance son long regard passé au rimmel, le même regard, je me souviens, qu'il jetait à mon ex-mari devenu pernicieusement Glaïeul. Ludovica Mouny, mon éditeur – que ferait Le Palier sans elle? –, hausse les épaules et les appelle mes hommes sans queue.

En fait, ce qu'ils ont voulu posséder plus que mon amitié, c'est ma maison dont aucune porte ne ferme, c'est mon fils Umberto, douce merveille aux yeux de biche. Edmond et Gérard ont d'abord effacé de mon esprit le contour du père : mon « mari », Glaïeul, Glaïeul : ce maigre et perpétuel jeune homme, détruisant lentement ma vie, ruinant ma bourse et ma force d'aimer et dont je ne me souviens plus bien : Glaïeul, Glaïeul, détestable fleur fichée sur les morts, corolle sanglante, creuset sans fond et sans odeur... Glaïeul...

Après son départ en forme de fugue, j'ai longtemps sangloté et donné très officiellement la tutelle de mon fils à Edmond et Gérard ainsi que l'usufruit de mes biens si je venais à décéder.

– Ma chérie, il faut être responsable, chevrote Edmond.

– Évidemment, a fait le notaire, cela, chère madame, n'est qu'un vœu pieux, hem, hem... Il est bien évident qu'en cas de décès, le juge des tutelles...

– Imbécile! a hurlé Mouny dans son bureau, au Palier : la tutelle à deux pédés! Tu ne pouvais pas penser à moi?

Et elle m'a tiré les cheveux car elle brutalise les auteurs en qui elle croit. Elle croit en mon talent depuis le prix littéraire qui a honoré *Le Nénuphar bleu* écrit sous son joug roborotif.

Je dépends entièrement de Mouny. Elle agite mon âme, la secoue en tous sens jusqu'à ce que sourde enfin le texte. Elle me tire les mots de la tête et du ventre :

– Cherche! hurle-t-elle, en tordant mon poignet. Cherche au fond de toi la phrase, le geste, le personnage.

Je cherche. Je trouve. Je me sens vidée, proche de la syncope.

Sans Mouny dont l'ombre redoutable envahit Le Palier et Paris, je ne suis rien : ni publicité, ni télés, ni critiques sur mes livres. Mon image disparaît. Ma

40

littérature s'étiole. Le doute m'envahit. Je ne crois plus en l'inspiration. Mouny me tire une oreille jusqu'à la rendre rouge...

– Je t'interdis la mièvrerie. Je t'interdis le lamentable triomphe amoureux. Je t'interdis la galette sans levain du bonheur qui rend idiot sourd muet et aveugle... Écoute-moi bien, Lacolère, ou je te laisse tomber, je te laisse crever : je t'interdis de te frotter au bonheur avant que tu n'aies achevé ton œuvre. Ta littérature s'épanouit grâce à l'angoisse et au soufre, ne l'oublie pas. Ou alors signe tes contrats chez Harlequin et disparais à jamais de ma vue...

Est-ce parce que je couvais vaguement une grippe tandis que ses mots m'échaudaient vive, est-ce parce que Tosca n'avait pas passé l'aspirateur, est-ce parce que mon tiers provisionnel était écrasant ou parce que Edmond avait sournoisement décollé la lettre de Mozart de la chambre d'Umberto ? Une révolte hors du temps m'a saisie et j'ai tenté de défaire toutes les toiles.

Le surlendemain, à dix heures, j'ai signé un contrat chez le très redoutable Andrexy, rival immédiat du Palier dont Mouny a juré de clouer la peau sur sa porte.

J'ai signé *Dans tes bras,* titre provisoire, sans le dire à Mouny et Andrexy s'est renversé dans le fauteuil club qui l'engloutit en entier.

– Chère Lacolère...

Une très vilaine femme-homme, rouge, cheveux ras, pantalon à gilet, est entrée dans le bureau.

– Mon attachée de presse, a dit Andrexy.

La femme-homme portait sous le bras un exemplaire du *Nénuphar bleu* et son œil fixait mes genoux, puis le haut de mes cuisses.

Elle me quitta brusquement pour décrocher le téléphone dans son bureau : Marie-Joëlle, l'attachée de presse du Palier, est au bout du fil. La femme-homme en est violemment amoureuse. Andrexy se lève, courtois, puis me dit froidement :

– Nous sommes très heureux de vous compter désormais parmi nos auteurs.

JOSEFA

Gérard et Edmond passent ainsi leur weed-end aux Glycines : Gérard brode au point de croix une immense Joconde posée sur un chevalet près de la cheminée, dans la grande salle. Cette Joconde ne bouge pas d'ici et tous les samedis, une grande partie des vacances, Gérard retrouve son ouvrage. Vêtu de cuir, de boots blanches, la tête penchée, méchée, le cou cerclé d'or ainsi que le poignet, Gérard travaille en fumant de longues Stuveysant sur fume-cigarette en nacre offert par Edmond.

Assis derrière la grosse table en chêne qu'il a soigneusement passée à l'huile de lin et au chiffon doux, Edmond, la cinquantaine argentée et bleutée, une boucle en or à l'oreille, chemise et pantalon Cardin, Edmond peint.

... Un Napoléon sur le pont d'Arcole (Edmond est bonapartiste), mais vu d'assez près, son général a exactement pris le visage de Gérard, et, mystère, il tient une colombe sur le poing droit, porte un bonnet phrygien à pompons bleus, et brandit un fouet au-dessus de l'encolure d'un cheval trop maigre, trop long, une sorte de libellule-cheval, une espèce de danseuse-cheval. Bref, un pédé-cheval. Résumons : le cheval, c'est Edmond.

– Très intéressant, a jugé le Dr Simplon invité une fois aux Glycines avec quelques personnalités de la région. Très très intéressant...

J'en ai parfois assez d'Edmond et Gérard comme du tabac, de l'alcool, du chagrin, de Mouny, de la femme-homme qui appelle avec autorité : « Il faut que je vous voie. » Mes vides. Être sans sexe, preuve éclatante de mon impuissance particulière... Je suis prisonnière d'un système de garde très au point où Tosca a aussi son rôle de géôlière :

– Chère artiste, que deviendriez-vous sans moi ?

Edmond et Gérard critiquent sans cesse la lettre de Mozart qu'ils n'ont même pas lue.

Pourtant je m'efforce de ne pas écouter les radotages d'Edmond : « Ma chérie, que tu es mauvaise ménagère ! » « Ma chérie, quand est-ce que tu comprendras qu'il faut balayer d'abord, faire sa poussière ensuite ? » « Ma chérie, tu ne sais donc pas qu'il faut humecter d'eau ammoniaquée les coudes usagés d'une chemise avant le repassage ? » « Un peu d'anti-jaune sur tes rideaux ne leur ferait pas de mal. »

Gérard pique à la machine mes ourlets défaits, ravaude – je déteste le mot mais il convient à ce genre de rapports –, ravaude, donc, les manches de pull d'Umberto. Bien entendu, il essaient de ravauder mes blessures intimes, mon divorce et mes démêlés avec Mouny et Le Palier.

– Ma chérie, il faut savoir mettre de l'eau dans son vin.

Il est sans doute trop tard pour rompre cette familiarité outrancière confondue à tort avec des grands sentiments. Je n'ai plus de vie propre. J'en ai fini avec l'amour. Seuls Umberto et mon œuvre comptent. Hemingway Hemingway et son fusil contre la tempe la tête qui explose Hemingway s'il n'y avait pas Umberto, le geste de Hemingway la propreté du geste quand tout a été dit et...

– Ma chérie, tu as encore oublié de cirer les chaussures d'Umberto et de passer le balai O'Cédar dans sa chambre.

Le corps de Léon Péchon aux écluses de Sancy tandis que le Groupe cire avec furie sa maison rachetée une bouchée de pain.

– Couche! hurle Mouny rue Rabelais. Mais couche, bon Dieu! espèce de sotte provinciale, tu vas anéantir ton œuvre si tu continues; débrouille-toi. Mets les attachées de presse dans ton lit. Toutes des gouines. Des folles et des gouines. Couche, bon Dieu...

Dans tes bras avance à grands pas : je cours vers mon vertige. Mouny va entrer dans une fureur meurtrière. Couper mes vivres, lancer mes contrats par-dessus son bureau et une grande claque au passage.

– Imbécile! Traîtresse! Milady de Winter!

La vie d'un écrivain passe beaucoup par la peur.

... Ce dimanche-là, Edmond cuisait un brochet beurre blanc selon la recette de sa grand-mère Titine. Pas un seul dimanche sans que sa voix chevrote :

– Ah! quelle femme d'intérieur que ma grand-mère Titine!

Alors j'ai craqué, oui, car il a exigé de fermer les volets selon la coutume d'Angers : « Les voisins n'ont pas besoin de savoir ce que l'on mange » et d'un coup de poing j'ai rouvert toutes grandes les fenêtres.

Si vous aviez entendu ce bruit d'enfer! je claquais tous les volets, les chambranles, je criais : « Allez au diable! » Le pis, c'est qu'Edmond et Gérard sont accompagnés de Marie-Astrid, leur affreux teckel, et Beau-Pitout, leur ménate qui siffle « Pompidou » et

45

« Gérard », à longueur de journée, d'une vilaine voix d'ordinateur.

La tête hirsute, les yeux exorbités à cause du bruit, il glapissait, sifflait, donnait du bec à mon passage. Alors j'ai attrapé la bouteille de vin blanc, avalé une rasade, renversé le reste dans le brochet, éteint le four, poussé du pied le chevalet. Le ménate s'est mis à hurler ; j'ai conclu :

– Fichez-moi le camp.

C'était plus terrible qu'une scène de ménage. Un trésor d'imagination morbide dans les insultes. Je me colletais avec deux faux maris – « hem, hem, dirait le notaire, madame, il faut savoir être prudent avec ses testaments. »

– Fichez-moi le camp.

Ils sont partis, en effet. Umberto pleurait. Les bêtes glapissaient, confondues avec leurs insultes. Après leur départ, j'ai tout vomi dans l'évier où surnageaient des bocaux de confitures cuites le matin même par Gérard.

Au plafond du couloir, quand j'ai rejoint la pièce à écrire – Hemingway, le geste d'Hemingway –, une araignée tissait à toute vitesse un grand bout de toile qui effleura mes cheveux.

LE MIME KORFOU
OU LA GARDE DU COCON

La salle est plongée dans l'obscurité. Une musique venue de l'Inde, parfaite, auréolée d'une voix de femme, engourdit les spectateurs.

Noir beige marron bleu turquoise violet violine.

La Cage est taillée, sculptée par Laura Pondia.

La Cage a coûté très cher au théâtre et beaucoup de spectateurs viennent aussi pour cet étrange objet signé d'un grand sculpteur – le public dit « sculpteur » et non « sculptrice » pour ne pas minimiser l'œuvre d'art selon les échos de la critique. La Cage : un vaisseau spatial, une bulle d'enfer, un nénuphar géant, une tête ou plutôt un œil...

Le projecteur transperce la matière plastique taillée en biseaux, emboîtés les uns aux autres. La lumière se fait aurore boréale, crépuscule, aube, chaudière, flamme, tourbillon, air – si l'air était capable d'atteindre cette opacité.

Pourtant, quelque chose de très lourd, de très oppressant se glisse en même temps que le faisceau, abolissant tout à coup la Cage.

Le mime Korfou est là. Noir, beige marron avec un visage de plâtre blanc. Son numéro, devenu très célèbre, se nomme la Garde du cocon.

Il mime l'araignée tissant sa toile. Il est « la » Garde.

La salive, oui, la salive est noire. C'est un numéro de salive et pourtant non répugnant : la force de l'art.

La Cage est l'ensemble du monde. Ou de l'univers – l'univers restreignant le monde.

Le mime est le Visible et l'Invisible.

L'oxygène et le gaz carbonique.

La Folie et la Raison.

L'Homme et la Femme.

Le mime Korfou est l'auteur de la toile qui va se tisser dans un tournis de gestes. Une grâce mortelle jusqu'à ce que disparaisse la Cage (le Monde) et que s'agite l'homme-araignée éclatant de possession, entouré de fils, de dentelles, d'un faisceau si compliqué que souvent, le spectateur moins averti croit qu'il est lui-même – le mime – l'insecte dévoré et la Cage l'araignée...

Ainsi va la Garde du cocon : le dévoré devient le dévorant. La seule angoisse véritable de l'artiste vient de sa lucidité, d'où son asthme, ses migraines, ses amours de dément, son obscurité initiatique.

Après la lente cérémonie des fils, proche d'une sorte de vomissement qui secoue Laura quand elle tisse les formes, il y a l'engloutissement.

A la fin du numéro qui dure exactement quarante-cinq minutes, temps réel du tissage d'une toile, la voix indienne devient tout à coup tonitruante, européenne, un mélange d'anglais, d'espagnol, d'impératifs alle-mands, de balbutiements d'amour en italien, de brèves formules logiques en français.

Les applaudissements éclatent. Tel un bûcher sous le corps du supplicié. Il ne reste d'évident que la Cage. La Cendre. La Mort.

Le mime recroquevillé a disparu pour réapparaître, pantelant. Tandis que la lumière défait la toile, il se redresse : pattes, antennes. Il redevient Homme et uniquement Homme. Le sexe est visible dans le maillot sans pli. Les homosexuels hurlent : « Korfou! Korfou! » Il se retire dans l'ombre.

La cage est vide. Guérite sous la lumière brutalement revenue. La signature Laura Pondia entraîne un autre délire. La foule crie : « la cage! la cage! » comme s'il s'agissait d'un être. « Il s'agit d'un être, a expliqué Laura aux directeurs du théâtre. Un être permanent, lancinant, le seul accompagnateur de toute une vie, voire même de toute une éternité. » Les organisateurs n'ont pas bien compris ce langage mais comme Laura Pondia est très célèbre, ils ont acheté la Cage. Ainsi le numéro du mime Korfou est-il international.

La lumière revenue est violette. Lumière qui éclaire les doigts des grands pianistes ou celles, tachées d'encre, de Josefa Lacolère.

Le Monde sans la Garde du cocon est bleu. Violet. Vide. Il est enfin le Feu.

Et quand on dit : à refaire, cela signifie que tout est à reposséder.

TOSCA

C'est le jour de ma pension. Ma pension mensuelle :
mon père, un Russe blanc, touchait, lui aussi, une
pension mensuelle. Oui, oui, ma grande classe m'in-
terdit de me commettre avec n'importe qui... Entendez
par là que ma pension est gagnée de manière originale.
Le Vieillard qui me la verse est d'un très haut niveau
social. Ainsi, le 15 de chaque mois, je monte à la villa
des Rendez-Vous, derrière le chemin de halage qui suit
un des plus beaux coudes de la Marne. Je porte, alors,
ma robe de cuir rouge assortie aux boucles d'oreilles et
aux bas résillés, mes chaussures en peau de serpent,
mon sac identique où j'ai glissé un petit mouchoir
arrosé de parfum muguet synthétique, parfum élégant,
discret. Hélas! Pourquoi les femmes de la bonne
société ne se parfument-elles plus au muguet synthétique? Je monte ainsi dans ma petite voiture-œuf à la
villa des Rendez-Vous, endroit très distingué où se
rejoignent des couples huppés, exigeant la plus grande
discrétion.

Il n'y a là que P.-D.G., nobles authentiques, méde-
cins, avocats et directeurs de grandes surfaces... Une
femme de chambre tuyautée de blanc, vêtue de noir,
m'introduit au salon coquelicot où attend Vieillard.

50

Après l'opération pension mensuelle, j'irai chez Josefa. Elle a un secret que je suis en train de percer. J'adore les secrets de nos chères artistes, de nos chères salopes. Que feraient-elles sans moi? Je fréquente l'intelligentsia car j'en suis digne, mais les chères artistes ne seraient certes pas reçues à la maison des Rendez-Vous...

Vieillard est chauve, moite, en pyjama ponceau et me paie en liquide. Je dois l'appeler « Maître » pendant toute l'opération pension mensuelle.

Voici notre rituel : Vieillard, qui connaît mes origines nobles (mon père était un aristocrate balte), Vieillard me baise la main :

– Comment allez-vous, ma chère?

Je laisse tomber sur le fauteuil coquelicot mon sac à main, mes gants, mon chapeau, ce qui dévie légèrement l'ordre de ma perruque rosée.

– Et vous, cher ami, cette santé?

Dès que je prononce le mot « santé », Vieillard-du-Vice disparaît dans la salle de bains puis en ressort avec son manteau de très grande coupe et un fouet à chiens :

– En voiture, Mirza.

A partir de ce moment, je suis Mirza...

... Engouffrés dans la voiture-œuf, nous roulons en silence au bord de la Marne, derrière la propriété nommée la Roussille, non loin d'ailleurs des Glycines.

Pourquoi cet endroit? A cause de la fosse à purin creusée et entretenue par les propriétaires de la Roussille qui ont grand souci d'écologie, donc de fumier.

Vieillard-du-Vice glapit :

– Descends, Mirza.

Nul ne peut voir la fosse à purin, dissimulée derrière le rucher et les pommiers de la Roussille. J'enlève alors mon petit cuir sur un rythme de be-bop tandis que Vieillard-du-Vice enserre ma taille d'une grosse corde.

Je ne porte qu'un corset en matière synthétique rouge violent et un slip en forme de filet entre mes fesses.

– Vas-y, Mirza !

La voix de Vieillard-du-Vice est rauque : il a ouvert la braguette de son pyjama ponceau et agite un sexe mou, une liasse de billets entre ses dents.

– Saute, Mirza !

Le paquet de billets est trop gros. La fosse à purin remplie à ras bord des précieux excréments.

Tenue solidement par Vieillard-du-Vice de plus en plus transfiguré, je saute dans cette flaque presque chaude, suffocante, couleur d'or roussi, et je cours, je fais des sauts de biche, le grand écart même. Vieillard est fou de danse classique.

– Danse, Mirza, danse. Tu es toute petite, petite chienne-à-son-papa. Danse, Mirza. Tu es belle comme un putois.

Basculé en arrière, la corde à bout de bras, le fouet entre les dents, les billets de banque éparpillés à ses pieds, Vieillard-du-Vice a éjaculé.

Par tous les temps, je suis Mirza-au-purin.

Vieillard-du-Vice se jette alors à quatre pattes et se met à japper tandis que sortie de la fosse glorieuse, je saisis le fouet. Tout ceci exige psychologie et doigté.

Je fouette, fouette, fouette Vieillard-du-Vice tandis qu'il lèche mon corps enduit de l'infecte sanie avec des jappements de bonheur. Je cingle l'Immonde en l'agonissant d'injures effroyables comme seules les authentiques aristocrates savent en formuler.

Je mets plus d'une heure à m'éponger avec des kleenex parfumés au citron tandis que, redevenu très mondain, Vieillard-du-Vice me demande des nouvelles de nos chères artistes.

J'ai un bref orgasme car je l'ai fouetté au sang. Furtive, très grande dame, je rejoins alors ma voiture-œuf et lâche un pet avant de démarrer en direction des Glycines.

JOSEFA

Le lendemain de ma dispute avec Edmond et Gérard, Tosca n'en finissait pas de faire hurler l'aspirateur quand le téléphone a sonné.

Pourtant, elle tendait l'oreille, on eût dit qu'elle voulait capter le Secret en entier. Haussée sur ses bottillons en faux serpent, perruque rose, boucles d'oreilles en plastique, son œil devenait progressivement fixe. Elle semblait se hisser sur la pointe des pieds pour mieux entendre, la jarretelle visible enfoncée dans la cuisse où tremble la vergeture. Elle tendait au-dessus de ce plâtras le buste parfait de la naine, vêtu malgré l'hiver d'un tee-shirt en dentelle acrylique d'où surgissent les bras en nageoires de phoque rejoignant le cou entouré d'un ruban piqué de strass, orange. L'œil de Tosca devenait de plus en plus fixe.

Elle a deviné, pensai-je rapidement, elle est un monstre d'abjection et de bêtise, pourtant, elle devine, elle voit à travers les murailles, le Secret d'Amour, le secret des autres...

Tout son être s'immobilisa tandis que je balbutiais au téléphone, le dos presque courbé comme sous une averse soudaine :

— Non, Antoine, je ne peux pas aller à votre fête...

C'est gentil de vouloir honorer ainsi la sortie du *Nénuphar bleu* mais...

J'ai failli hurler : « Mais je vous aime et j'en crèverai si vous ne m'aimez pas! »

L'immonde présence de Tosca, de plus en plus immobile, l'œil presque vitreux ainsi celui de l'araignée du couloir, me paralyse.

Elle s'est mise à chantonner. L'aspirateur, tournant à fond, avale sans cesse le même mouton. Elle a entamé une sorte de danse de derviche, elle tourne autour de moi, plumeau en main, et je m'aperçois que j'ai envie de l'écraser comme un insecte.

Son regard salit tout. Le secret couvert d'immondices... Déjà pour déjouer Edmond et Gérard, quel tour de force! Mais elle, elle, cette ordure femelle, comment faire? Comment résister à la malignité de ses instincts souvent justes?

Je me mets à la machine à écrire et tape une page entière du même prénom : Antoine. C'est cela l'inspiration : le rythme dévastateur d'un prénom.

MOUNY

Je bois. Je vois.

Rue Saint-Sabin habite Antoine, notre principal conseiller littéraire. J'ai parfaitement deviné qu'il est fou de Josefa et que cette gourde le lui rend bien. J'ai parfaitement compris que l'orgueil les tient à distance. Autant que je sache, Lacolère a signé un livre chez Andrexy. Je bois, je vois. Je les vois tous, alors je bois ; et quand une contraction nerveuse et salée proche des sanglots noue ma gorge, j'urine longuement.

L'appartement est grand, encombré de livres qu'il ne repousse même pas quand il fait une fête : la paella, les bouteilles de vin, une grande carte d'Espagne sur les murs, des cartes postales d'Italie, pêle-mêle des photos de Marie-Joëlle en maillot de bain du temps où elle couchait avec lui. Des dictionnaires, des manuscrits, rien n'arrive à dissimuler vraiment *Le Nénuphar bleu,* posé quasi pieusement au chevet du lit bas, tout encombré de nos manteaux sur lesquels Marie-Joëlle, déjà en train de ramper vers Gaétan, susurre :

– Je couche avec tout le monde même avec mon mari.

Antoine ne l'avait pas invitée mais Gaétan l'a emmenée quand même et j'assiste à ceci : Antoine donne un grand coup de pied dans toutes les photos d'elle aux Baléares, en maillot de bain. Ses formes extra-plates, ses mèches à la mode ont séduit Gaétan-le-Fat ainsi que la femme-homme chez Andrexy.

Antoine la saisit alors par le bras et la jette violemment hors de chez lui. Gaétan-le-Fat a un petit rire et la lâcheté de ne pas la suivre.

Je bois, je vois.

Je vois la couverture du *Nénuphar bleu* qui paraît cette année à Rome. La couverture représente *La Femme au perroquet* de Courbet.

« Comme vous voudrez », a dit Josefa quand il lui a proposé l'idée de la maquette.

Alors j'ai vu, vu passer entre ces deux êtres l'éclat des sulfures, une flamboyance d'amour telle que personne n'a parlé pendant plusieurs minutes.

Ils se sont aimés d'un seul regard et le jour même Antoine rompait avec Marie-Joëlle qui couchait déjà avec Gaétan.

Rien de pire que l'imposture de l'Amour pour détruire nos écrivains. Mieux vaut l'alcool.

Rue Saint-Sabin, Marie-Joëlle avait quand même fait son entrée, moulée de cuir noir, et Gaétan s'est rengorgé bien que la soirée devînt rapidement violente : les éclats de voix sur le tas de manteaux, la photo déchirée en morceaux, j'ai bien cru qu'Antoine allait jeter dans l'escalier, en plus de Marie-Joëlle, Gaétan-le-Fat qui faisait des petits « ho ho » de pacification.

Je bois. Je vois.

Quel gâchis, Lacolère!

La femme-homme m'a tout raconté : le contrat chez Andrexy, le projet *Dans tes bras*. La femme-homme roulait des gros yeux d'insecte avide quand Marie-Joëlle entrait dans mon bureau déposer le double des contrats de Josefa.

Marie-Joëlle a croisé ses jambes de soie noire et la femme-homme a eu une prunelle presque blanche, une quasi-syncope, et Marie-Joëlle lui a dit :

— A bientôt ma chérie.

Je bois, je vois.

Je vois le flottement de Gaétan quand, sciemment, j'évoque Léon Péchon et son manuscrit refusé, il y a des années. Je fixe intensément Gaétan. Pourquoi Léon s'est-il suicidé ? Alors Gaétan tourne la tête, car même si j'ai bu, il sait que j'ai vu.

J'ai envie de pisser sur leurs manteaux. Antoine s'est assis un moment près de moi :

— Mouny, dit-il en me tendant un verre, goûte à ce vin d'Espagne...

— Tu l'épouseras un jour, ton andouille de nénuphar, dis-je, avant de sombrer dans un brutal sommeil au fond duquel j'entends toutes leurs sales rumeurs.

LAURA

Je regarde ma créature. Arégor. Je regarde ma fille. Évangéline. Suis-je au bord de la folie? Suis-je au bord de mon propre gouffre? L'araigne suit tous mes gestes dans l'atelier : elle est vivante. La création est vivante. Le don procède de deux frénésies : séduire et s'isoler. Contradiction quasi mortelle. J'ai voulu m'offrir un enfant. C'est-à-dire donner le change, me raconter une histoire : être une femme banale. Dévier le don. Dévier la solitude : en fait, je n'aime que ma solitude.

Le père d'Évangéline est Manuello dont Antoine est le demi-frère. Manuello. Fou de peinture, de tableaux. Je l'ai aimé un mois, seulement un mois. Il y a vingt ans. L'araigne (Arégor) était en fait le seul et constant fœtus que je portais en moi. Manuello, beau, italien. Manuello, j'ai cru que tu allais me sauver du don. Il y a vingt ans.

... Désormais, il n'y a de place que pour ces blocs que je cisèle au prix de ma vie. Korfou fixe sur moi son regard semblable à celui d'Arégor. J'ai sculpté Arégor, hantée par Korfou. Le mannequin, le cadavre, l'assassin : Korfou. Ma passion, mon échec, mon forfait : Korfou.

Arégor : bloc multicolore traversé par les rayons du jour. Beauté des formes, des ailes, des prismes, carnage de moi-même au prix de la Beauté et encore de la Beauté... Le père d'Évangéline était beau et pourtant il ne reste que cendres. Jamais il n'a cherché à me revoir. Moi non plus. L'amour parti au moment où l'enfant se fixait.

— L'enfant que j'aurai sera de la femme aimée...

Tout est détruit. Mes cheveux tombent. L'asthme défait mes poumons, mes yeux se sont cernés de rouge tels ceux des lapins albinos, mon corps si maigre, si léger ne pèse guère sur l'escabeau qui mène au bloc à tailler... Korfou me trompe avec les hommes. Korfou a envoûté le pire de moi-même. Jamais je ne dirai à Évangéline le nom de son père. J'ai oublié. Je veux oublier. « Tout dépend aussi de vous », a dit le Dr Simplon, voilà cinq ans. Non, non, je ne dirai rien. D'ailleurs, elle va beaucoup mieux, Évangéline, depuis cinq ans : indépendante, elle fait son droit, gagne sa vie, le Dr Simplon a l'air content de ne plus la revoir.

C'est faux, c'est faux. Elle va très mal : la chevelure ternie, nattée ainsi qu'une vieille fille, les robes affreuses ou les jeans unisexe, la maigreur, la toux elle aussi, le tabac écorchant son souffle, l'obsession, l'obsession – « Qui est mon père ? » Arégor, ton père est Arégor, que dis-je, ton père est le don, tu viens toi aussi du don et...

J'erre dans l'atelier. La Marne commence à monter. Plumeau en main, Tosca m'a étourdie de ses bavardages. Elle s'amuse à tirer les araignées des toiles et à les jeter vivantes dans le feu. Je n'écoute pas ; l'autre jour, j'ai bien vu qu'elle dérobait de l'argent dans mon porte-monnaie : « Ah ! chère artiste, chère artiste ! »

Korfou n'appelle pas. Mon directeur de galerie a fait photographier Arégor : « Un succès, chère artiste, un succès! »

Un long fil d'argent pend du plafond. Que de nausées quand j'attendais Évangéline! J'ai mal d'Évangéline, mal pour Évangéline. Arégor est la preuve forcenée de cette particulière impuissance. La gloire de la nuit, la gloire, obscure, obscure gloire... Je tousse, je tousse. Cette maison est très humide, pourtant je n'arrive pas à la quitter. Elle enchante mon esprit de douleur et le rend créateur. Elle enchante ma main qui va qui vient sur le plastique. Sommes-nous au fond de nos tanières des sortes de monstres? Josefa a écrit *Le Nénuphar bleu* pendant que l'eau envahissait sa cuisine. Le salpêtre, le toit mal recouvert, les volets qui claquent, le jardin qui a l'air de se tordre les soirs de grand vent... Orlanda travaille jusqu'à sept heures du matin dans la pièce au piano pendant que cinglent la pluie et hululent les chouettes.

Sancy-sur-Marne : la geôle de nos folies.

Une mouche bleue, lourde, tourne autour d'Arégor. Assise sur l'escabeau, bière à la main, je la regarde. Mouche bleue. Du bleu du ciel. Du bleu de l'air quand l'air arrive dans les poumons libérés.

J'ai allumé une cigarette. Clou brûlant dans la poitrine. Arégor est cette partie de moi-même que je contemple, affaiblie. Le don est la ponction à fond perdu. Comme la maternité. La passion reste un forfait : Korfou. Le suicide? Mais même le suicide, chez une femme, n'est pas pris au sérieux.

Je dors. La tête sur la poitrine. Le châle mexicain sur les épaules. Je dors. Arégor veille, l'œil en prisme, sur lequel se promène la mouche.

« Un succès, chère artiste, un succès! »

LE DR SIMPLON

Léontine Chikowski est vraiment le cas le plus étrange qu'il m'ait été donné d'observer. Inguérissable, elle est aux Lilas Bleus pour des années, contrairement à Évangéline qui a quitté mon service voilà cinq ans. Je ne dis pas qu'Évangéline soit guérie! Personne ne guérit jamais, mais à dix-neuf ans, elle assume à peu près son existence loin de Sancy, loin de sa mère... Évangéline s'exprimait avec incohérence, obsession, tandis que Léontine, lors de notre entretien hebdomadaire, a l'air d'une personne tout à fait logique et claire — juste le temps de chanter à nouveau et pendant des heures *Three Blind Mice*.

Depuis maintenant dix-sept années, Léontine Chikowski répète inlassablement dans mon bureau :

— Docteur Simplon, voici ce qui m'a rendue folle, car je sais que je suis folle. J'adore mon fils Glaenda et je subis le joug de mon époux Milan qui n'est pas le père de Glaenda. Milan m'a idolâtrée et je ne puis l'aimer comme il l'a souhaité. C'est pour cela que Milan boit et qu'il entre en fureur quand mon fils, âgé de onze ans, se tient réfugié dans mes bras. Milan devient violent devant nos baisers échangés dans le couloir, toutes lumières éteintes. Comme des amoureux! comme des amoureux!

Puis il y a eu ce don extraordinaire pour la musique et Milan s'est mis à bougonner avec mépris que le piano n'est pas une voie virile.

Quand mon fils a eu quatorze ans, il est tombé dans un guet-apens : il a été violenté par un homosexuel.

Au bout de la rue où nous habitions, il y avait une boîte de nuit, l'Araigne, non loin de la forge où travaillait Milan.

Glaenda passait chaque jour devant l'Araigne avec ses rouleaux à musique et l'assassin le guettait.

Il s'est jeté sur la grâce, sur l'innocence, et de ce jour mon fils Glaenda est mort, en partie mort. Mort...

Depuis il est devenu célèbre mais son âme est morte, morte comme les trois souris aveugles sous le couteau de l'ivrogne. Alors moi, qui regardais au carreau, ravie, mon fils adoré déambuler dans la rue, j'ai compris, compris, quand la porte s'est ouverte et brusquement refermée sur mon enfant plus beau que le ciel en entier. Je suis devenue folle derrière cette vitre, monsieur, j'ai hurlé et chanté *Three Blind Mice*! J'ai étouffé, arraché les rideaux, coupé mes mains à la vitre. Puis dix-sept ans ont passé, je ne sais plus au juste...

– Cela suffit, dis-je. Nous en reparlerons la prochaine fois.

GLAENDA

Néfaste mémoire, néfaste mémoire... Tu n'es que néfaste mémoire... Milan, le mari de ma mère, me parle ainsi depuis que j'ai huit ans. Surtout quand il revient de la clinique des Lilas Bleus où Maman-Poupée passe désormais toute sa vie. *Three Blind Mice.* La petite chanson de mon enfance ne quitte guère ses lèvres décolorées. Habillée de bleu ciel, elle ressemble, malgré les cheveux blancs, à une jeune fille, frêle, délicate, l'œil sombre sous les boucles argent (elle dort avec des papillotes longuement nouées chaque soir tandis qu'elle fredonne l'infernale petite romance...).

Il ne m'aime pas beaucoup, Milan. Il ne m'a jamais beaucoup aimé. Maman était seule quand Milan Chikowski l'a épousée. Milan : d'origine russe, bâti en titan, fondeur de cuivre dans un vieux quartier de Paris. Son antre, sa forge d'où il rugit et chante et tonne tout le jour. Milan a rempli envers moi sa mission d'éducateur.

— A fond perdu à cause de ta foutue néfaste mémoire! a-t-il souvent tonné.

Milan n'est que courage, un courage qui me lève le sang, me hante de terreurs secrètes. Le courage de la guerre, de la révolution, des longues veilles dans la

64

neige, sans manger, sans boire, fusil aux pieds. Le courage de recevoir des coups, d'en rendre, d'en recevoir encore. Guerre, exil, pauvreté, travail, puis richesse – Milan a eu grand souci de maman et de moi, Milan que je ne puis aimer...

Il détesta en bloc tout ce qu'il avait rencontré au premier coup d'œil dans mon être de huit ans, ma transparence, mon teint d'ivoire, ma longue silhouette d'enfant trop beau. On peut parler de la beauté comme d'un malheur... Et mes mains, ces mains qui malgré moi portaient, eût-on dit, la Musique : mes mains errantes, mes mains aveugles, attirées par tout ce qui ressemblait à un clavier. C'est en regardant mes mains que Milan soupira le plus : « Ni armes, ni outils, ni homme, ni femme... Peut-être as-tu un don, sans doute as-tu un don. Mais qu'est-ce qu'un don ? Le pouvoir de tuer les autres et soi-même... »

Toute sa vie, il honnit le fait que j'empêchasse le tête-à-tête avec Léontine, que je fisse corps avec ma mère. Corps... baisers secrets. On eût dit que Maman-Poupée se sentait coupable de sa passion pour Milan. Elle me serrait très fort, en cachette, contre elle. Elle redoutait autant que moi, au bout du couloir, l'ombre titanesque de son grand amour.

Progressivement, elle est devenue maigre, stérile. Jamais elle n'a pu avoir d'enfant avec Milan. A cause de moi, il s'est senti puni d'un crime qu'il n'avait pas commis. J'ai été le feu et la hache, le couperet et le fiel. Le don. La stérilité. La musique. Leur négation. Le rouage qui a fait basculer Maman-Poupée vers la folie.

Ils s'aimaient tellement !
J'ai souffert mille morts le jour de leur mariage.

Ils s'embrassèrent passionnément dans le jardin de la mairie. Sans me voir – ils ne me voyaient plus –, Milan plutôt que maman réveilla son monde, comme il disait, après le baiser dont j'avais ressenti la morsure. Je grelottais dans ce jardin en juin. Milan m'envoya une bourrade mi-affectueuse, mi-brutale avec un : « Allons, petit bourri, pas de romantisme. L'amour est une chose simple, quotidienne et courageuse. Un travail, si tu veux. Un beau métier. Un art. »

Sa bourrade me fit plus mal qu'un coup de pied. Je mordis mes lèvres pour ne pas sangloter. Je perdais le corps de ma mère. Si frêle dans la soie bleue, ce bleu terrible qu'elle porte dans son demi-tombeau. Ce corps où je me blottissais des heures, perdu, éperdu, avec la peur du Monde ; une peur horrible. L'envie de griffer un mur en hurlant : « Ils mentent, ils mentent tous ! »

Milan méprisait cette peur. Il me catapulta dans la réalité : me séparera du corps de maman.

– Un don se travaille ; tu forgeras ta musique ainsi que moi mes cuivres. Sans répit, sans peur... Tu entends, petit bourri ? Sans peur ! La peur, c'est nous, et quand Dieu devient la peur, voilà l'abjection humaine.

Maman-Poupée sombre lentement – *Three Blind Mice* –, Milan est désespéré : la peur nous a vaincus.

Néfaste mémoire ! Néfaste mémoire, pire que la fleur de lys au fer rouge dans la chair du condamné.

Il y a dix-neuf ans – n'était-ce pas le jour de la naissance d'Évangéline ? –, j'avais quatorze ans. Un matin, en janvier, la première neige sur la rue, à Paris, près de la fonderie où Milan siffle, souffle, tonne, jure, chante et ressemble à Vulcain.

L'appartement est au-dessus de la fonderie. Sombre, attrayant. Léontine y perd de plus en plus l'usage de la parole, se replie, écrasée, tuée, dirait-on, par son grand amour. Elle éteint la lampe du couloir pour me serrer contre elle – « Mon petit, mon petit moi. »

Que Milan ne surprenne pas nos baisers! Son amour, aussi violent que les feux de sa forge, l'affaiblit parfois. Il perd courage devant Léontine. Il lui arrive de prendre sa tête entre ses poings – pleure-t-il? Son orgueil le ferait plutôt mourir que de se plaindre mais Milan n'est pas heureux.

Néfaste mémoire... La neige sur la rue. Ce jour-là, le malheur exercera à jamais son ravage et Léontine la première sombrera dans la folie.

A-t-elle tout vu de l'attentat derrière les rideaux de la fenêtre?

Car il s'est agi d'un attentat.

Le silence de Maman-Poupée s'est épaissi. Elle a chanté plus que jamais *Three Blind Mice* et par la suite les séjours aux *Lilas Bleus* n'ont plus cessé jusqu'à ce qu'elle s'y établisse définitivement. Milan avale le schnaps au goulot, surtout quand le soir tombe et qu'il est seul. Quotidiennement, il lui fait parvenir des fleurs. Il l'aime, il l'adore, il pense à elle jour et nuit.

– Salaud, assassin, salaud...

Il ne se retient plus de pleurer, surtout depuis qu'il vit seul.

Nous errons, Léontine et moi, faibles répliques l'un de l'autre, affaiblis par la force exigeante de Milan et la colère qui le secoue depuis l'attentat. La Souillure.

Maman m'embrasse. Je goûte sur sa peau la caresse de ses boucles châtain doré, son parfum vanillé. Elle m'embrasse : elle me demande pardon. Laura aussi embrasse Évangéline, elle demande pardon et moi j'étreins Orlanda telle une demande en grâce... Coupables, fous : blessés. J'éteins exprès le plafonnier quand Orlanda se serre contre moi, éperdue. Jamais je n'ai apporté de bonheur à un être. J'éteins; je veux le noir, l'oubli. L'amour est ce gouffre chaud où je quête encore le parfum vanillé, le couloir que l'on éteint volontairement pour se blottir dans des bras doux. Suis-je l'être à cacher? A dissimuler? J'exige qu'Orlanda porte de la soie bleue, les soirs de concert. Et ce parfum vanillé. Et cette lampe qui se meurt...

— Si je vous surprends encore une fois dans le noir, je vous roue de coups!

Milan a vu rouge. Il a allumé à toute volée, poussé maman qui est tombée, et il m'a jeté dans la rue d'un coup de poing. J'avais onze ans. Avec le recul, je pense que Milan souffrait terriblement pour agir ainsi. Depuis, je l'ai parfois surpris dans sa forge, la tête entre les bras, surtout après que le médecin lui eut enlevé tout espoir d'avoir un enfant de Léontine.

— Ceux qui agissent dans le noir, dans la peur, dans la folie sont pires que porcs dans la bauge, hurle-t-il, derrière les feux rougeoyants de la fonderie...

Ses employés ont peur. Tout tremble devant les colères de Milan. Mais la Folie a gagné.

— C'est cela l'injustice du monde, balbutie Milan, ivre de vodka.

Milan tonne, chante et jure. La fonderie est son

gagne-pain mais sa vraie passion, ce sont les livres, la philosophie. Milan étudie, lit, écrit, parle six langues. Ses amis boivent le thé du samovar, fument de longues pipes, prient devant des icônes, avalent la vodka pure et parlent jusqu'au petit matin. Je rencontrai là mon premier professeur de musique : Karpa. Milan a cédé. Karpa a plaidé ma cause toute une nuit et Milan a cédé avec passion.

– Tu es foutu, petit bourri. La Musique va te tenir et te rendre fou plus que le schnaps. Si encore tu étais gai... buveur... bâfreur... bête... Mais non. Je vais encore trembler pour toi. Que tu me ressembles peu... Et jamais jamais cette mule ne m'a donné l'enfant qui m'eût fait père, ton père... Cette mule...

Il a donc bu, tonné et cédé. Je ferai du piano et encore du piano. Le lendemain, il achetait un Pleyel demi-queue et, chaque soir, je travaillais chez Karpa qui habitait la rue voisine, derrière la fonderie.

– Va pour l'artiste... Va pour le don..., balbutie Milan à demi ivre. Mais tu sais ce que j'en pense. A fond perdu... A fond perdu... Tu as hérité de ta mère son affreuse faiblesse : la mélancolie. Thérèse d'Avila dit qu'il faut frapper à grands coups de fouet sur les mélancoliques... Elle a raison, la sainte... J'adore ta mère mais je ne suis pas dupe. Elle ne me rend pas heureux. Elle est mon amour. Ma destruction. Mon araignée. Elle me possède. Elle me rend fou. Vous me rendez tous fou. Va pour la Musique... Tu as eu Milan. Je serai le plus possible ton parachute... Va pour le don... Mais alors travaille très fort... Sois le meilleur puisque tu es le pire.

Milan avale le schnaps à grandes lampées. Karpa, sompteux, barbu, rit d'une voix de tonnerre. Léontine est devenue plus fluide qu'un nuage. Jamais elle n'aura d'enfant avec Milan et moi je sens bouger la malédiction heureuse. Mes doigts courent, courent, courent sur le Pleyel et même Milan se tait.

Mon cœur reste cette glace brisée où court une eau brûlante à force de froid. Maman est devenue stérile pour me rester fidèle. Milan a perdu.

Le jour, le jour maudit, le jour de neige sur la fonderie...

Un type devant l'Araigne me fait un signe.

J'ai quatorze ans, la dégaine d'un long jeune homme.

Un signe, il m'a fait un signe : un signe nazi. Un signe de croix. Un signe musical. Croche. Dièse. Bémol. Clé de sol. Clé de fa. Un signe.

L'Araigne n'ouvre que le soir. Au-dessous de la sonnette, il y a une pancarte en cuivre avec gravé : « Club privé. »

Seuls les hommes viennent là. Des drôles d'hommes. Velours bleu, grenat. L'un d'eux − que les autres semblent reconnaître pour chef − a pour prénom Edmond (est-ce celui-ci qui vient si souvent chez Josefa ?). Ma mémoire essaie d'oublier. Bottes vernies, grande croix catholique, cheveux argent permanentés. Edmond sonne au club sol-mi-ré-la, petit grelot dont j'ai enregistré à vie la mélodie de malheur.

L'Araigne s'ouvre : porte glauque, velours moiré du bar assorti aux pantalons d'Edmond. Au-dessus du bar, une immense araignée de soie synthétique traversée de néons invisibles et bleus : le bleu de Léontine.

Ce jour-là, le jour de la neige... Il n'y avait pas Edmond. Personne. Sauf le type immobile, au regard illisible, gris très clair, sous la sonnette, et qui me regardait. Il portait un long manteau pelisse. Une casquette à visière translucide. Je le vis allumer une cigarette fichée dans un long support en ivoire sculpté.

Ce regard très gris, je ne l'avais jamais rencontré nulle part. Pas même dans mes cauchemars où Milan, homme d'acier, enlève à jamais Maman-Poupée. Ce regard très gris, je ne l'avais jamais capté, pas même chez les bêtes, pas même chez les rats sauf que ce regard très gris réveilla dans ma mémoire une planche de photos de reptiles vue en classe de sciences naturelles.

Ce regard : un iris démesuré et fixe, noyé dans le brouillard d'une sorte de maquillage lilas, vert – est-ce l'œil d'Arégor ?

Je respirais de façon saccadée. Le mouvement ralenti. Paralysé. On eût dit que ce regard m'avait jeté un sort. Une espèce de douleur au bas de la nuque. Un étourdissement. Bizarrement, les craintes de Milan – « Qu'est-ce qu'un don ? Le courage est préférable. Méfie-toi de toi-même ! » –, ses craintes semblèrent s'incarner dans la vision de l'homme-serpent, fiché, quasi mort, minéral, obsédant, sous la sonnette de l'Araigne. Un malaise arrêta mon pas, je me mis à trembler. Le rouleau de musique se défit... Brahms, Liszt, Ravel tombèrent dans la neige, s'embourbèrent, salis, illisibles. J'en suis aux concertos pour orchestre : j'ai brûlé les étapes, Karpa m'a présenté au concours national et...

Le type m'a attrapé la main. Il la porte au niveau de sa cigarette et me brûle l'index. Je crie. Un cri terrible, muet, muet...

Et pourtant je me sens terriblement bien. Ainsi ceux

71

qui tombent d'un clocher flottent-ils un quart de seconde dans l'euphorie.

J'ai l'expression vide et hantée de Léontine quand elle chante *Three Blind Mice.*

Je suis devenu la souris aveugle.

Le type m'a labouré l'index, effleuré le sexe puis poussé à l'intérieur de la boîte d'un coup de pied.

Il a claqué la porte, tourné la clef. Le bar sent le tabac froid. L'alcool. La sueur. Il fait noir. Sauf le petit néon qui clignote en même temps que les yeux de soie et de plastique au-dessus du bar.

L'index me brûle trop pour que je songe à autre chose. Si je reste à jamais amnésique du crime, c'est d'avoir confondu toutes les brûlures. Tous les meurtres. J'ai crié sans mémoire, tels ces suppliciés en place de Grève.

Il me semble pourtant que le rideau crocheté par maman s'agite. Que la forge retentit de cris. Que le monde est à l'envers. Je vais porter ma souillure sous l'Araigne tel ce don qui m'entraîne deux ans plus tard à mon premier concert. Une gloire sombre, moi en entier capté par l'horreur (« Tout le malheur du monde vient de la lâcheté », gronde Milan). La musique fouaille à jamais la rouge brûlure dans mon cerveau. Le balancement de la mort. La faible lumière des néons ou des rampes de théâtre. La lumière disloquée. J'éteins désormais les lampes et joue souvent les yeux fermés.

JOSEFA

Tosca klaxonne devant mon portail et je feins de ne pas entendre. Pourtant, elle aura gain de cause. Elle mérite bien une place au milieu des décorations de mon « musée-sans-illusions ».

D'un bond, j'ai rallumé et poussé le volet mal joint. Il pleut. La glycine mouille mes doigts, mes lèvres. Impression d'enfance que j'aimais entre toutes. Impression qui va finir par tordre ma bouche dans la houle gutturale du sanglot si je n'y prends garde. Papa. Maman. La rigidité de leurs corps. Je ne guéris plus de cette image : la rigidité de leur sourire. La glycine mouillée entre en entier dans ma gorge, elle m'étouffe et...

Et d'un grand coup de dents sur mes lèvres, quitte à me blesser, je mets fin à la dangereuse image.

La Marne a encore monté depuis hier. Il y a deux ans, j'achevais *Le Nénuphar bleu*, de l'eau plein la cuisine. Je faisais mon café en cuissardes, obsédée par le texte à rendre à Mouny. Orlanda avait dû utiliser la planche-bateau pour rejoindre le jardin. Je ne me sens pas le courage d'affronter une nouvelle crue. L'absence d'amour fait de moi cette noyée. Antoine. Avec toi, la crue ne serait plus cette terreur, cette boue, la

Marne et ses rigoles. Ses morceaux de pneus crevés. Ses relents qui suintent jusqu'au printemps. J'ai froid, mes forces sont amenuisées. Je tâtonne vers des chaussettes en laine tandis que Tosca, mains en cornet, hulule :

— Ouh ouh! belle artiste... Ouvre-moi...

Elle m'appelle « belle artiste », assise à demi contre le capot de la voiture-œuf. Devant les phares allumés miroitent ses boucles d'oreilles. Les plus rouges. Les plus longues. Le cou, encerclé d'un rond en plastique, palpite sous la dentelle acrylique. La jupe est fendue, en skaï. Le talon aiguille. Je m'y attendais.

— Monte, dis-je. La porte est ouverte.

C'est faux : j'ai violemment tiré les verrous avant la nuit. Au moment de la dispute avec Edmond et Gérard. Autant m'amuser un peu puisque je honnis la visite de Tosca. Je cours au tiroir de ma commode et en sors les lorgnettes de théâtre de ma mère. Elles sont en argent, aussi légères qu'un bijou dont elles ont la délicate ciselure.

J'adore regarder Tosca à travers des lorgnettes. Non sans sadisme, je l'avoue.

Je regarde, je regarde Tosca qui entre dans la chambre : au lieu de la petite femme hideuse et sans venin, obscène et inoffensive, je sursaute de voir émerger à travers les petits hublots le magma confus de ses honteuses vérités.

L'oreille est fripée, plaquée sous la perruque, tenaillée par la boucle d'oreille en plastique qui devient as de pique, poignard rougeoyant au cœur... le regard, ô le regard! Tosca est-elle cette eau d'après les crues, chargée de bouteilles en plastique, bouchons tordus,

74

poissons éventrés, rats égorgés, bottes difformes...
Purulence cadavérique du nez : couvert de poudre et
de fond de teint Prisunic, une narine trop large, l'autre
congestionnée, chargée d'un bouton noir prêt à expulser le pus, narine reniflant sans cesse en un coassement
quasi audible. Tosca n'est-elle qu'un vautour femelle,
une âme de hyène qui ne se sent bien qu'à l'odeur d'un
cadavre possible ? Et si elle avait décidé que le cadavre
possible serait moi ? J'ai peur. Le métier d'écrivain
n'est pas très éloigné du jeu des lorgnettes de
théâtre. Traverser les autres de part en part. Quasi
en aveugle.

Je me doutais que Tosca me raconterait une
vague histoire scatologique avec de brusques précisions : le type qui l'oblige à porter des slips sales
contre de l'argent. Les hommes sont si méchants, si
méchants... Tosca peut dégoûter à jamais une autre
femme de la femme. Je ne puis la faire taire, alors
je regarde, je regarde et ce que je vois est aussi
hideux que ce que j'entends ; ce que je vois a une
odeur de suint, de vase, de purulence, d'excrément.
Assez ! vais-je crier, tais-toi ! tais-toi !... Quand je
regarde Tosca, Mouny, Edmond, Gérard, les autres,
tous les autres, ma vue se brouille, mon sang s'agite,
la boue apparaît. L'écume de nos terreurs, de nos
envies : le cadavre de l'âme.
    La longue boucle d'oreille est tombée.
    – Je suis ta seule et vraie amie, chevrote Tosca
devant le whisky que je lui ai versé.

Accablée, j'allume le feu, le dos tourné. Accablée,
car peut-être dit-elle la vérité. Mes amis, tous ces
monstres ? O monstres, protégez-moi. O monstres,

aimez-moi, ma mort est imminente, mon chagrin plus cuisant que ce tabac qui brûle mes bronches. O monstres, ceux de Laura ne font qu'exprimer ce que vous nommez l'amour (Arégor).

Il est plus de cinq heures. La pluie aveugle tout et j'entends le clapotis de l'eau qui monte.

LE MIME KORFOU

Malgré les piqûres avant le spectacle, les cachets avalés pour essayer de dormir, je suis bon pour la crise.

Je n'aurais jamais dû rentrer à pied. Ni rentrer tout court. L'hiver me mord le cœur. Le cœur me dévore les poumons. Il n'y a pas très grande distance, pourtant, de mon appartement tout blanc au cabaret. La salle a encore applaudi à tout rompre, surtout quand je me suis accroché, mourant, aux parois translucides. Quand j'ai craché sur les fils, dans un lent mouvement de reptation, sous le projecteur violet, ce fut le délire. Seulement je ne jouais pas : je ne joue jamais. Mon état de panique est constant.

Je soufflais, crachais pour de bon, saisi de suffocation. Mon métier de mime ne montre que la terreur subjective, intense, d'où l'affreuse cage de Laura. Laura sait bien où la mène le matériau qu'elle travaille : la matière plastique. Ses immondes araignes. Sa gloire immonde : Arégor ou mes yeux. Arégor ou mon trouble. Arégor ou mon crime. Ou le crime de Laura (Évangéline). Quand nous en avons assez, nous parlons l'un et l'autre de cette infecte gloire :

Je suis la prison et toi le fournisseur de cages. Tu

rêves, Laura, de me sceller tout vif dans ton plastique. je suis ton mime, le mime de l'amour puisque je n'aime que les hommes...

La foule applaudit. Notre solitude est un poing sur chaque oreille, nous ne pourrons continuer que dans le silence, l'oubli. L'oubli de nous, de nos obsessions.

Silences et leurres, mensonges surtout. Parfois, je mime Tosca, symbole de l'humanité gluante. La glue de l'amour. Tosca. Un don suffit-il à dissoudre la machine à paniquer? L'asthme ou mes premières paniques, le remords, oui, le remords... Je suis un criminel qui soir après soir, dans la Cage translucide, avoue, expie son crime. L'asthme est ce halètement d'enfer sous une araigne en plastique qui se colle à mes poumons et les transforme en forge. Forge du souffle. Forge de la gorge brusquement rétrécie. J'étouffe, j'étouffe. Ainsi meurt-on du sida, celui que me colleront mes petits garçons de pissotières, mes sales jolies tantes du hasard... Et pourtant la paix, la paix passagère, après avoir étreint le corps convulsif, inconnu, le corps du crime... Mon premier meurtre sur l'Enfant... Un enfant... Sous un néon... Une araigne... Je n'ai rien compris à moi-même, je n'ai rien compris à la fureur du don confondue, cette fureur, avec l'autre exaspération : venir à bout d'un enfant trop beau qui me regardait, que je regardais jour après jour...

A quel moment suis-je devenu l'un des plus grands mimes de notre temps?

Je n'étais rien, rien qu'un homme, vide, pâle, brisé, lessivé dès le début du jour, agité de toutes parts puis, à

78

la nuit, repris de déterminations obscures quoique précises. Le corps des jeunes gens trop beaux. Cette forme singulière de beauté, mes yeux, ma force, ma folie, et surtout, surtout cet éclat mental, ce pouvoir, presque cette magie qui m'a fait roi. Et rejeté. Et haï. Et désiré jusqu'à la mort. Même les femmes chancelaient quand j'approchais; certaines femmes, ne confondons pas; un certain type de femmes. Des femmes chargées de mystère plus que moi. Des femmes mutilées, mutilantes, ivres tant d'alcool que du mauvais dessein de créer. Des femmes pires que les hommes, des femmes qui rendent les hommes homosexuels. Des femmes que seules les femmes aiment et que détestent les hommes ordinaires.

... La boîte d'homosexuels que je fréquentais à l'époque du meurtre, j'en étais le Roi, le Grand Prieur. A cause de cette détermination sourde, mal expliquée? Ou de ce porte-cigarettes en argent mêlé d'or, gravé à mon chiffre – KORFOU –, ce fume-cigarette, laqué blanc après la bague en or? Ou à cause du blanc de cet appartement où je vis, acheté pour moi par une femme beaucoup plus âgée? Car l'amour n'a pas de prix!

Je tenais mon rôle de godemichet tandis que Gloria remplissait mon compte en banque, folle de moi, oui, folle – se roulant sur la moquette, nue, hurlant : « Baise-moi! Baise-moi! » C'était ça, le plus dur : ce « baise-moi! » hurlé par une créature décolorée en blond platine, maigre, couverte de bagues, vieille. Mais les homos trop beaux, trop pauvres, trop doués n'ont guère de solutions : se vendre ou se tuer.

J'eus l'horreur définitive du corps femelle, de la béance, de l'infecte mouillure. Laura est à moi sans que jamais mon sexe ne l'ait touchée. J'ai vomi et étouffé après avoir pénétré Gloria-la-Vieille. J'ai rêvé d'ouvrir ce corps à coups de couteau des nuits entières et pourtant, j'ai pleuré quand elle est morte.

Elle m'avait offert des bagues et ce fume-cigarette qui ne me quitte plus.

Elle avait mis à mon nom cet appartement tout blanc chez ce notaire, à Sancy-sur-Marne, ce notaire qui fait « hem! hem! » à chaque seconde. J'ai lâché dans l'étude un long pet et suis parti à pied, au bord de l'eau, parfaitement indifférent.

La foule applaudit.

Gloria, demi-sœur de M. Steiner, l'ancien propriétaire de la Tour-de-Gué, a été enterrée à Sancy-sur-Marne. Un caveau de famille. Un bloc de granit noir qui écrase de tout son poids mes poumons quand l'asthme est là. Gloria pourrit à Sancy-sur-Marne et à chacune de mes crises, la grosse plaque en granit surgit, pèse sur ma poitrine tandis que la cage translucide de Laura bouche les dernières issues respiratoires. Gloria n'est pas seule dans le tombeau des Steiner. La femme de ce dernier, Éléonore, gît au-dessous du cercueil en chêne clair. Que veulent donc se prouver les êtres avec leurs histoires de maisons de famille, de tombeaux collectifs? Que veulent-ils au fond de la même pourriture? Que souhaitent-ils en jetant leurs cercueils dans le même trou?

Je ne fleuris jamais la tombe de Gloria-la-Vieille.

J'avais vu les mobiles de Laura dans une exposition. Elle m'avait donné sa carte. Je suis allé frapper chez elle le jour de l'enterrement de Gloria.

Laura eût été l'homme à ma convenance : sa foncière chasteté, sa force incroyable lorsqu'elle lève les épaisses cisailles sur les blocs très lourds, l'agilité de ses mains, la grâce de son visage et de son corps invisible sous la grande blouse blanche. La hardiesse de ses propos.

Quand le numéro de l'Araigne a été monté, suite à ses conseils, elle a sculpté la Cage. Car hélas, Laura est une femme, elle s'est éprise de moi et à partir de là, je l'ai martyrisée.

Je ne vais plus à Sancy-sur-Marne. Ou alors, flanqué d'un mignon. Je la torture de toutes les manières car elle a osé me désirer. Mais je lui laisse la clef de l'appartement tout blanc. L'appartement de Gloria-la-Vieille dont une grande photo trône dans un cadre en nickel; car il faut à chaque seconde éviter le bonheur, l'imposture du bonheur. Et Laura répète, ivre de whisky :

– L'imposture du bonheur...

Quelques jours après la mort de Gloria et ma visite à Laura, le froid était devenu terrible...

Pourtant mes pas savent d'eux-mêmes le chemin de cette rue où, depuis des mois déjà, je guette l'enfant. Le Trop Beau. Le Trop Seul.

Je l'ai guetté et je l'aimais, oui, je l'aimais. Parce qu'il me ressemblait; endeuillé de moi, de ce Moi qui m'étouffe, libéré de Gloria, cette béance tordue sur la moquette – « baise-moi! baise-moi! » –, je rêvais de voler l'amour, l'emporter tel l'aigle sa faible proie. L'emporter au nid immonde. Le consumer. L'anéantir. En jouir. En mourir.

J'ai capturé le môme avec les mêmes moyens dont je foudroie mon public. Ce jour-là, après le crime, j'ai su que j'avais un don. Que j'amènerai quiconque me regarderait au désespoir. A tous les désespoirs. N'est-ce pas la définition de la beauté quand elle se confond avec la nuit?

L'enfant respirait vite, je le caressais et le mordais comme font certains crotales. Paralysé par mon désir, il découvrait le bonheur au fond de sa terreur. Les mots les plus absurdes s'échappaient de moi :

– Ma tourterelle, mon amour, mon colibri.

... L'enfant violenté consentait. Et si j'ai, par la suite, haleté d'asthme et de sanglots, y compris en public, j'ai su que l'enfant avait éprouvé le plaisir total de la captation.

Jamais les femmes ne lui donneraient cette sombre errance.

J'avais connu et aimé le milieu du cirque où mon premier amant était régisseur. Les clowns, les acrobates aimaient mon physique étrange. Ma Beauté. Car on m'appelait « Beauté ». Mais le mot « Beauté » coule sur le dos d'un homme pire qu'une insulte quand ce sont les hommes qui le lui disent. Saleté. Beauté. Gloria avait métamorphosé « Beauté » en « Je te veux ». Dans l'appartement blanc, restent des pancartes en argent annonçant les spectacles. La cravache d'un dompteur hongrois qui, sourdement, sans un mot, me prenait, la nuit, au fond de sa tanière. Trop beau dompteur. Bêtes endormies qu'il captait de la voix et de la cravache.

Je dormais dans sa caravane contre une guirlande d'animaux en peluche et des cravaches en paillettes. Les maillots de strass me fascinaient. Les pâtes blanches pour le visage. Les lèvres violettes, les pommettes roses, les cils noirs. Les cheveux plaqués par la gomina. Les pantalons en satin rouge. Les bottes dorées. L'homme pour l'homme.

Gloria-la-Vieille me traitait en enfant mal loti, m'achetait des costumes noirs, une perle de cravate, une gourmette en or, trop lourde pour la veine de mon poignet quand la crise d'asthme est déclenchée.

Pour toutes les femmes, il n'y a que le lit qui compte. Les femmes ne veulent que coucher avec l'homme. Avec frénésie. Le reste leur suffit amplement. L'argent ou son manque; les enfants, ou leur fuite. La guerre, seule, gêne leur constante entreprise de possession. Ainsi Laura a fait un enfant pour conserver l'héritage de ses parents. Elle affirmera le contraire, mais je suis bien sûr de cette vérité-là. La captation de l'argent a joué. Plus que le désespoir d'une vie mal réglée. J'entends par mal réglée : n'acceptant pas franchement ses vices, c'est-à-dire ses vérités. Le don est un vice.

Les femmes sont toutes DOUÉES.

Tosca vit à peu près convenablement, c'est-à-dire avec naturel, le principe de sa bauge.

De temps en temps je sodomise Tosca et la jette dehors à coups de cravache. Elle adore ça. Sans bagages, sans nom, sa ridicule voiture-œuf garée au pied de l'appartement blanc, attentive au sexe, à l'immondice du sexe; cela l'excite de me savoir pédé, sa grosse bouche tremblotante ne susurre que des obscénités...

Elle fait le pied de grue devant ma loge et clabaude au planton :

– Je ne fréquente que des artistes ou des gens de la Haute...

C'est curieux qu'elle ait réussi à entrer dans mon lit et à provoquer parfois mes érections. Il est vrai que dès que je suis ivre, je lui débite les pires chienneries du monde. Elle écoute, ravie, elle écoute, son affreux pendentif en plastique cliquetant, et elle opine à toutes mes insultes :

— Les hommes sont si méchants, gémit-elle.

Elle est la Truie. Ses courtes cuisses s'écartent sur un slip troué au-dessus de jarretelles achetées à Pigalle. Je lui lance un grand coup de cravache.

— Je ne fréquente que des artistes... J'accepte leur tyrannie... Ils sont en fait si bons...

Parlons-en : Josefa, Orlanda, Laura... Tosca s'est insinuée partout. Tosca Caboulote. Elle fait mon ménage en jarretelles et baisse les reins quand je le lui ordonne afin de la cingler jusqu'au sang. Le bruit de l'aspirateur étouffe ses cris.

Est-elle la peur, l'angoisse anticipatrice du dernier agresseur qui nous guette avant la nuit totale ? Est-elle notre double affreux ? Le masque blanc et noir de la Peste ?

L'asthme me secoue dans tous les sens. La cage. MA CAGE. Qu'au moins je crève en public. Ce sera moins dur. La mort est un spectacle. Je tire et m'étire, me plie, me déplie, à grands mouvements vers la respiration. Je fais et refais les gestes de l'araignée. Sous l'araignée. Sur l'araignée. Je suis le mouvement implacable de l'horloge et du temps. Ma cervelle est en compote de groseilles. Mon obsession, le corps gémissant d'un enfant capturé. Je vais m'appuyer contre le mur. M'agripper aux coussins. Ne pas appeler le Samu, guetter l'aube derrière la fenêtre. Ah ! vous ai-je dit que Gloria-la-Morte avait fait grillager les fenêtres de l'appartement? Le blanc est inhabitable. Laura dit qu'Évangéline a de grandes crises d'étouffement à chaque mobile. Arégor. Les femmes disent n'importe quoi. A partir de maintenant je ne vois plus rien. Je souffle. Non, j'étouffe. Oui, je souffle, oui, j'étouffe. Le meurtre est une question de contractions, jusqu'à l'explosion de soi vers le néant ou la vérité.

ORLANDA
LA VISITE DE M. STEINER

Aujourd'hui, je reçois la visite de M. Steiner. Régulièrement, implacablement, je reçois la visite de M. Steiner. Jusqu'à son dernier souffle, M. Steiner me rendra visite, surtout au moment des crues.

Par quelle faiblesse, quelle pitié aberrante ai-je accepté le principe de la visite de M. Steiner?

Quel inconscient besoin d'entendre ses sanglots aux étages tandis que je travaille Ravel (je suis programmée pour Rome, concerto pour piano et orchestre)? Les deux ou trois heures où M. Steiner pleure, je joue avec une sorte d'incohérence.

M. Steiner est le Chagrin.

Il vient pleurer chez moi.

M. Steiner est l'ancien propriétaire de la maison. Gloria, sa demi-sœur, morte voilà seize ans, est enterrée à Sancy-sur-Marne. Les Steiner sont une famille d'ici. M. Steiner, ancien ingénieur en automobiles, a quatre-vingt-neuf ans. Il adorait sa femme, Éléonore, décédée voilà plus de trente ans. A la Tour-de-Gué, justement. La chambre du haut. L'inoccupée. La chambre au papier à bouquets, le lit très haut sous le couvre-pieds en crochet jauni. M. Steiner, excepté l'ouïe, est en parfaite santé. Élégant, digne, petit, vif, de conversation courtoise... Propre, un costume trois-pièces en alpaga, un drôle de nœud papillon pourpre à rayures. Ses chaussures, par contre, sont étranges : sortes de poulaines vernies. La chaussette, très moderne, connaît cependant le fixe-chaussettes, ce qui laisse à deviner que M. Steiner adopte les caleçons longs.

... La veille de la signature chez le notaire, je suis allée voir M. Steiner, poussé par ses neveux à vendre la Tour-de-Gué à cause de son grand âge. La Tour-de-Gué allait devenir mon refuge, ma mémoire. La néfaste. Glaenda dit que cette maison sera ma néfaste mémoire, mon impossible et dérisoire citadelle. Mon imprésario voyait d'un mauvais œil que je quitte le boulevard Suchet.

– Orlanda, vous allez compromettre votre carrière. Dans nos métiers, les absents ont toujours tort.

J'avais haussé les épaules et prétexté ma nouvelle organisation : les répétitions l'après-midi, la création d'interprétation une partie de la nuit, le sommeil plutôt le matin.

... J'avais donc garé ma voiture devant la grille, non loin de la Marne, et frappé au carreau allumé. M. Steiner était assis derrière la table de la cuisine, la tête entre les mains. Il avait accepté le dépôt de mes meubles juste avant la signature définitive. Il était donc appuyé sur ma table, la tête entre les mains. Il pleurait. J'ai poussé la porte non fermée. Tiré le tabouret, gardé mon manteau. Je couvais une sorte de grippe. J'ai cependant allumé une cigarette. A mi-voix, j'ai appelé :

– Monsieur Steiner... monsieur Steiner...

Deux jours auparavant, mon piano avait été installé dans la pièce face au jardin et de ma place, j'apercevais la queue en laque noire.

– Monsieur Steiner...

Il ne m'entendait pas. Les sanglots secouaient ses frêles épaules dans le costume en alpaga. A sa main gauche, tachée de son, brillaient deux alliances. Éléonore. M. Steiner. Le chagrin d'un vieillard a quelque chose de si déchirant – ces pleurs quasi enfantins – que je me mis lentement à trembler. La maison m'apparut sous un autre aspect, mal capté lors de ma première visite. L'humidité des murs reconstituait ses trente années de larmes. La Marne qui monte régulièrement, les pleurs qui abondent... L'eau, l'eau dans ce qu'elle a de plus glacial, de plus pervers... Léon Péchon n'y a pas résisté. Mes propres deuils, Glaenda et ses déchirures, tout n'était que chagrin. La seconde Gymnopédie se mit à battre dans ma tête. Son rythme, proche du cœur quand le cœur croit exploser de douleur. Jamais Glaenda ne vivrait normalement, fiché à mon corps, à ma vie. La musique n'est-elle pas aussi ce constant trompe-l'œil? Jamais l'enfant ne bougerait dans mes eaux. Et pourtant, lisse est mon ventre, beau mon visage, longs ces cheveux dorés et ces mains diaphanes sous la lumière... Ardent mon cœur. Ardent.

... J'avais donc acheté la maison du désespoir, hantée de larmes et de toiles d'araignée. La musique se retournait contre moi. Mon grand-père Luigi avait laissé à Rome des lettres à ce sujet. Professeur et écrivain-compositeur de musique, il avait établi un texte sur le devenir des musiciens. Ainsi, la critique me nommait-elle parfois « la plus voluptueuse des mélodies ». Mais en fait, je me retrouvais à trente-quatre ans passés devant ce vieil homme foudroyé qui ne pouvait même pas surmonter sa douleur, et qui restait assis là, sans me voir.

– Monsieur Steiner.

Je grelottais dans ma fourrure, ma robe en laine de soie bleue. Ce bleu de Léontine. Ce bleu que Glaenda exige de moi, ce bleu de la clinique de Léontine... Le chagrin est-il bleu?

L'après-midi, j'avais signé mes contrats pour Rome, avenue Mozart. Le déjeuner avait eu lieu au Pré Carré. Je jouerais avec l'Orchestre de Paris, disait mon imprésario. Les répétitions auraient lieu à la Maison de la Radio. Je disais « oui oui » devant le brochet aux truffes que, pourtant, je n'arrivais pas à manger.

– Orlanda, pourquoi allez-vous vous enterrer à la campagne?

Ensuite, au huitième étage de l'immeuble avenue Mozart, j'ai signé. Devant un grog. La grippe menace; je claque des dents.

– Vous avez de la chance, Orlanda; Rome cette année, New York dans deux ans... ce quatre mains avec Glaenda...

Glaenda, mon amour. Mon absence. La Tour-de-Gué ou la Maison d'Absence... La musique n'est-elle pas ce château où se cognent toutes les forces invisibles?

– En octobre, l'enregistrement...

Une grande glace, en face du bureau, m'a renvoyé mon image : belle, oui; dans ce bleu-Léontine, mes cheveux blouclés tombant sur l'épaule. Belle, oui, de l'envie de mon métier, l'envie d'amour, le désespoir d'amour.

Je n'ai craqué que plus tard. Mon imprésario n'a-t-il pas été brièvement mon amant, voilà six ans? C'est possible, c'est probable. Mélodie. Il m'appelait Mélodie. Seule au volant, en route vers Sancy-sur-Marne, j'ai violemment tremblé. La fièvre. Sur l'autoroute, je roulais très vite. Belle? Allons donc! Je sombre, je tombe, je me liquéfie. Je cherche un Kleenex. Notaire. Banque. Contrats? Glaenda ne s'est pas porté caution. Les photocopies de mes contrats auprès des maisons de disques ont fait foi devant la Société Générale. Seule, je me bats seule. Il nous faut des rentrées régulières, a dit la banque. En fait, j'ai quasiment acheté comptant la Tour-de-Gué. J'ai signé deux disques au directeur de la banque. J'ai négocié, parlé longuement. Une femme seule, artiste, et même connue a du mal à débloquer un prêt en dépit des quelques millions qu'ils ont de moi. Alors cette maison, comprenez-moi, mieux encore que la musique, elle fut mon tour de force. Un peu bas. A la française.

La critique aime bien interviewer un artiste dans une maison style magazine. Son art devient alors crédible.

O maison, tu n'es que le refuge d'une illusion! Un masque de carnaval, dirait Korfou. L'argent est le seul crachat du monde où s'agglutine l'humanité en entier. Léon Péchon en est mort. Notaire s'en réjouit et je donnerais tout, tout pour que Glaenda me rende l'anonymat, l'obscurité éblouie et l'enfant dans mon ventre.

Luigi, mon grand-père, est mort quasi misérable. Il n'aimait que l'amour, la musique, la Piazza Navone et l'absence de maison.

M. Steiner pleure. Lentement. Avec application. Il sait que je suis là. Est-ce la similitude de nos situations – la déchirure d'amour – qui me fait accepter réguliè- rement le spectacle de ce chagrin?

– Bon, dit M. Steiner en se hissant sur ses curieuses chaussures, je vais rentrer chez moi... Si l'on peut appeler chez-moi ce lieu qui n'existe pas, cet appartement où je dors en ne rêvant que d'ici... je vous remercie, mon petit, je ne veux plus abuser de votre patience.

– Je vous en prie, revenez pleurer la semaine prochaine.

– C'est cela, mon petit, la semaine prochaine. Je passerai par le jardin pour ne pas vous déranger.

– Vous avez la clef?

– Oui, merci pour le double. Votre bonne Tosca m'a barré le passage, elle ne voulait pas que j'entre. Nous nous sommes disputés. Je vous en prie, chère Orlanda Ravel, débarrassez-vous de cette créature... Elle grimpait d'étage en étage comme si elle était chez elle... Et cette vulgarité... Je vous en prie...

– Cela est sans importance, monsieur Steiner. Je lui dirai que vous avez accès librement aux étages.

– Merci encore. J'irai donc directement à la chambre d'Éléonore. Travaillez en paix. Je me ferai plus léger que ces toiles au plafond... Vous avez remarqué toutes ces toiles? Cette maison est hantée d'araignées... Pleurer, pleurer dans la chambre d'Éléonore... Ces larmes me sont d'une grande douceur... La seule façon de garder Éléonore... Vous me comprenez? Je veux la garder...

Je l'écoute avec distraction. Une énorme araignée est collée au ballon du chauffe-eau.

– Évidemment, mon petit, je vous l'ai dit. C'est une maison difficile, surtout si près de l'eau... Mais je vous demande encore une grâce. Ne tuez pas les araignées. Déjà l'affreuse Tosca sautait avec un balai en criant : « A mort! » Au moins, ne tuez pas les araignées de la chambre d'Éléonore. Hormis celle qu'elle éprouvait pour moi, ma femme avait une passion : les araignées. Elle trouvait qu'elles œuvraient de façon plus parfaite que les dentellières de Bruges... Ma femme était de Bruges.

— Oui, monsieur Steiner, mais permettez-moi de les supprimer de la pièce au piano.

— Vous n'aurez pas à le faire. Elles ne viennent jamais là. Elles nichent sous les toits, les chaudières, là où il fait chaud. Elles viendront seulement aux heures de musique. Elles aiment la musique. Rien de plus humain que les araignées. Elles disparaîtront aussi discrètement qu'elles seront venues; vous n'aurez jamais à vous plaindre des araignées; jamais. Elles repartiront après vos concerts aux étages d'Éléonore aussi mystérieusement qu'elles seront venues.

— Mystérieusement ?

— Comptez sur les araignées pour ne pas souffrir. Rien que les araignées.

Il a repris, je ne sais pourquoi, un ton sec.

Il se lève, sort à reculons. Il caresse au passage un fil de soie. Il disparaît dans les étages.

J'ai dans les oreilles le bruit de ses sanglots.

LE CANTIQUE DES ARAIGNÉES

Nous sommes sensibles à la lumière polarisée. Notre comportement change selon l'éclairage du ciel... Quatre yeux, les nôtres, mais en fait six à huit pour le moins. De chaque côté de nos yeux, des antennes délicates, deux autres yeux, plus redoutables, les médians.

Le cerveau est l'œil principal, le radar captatif qui anime le cristallin, le corps vitré, la rétine, les nerfs optiques.

Que dire, dans le domaine sensoriel, de l'organe tarsal, petite capsule riche en terminaisons nerveuses, et de l'organe gustatif, situé dans le pharynx?

Voir? Digérer? Nous orienter?

Nous sommes sensibles à tous les reflets. Qu'avons-nous à faire du ciel?

On nous prend sans cesse pour des femelles.

Voire, pour les héroïnes de toutes ces chambres où nous vivons, de toutes ces alcôves que nous hantons.

Tout garder. Tout dévorer. Tout détruire. Seul chemin pour construire en permanence : pièges et toiles...

Nous ne mangeons que ce qui est anesthésié.

Glaenda a été capturé par les soies sensorielles du mime Korfou. Les glandes à venin se dissimulaient entre l'iris et le cerveau. Ainsi anesthésié, Glaenda n'a été que dissolution et proie. Le mime Korfou, à son tour, est devenu dissolution et proie... Ce piège ingénieux en soie, cette translucidité qui tue lentement et sûrement Laura... Cette filière de petits appendices à l'extrémité ventrale du corps. Le fil produit est un véritable cordage d'où va sourdre la toile où Josefa englue tous ses mots et les autres avec les mots.

La toile, composée de quinze ou vingt fils, des rigides et des lisses, des souples et des élastiques... Il n'y a qu'à observer Gérard et Edmond autour de Josefa et surtout Umberto, l'enfant... Josefa au milieu des manuscrits quand Tosca frappe au carreau. Tous les fils sont sortis. On se demande quel homme pourrait en construire de semblables. Ainsi parle M. Steiner notre ami.

Dans les maisons, à Sancy-sur-Marne, nous portons le nom d'araignées trembleuses à longues pattes. Nous descendons sur le piano d'Orlanda malgré les affirmations de notre ami le Pleureur. Nous descendons le long du portrait d'Éléonore quand sanglote M. Steiner. Nous savons tout du chagrin. Nous savons tout de la mort. Nous sommes là pendant les naissances et les agonies. Les toiles géométriques sont notre chef-d'œuvre uniquement dans les jardins, entre les arbustes, près du puits de la Tour-de-Gué... Toiles que la rosée rend brillantes et argentées... O combien superbe est le maléfice!

ÉVANGÉLINE

Je suis frappée par la toile dessinée au plafond de l'atelier de ma mère. Seconde année de droit. Obscurément, je n'aime que la justice. Pour l'instant j'étudie l'architecture des prisons. Ainsi, je regarde cette toile au plafond de l'atelier de Laura.

Cette toile épouse la forme exacte du projet de Haroum-Romain, *La Prison*, soit quatre-vingt-seize cellules reliées aux promenoirs et passerelles. La toile en forme de filet d'épervier ressemble au projet de l'architecte des prisons. J'aimerais faire ma thèse sur les prisons. Mon terrain d'observation a été Laura, ma mère. Son œuvre engluée. Sa maison. Promenades et passages ouverts en U. Où me perdre? Où me retrouver?

Chez Laura et chez moi un tas d'endroits (la chair, la vie, l'espoir) sont morts. A jamais. Tous mes mots, mes appels se bloquent quand je vais voir Laura. Je risque d'être happée dans le passage en U.

Un seul homme dans ma vie : mon père biologique dont la trace existe probablement chez le notaire de Laura.

Son notaire, elle le cite à tout propos! Plus on est doué pour la peur, plus on aime son notaire. Laura a eu peur dès son premier défi. Elle a trop peur pour réussir vraiment son œuvre. La translucidité et les araignes ne sont qu'un prétexte. Elle n'ose pas sculpter vraiment pas plus qu'elle n'a osé être mère ou aimer un homme... Dès qu'elle espère atteindre la libération, aussitôt la force épouvantable d'Arégor se superpose à l'espoir de se libérer.

Sitôt que j'ai voulu la forcer à me parler, elle est devenue muette, quasi folle. La gloire de Laura est bâtie sur la peur, comme mon existence sur un sperme biologique.

Il me tient, ce sperme dont j'ai tout à inventer, y compris le nom et le prénom! Il est la garde de mes nuits, de mes gouffres, la clef de mes prisons. Ma liberté tient à ce fantôme d'où je viens et qui classe, dans ma tête, ma mère au rang de meurtrière, de voleuse.

Est-ce pour cela que j'étudie passionnément les prisons?

– Vous voulez y enfermer votre mère? a demandé le Dr Simplon.

Laura me touche davantage quand elle tombe, mourante d'asthme, de désespoir, ensachée du grand tablier blanc, au pied de l'œuvre inachevée. Du mensonge. De la punition. De la contrefaçon. Alors, je ne vois que Laura. Je méprise la forme issue de ses efforts affolés.

La théorie des prisons selon Bentham : « Un bâtiment circulaire, plutôt deux bâtiments emboîtés l'un dans l'autre et une tour qui occupe le centre. »

Ma mère et moi, ne sommes-nous pas les deux

bâtiments emboîtés l'un dans l'autre? La tour inhibée par le don. Le don m'exclut, me réduit à la véritable histoire de la prison. N'est-ce là que pratique générale de l'enfermement? Les amis de Laura sont tous dans la tour centrale. A la fois assimilés et rejetés par la société. Car à l'origine du don, il y a souvent le crime. Ma mère est criminelle puisqu'elle m'a tirée d'un père biologique. Mon image se décompose en crachat éprouvette. Je ne saurai rien du sourire, des dents, des reins de l'homme qui m'a conçue. Elle refuse d'en parler. Jamais, dit-elle. N'en parle jamais. Cela ne te concerne même pas... Elle dit aussi qu'il n'a jamais existé.

Alors je lis, je lis des textes, des livres sur les prisons. J'en conclus que si l'artiste vit souvent la Santé et ses promenoirs, il construit longuement son échec afin de faire triompher, à chaque seconde, son éternité. Son éternité est un piédestal glacé sous lequel tout amour se disloque.

Alors je tricote des cache-col ridicules pour réchauffer le piédestal de Laura. Parce qu'il m'arrive d'éprouver pour elle un sentiment plus dangereux que l'amour : la pitié.

Il y a en moi, en Laura des zones essentiellement mortes. Sont-ce les mêmes? Lutter contre les œuvres, toutes les œuvres possibles. Tout se glace en moi devant l'enfant. Le malheur du monde. L'araigne suprême vient des mères.

Il faut restituer l'enfant au père biologique. Il faut défaire la toile. Expugner à jamais le cocon.

L'enfant n'existe pas! Je n'existe pas!
Je vous ai collé un mensonge. J'invente. Je torture la

97

vérité. Je mutile la mienne. J'assassine le cocon. Je dépèce Laura. J'ai dix-neuf ans passés, une vilaine mâchoire en avant, les cheveux taillés n'importe comment et aucun homme ne m'a jamais touchée.

Je garde ma virginité pour mieux tuer. Les vierges ont la force des taureaux. Dans les lignes de ma main, il y a le mont de la guerre, un imbroglio de chaînons enchevêtrés, et une trace oblique, obtuse, dite de tête, une ligne brutalement rompue qui reprend en forme de croix.

L'ensemble constitue la passerelle de la prison, selon Bentham.

LAURA

Évangéline emploie le terme d'« immonde » lorsqu'elle veut qualifier mon amour pour Korfou. Au début, il m'arrivait de la gifler. Elle qualifiait d'« immonde » le fait que je me contente de cette appellation : Korfou, car je ne sais rien du reste. Je me suis toujours contentée d'un nom, plus souvent d'un prénom. De l'absence. Des hommes que j'ai aimés, je ne sais rien. Le père d'Évangéline ? Par hasard, juste par hasard, je sais son nom et prénom – Manuello Carpaschi – mais en fait j'ai oublié. Je refuse la mémoire. La Néfaste. Korfou m'a probablement raconté son identité véritable, mais j'ai oublié. Je ne vois dans la relation avec l'homme qu'un visage, le son d'une voix. Le feu passionnel. Le meilleur de l'amour n'est-il pas dans le principe de l'inconnu ? Qu'ont besoin les êtres – surtout les femmes – d'en savoir davantage ? Je méprise la curiosité. Plus grave que l'ignorance, elle entraîne la mort de tous les signes de l'attachement véritable.

Évangéline, alors, récidive : « Immonde ! crie-t-elle. Immonde ! » au sujet de ce trait de mon caractère. J'ai l'horreur instinctive des amants qui se racontent leur passé. « Criminelle », dit aussi Évangéline. « L'absence de questions, dit-elle, est une façon encore plus sournoise de posséder les autres, de les rendre fous. » L'innommé dévore plus et encage encore. Le sceau des noms est une légère fissure dans la prison. Et je refuse le sceau des noms.

– Korfou ? Qu'est-ce que Korfou ? Un microbe ? Un microbe de mort ?

Pourtant, je crée mes monstres, mes images – Arégor. Je quête éperdument le mobile Évangéline ou le retour des mémoires... Mais que puis-je dire à ma fille ? Ma langue se fige devant le nom et le prénom – Manuello Carpaschi – parce qu'en fait, cet homme pour moi n'existe pas. Je ne me souviens pas. Je sais qu'il a conçu Évangéline. Le reste s'est évanoui dans mon univers d'absence. Le monde... Mon œuvre s'accompagne de l'Absence. Korfou ébranle la terreur des brasiers. Le feu. La mort. La passion. L'oublierai-je ? En mourrai-je ? Je suis en perte affective constante à l'égard d'Évangéline. L'asthme. Je paie de ma personne. Je paie Évangéline pour gommer ma souffrance. Je paie Korfou pour lui faire oublier qu'il honnit les femmes et son crime (il dit qu'il a commis un crime). Je n'ai pas posé de questions, je déteste les questions... La question. La torture. Jamais Korfou ne pénétrera mon ventre. « Si je ne t'aimais pas, je l'aurais fait », dit-il. J'aime Korfou comme on cohabite avec une maladie mortelle. Je rampe, je gémis, je pleure, j'étouffe. « Vieille peau, dit-il, femelle, Immondice. » Lui aussi dit « Immondice » quand j'entoure ses pieds de mes bras. Il a l'air torturé devant ce hurlement de femme, cette déjection de femme. Alors il dit « Immondice », et cela me soulage, arrête mes larmes. Je m'assois, j'allume une Gauloise, et il m'aime à nouveau, en « homme digne ».

100

– Laura, mon homme digne.

C'est la plus grande caresse qu'il me prodigue, ce « Laura, mon homme digne ».

Si je cède à la déjection « baise-moi! baise-moi! », il se venge en me racontant ses copulations avec Tosca. Jamais Korfou n'a la générosité du mensonge. Cependant, je laisse Tosca s'immiscer chez moi, voler mon argent, fixer à en perdre le souffle mon collier d'ambre et de lumière, détruire la réputation de mes amis, détourner Évangéline d'une réconciliation possible. Je m'acharne sur ces blocs en plastique jusqu'à ce que naissent ces formes qui arrachent mon souffle, broient mon cœur, détruisent mon âme. Korfou ou cet écrasement violet de la lumière sur un profil d'ombre et de ténèbres.

Sculpter, créer, mimer, peindre, écrire c'est aller en dépit de tout, de tous, de nous-mêmes, de nos prisons, vers le monde et lui donner le pain. Le vin. Les jeux, la vie alors que je meurs je meurs je meurs...

Je retourne à Korfou, gémissante. Je lui offre un être ni femme ni homme, hybride. Les cheveux ternes. Pourtant je suis encore jeune et tout s'est effondré. L'art a tout remplacé. Les formes ont dévoré les autres formes. Je rampe vers Korfou. Vers ma vérité malade. Il dit que les relents de plastique lui donnent de l'asthme.

– Eh bien, j'arrêterai de sculpter.

– Je t'en aimerai encore moins.

Il est allongé sur le lit de l'appartement tout blanc. Assise au pied, je bois le whisky à la bouteille. Une fois de plus, nous ne ferons pas l'amour.

– Tu me dégoûtes, Laura. Tu es une femme. Elles n'ont pas compris qu'elles gagneront le jour où elles ne feront plus l'amour aux hommes. De plus, tu es une mauvaise mère. Cela ne m'étonne pas que tu aimes un méchant. Je suis un méchant, rien d'autre.

Lui aussi a bu. Un type en perruque se maquille dans la salle de bains.

– Fous le camp! Laura. Il a le sida et il est mon amant. Fous le camp et estime-toi heureuse que je ne veuille pas de ta peau.

Vertige de l'étrange suicide. Vertige de ce besoin de tes yeux malades. De ce visage blanc et mouvant et mourant. De ce corps entrevu et jamais touché, jamais atteint, ce corps pourri dont chaque muscle s'effondrera d'une seconde à l'autre. Korfou. J'ai pour toi la passion de ces religieuses pour le Dieu Absent. La frénésie dans l'invisible. L'Absence m'habite. Depuis combien d'années n'ai-je pas fait l'amour?

Manuello Carpaschi m'aimait violemment, je le sais. Il aimait mon corps. J'étais très belle, il y a vingt ans. Il aimait la cascade des cheveux argent sur les épaules presque brunes. Une telle blondeur sur une peau si mate. Il mordait mon corps, l'amenait au plaisir. J'ai failli tout abandonner : art, projets pour cet homme. Je crois avoir gardé Évangéline dans mes flancs parce que j'avais un corps, un cœur tout rouge dès que cet homme m'approchait.

Le Minet-de-Mort est sorti de la salle de bains, nu quoique talqué de blanc à la manière d'un masque vénitien, le masque de la Peste. Il s'est allongé près de Korfou et, lentement, il a pris son sexe dans la bouche. Leurs yeux devenaient paisibles. Exclue, j'étais heureuse. Je buvais. La souveraine Homosexualité. La Bête. La seule et même Bête. Laura, enfin, n'existait plus; l'angoisse avait disparu. Il est plus simple de voir de près les mises à mort. L'alcool seul brûlait ma langue, ma gorge. Le silence, enfin, revenait en moi.

Mon ventre sans désir. Korfou n'arrive à la plénitude qu'en ma présence.

– Tu me possèdes, Laura, dit-il par-dessus le corps poudré et vaincu.

– Fous le camp! crie-t-il brusquement au garçon qui a perdu sa perruque.

Je téléphone à Korfou la nuit. Longtemps. Je raccroche avant qu'il ne raccroche. Korfou tourmente mon âme de tant de questions que je deviens de plus en plus maigre, solitaire, épuisée.

– Évangéline, dit-il. Tu devrais lui parler. Comme elle l'entend. Fais-lui plaisir; parle-lui.

Je sculpte un nouveau mobile qui représente deux araignes copulant : Korfou et la Mort.

Je perds mon âme; ma mémoire.

GÉRARD

Quel glas aux oreilles des hommes que la voix des femmes!

J'ai déjà vingt-deux ans de bigoudis derrière moi. Dans mon premier salon à Carpentras, je faisais shampooings, couleurs et balayage des sols. La patronne était âgée, sévère, ensachée d'une blouse blanche. Moi aussi, j'avais une blouse. Grise : un sarrau. Les enfants pleuraient quand, en octobre, on mettait les bottins sur le fauteuil pour les hisser jusqu'au bac. Ma patronne avait des lunettes, une permanente Eugène et des ciseaux dépassant de sa poche. On allait alors chez le coiffeur (« au coiffeur »), à la rentrée des classes, à Noël, à Pâques. Les femmes restaient des heures car gonfler, crêper un chignon demandait des heures. Les enfants confondaient salon de coiffure et infirmerie.

Comment se fait-il que vingt ans plus tard, j'aie une tunique de cosmonaute, que soient supprimés les bigoudis, les pâtes à gominer, les crèmes vertes, rouges, canari pour les mèches, que les séchoirs soient devenus infrarouges et l'ensemble de la vitrine une sorte de capsule d'aéronaute?

Il y a vingt ans, on respectait les cheveux. Les femmes les gardaient longs. Brillants, bouclés, blond doré, ou noir d'Iran, ou acajou profond, crêpés en dessous, remontés en toque, percés de petits cœurs en écaille avec un brillant. Ou de très beaux nœuds en velours dits catogans. Ou encore, la coupe au carré, avec une mèche derrière l'oreille à la Sylvie Vartan. Souvent, nos patrons étaient des femmes.

Aujourd'hui, les patrons, c'est nous. Nous, chargés de chaînes dorées, oreilles percées, boucles en or, gourmette au poignet. Nous, les homos, les reines de la targette, les Caroline, les branchés de l'Araigne, dansant les uns contre les autres, pantalons de cuir, crâne rasé, crête méchée. Les femmes ne réalisent même pas que nous les détestons tellement : nous avons créé la coiffure artichaut vert-rose-bleu, les mèches canari, les coupes brosses, les nuques rasées.

Nous avons l'obsession de les rendre chauves...

Avec une note très lourde à la sortie.

Nous coupons, nous colorons, anéantissons les têtes de femmes.

Elles marchent, elles paient, elles craquent. Nos affaires vont très bien en ce moment.

Quel bonheur quand tombe en entier sur le sol transparent où tournoient des étoiles artificielles assorties à nos ceinturons la chevelure des femmes!

Elles assises, nous debout, ce n'est qu'un jeu, la grande délectation de les tondre, les raidir, les laquer, les détruire.

Dès qu'elles poussent la porte transparente de la Capsule, elles sont perdues.

Elles sont perdues aussitôt qu'Hubert, Xavier ou moi, Gérard, les enveloppons de la camisole fuchsia, étoilée également, costume de l'espace invisible où elles souhaitent accéder. Au-dessus du bac à shampooing, elles ont la tête à demi ivre de futures décapitées. Le shampooing est un avant-moment de la guillotine. Elles ferment les yeux : elles espèrent la beauté. Le pouvoir sur les hommes. La possession. Jamais nous ne les haïssons autant que quand, au-dessus du bac à shampooing, elles ont les yeux fermés. Malaxer leur crâne. Rêver de serrer de plus en plus fort la peau souvent lâche et blafarde du cou. Elles n'ont jamais su défendre leurs cous.

Plus que le mari ou l'amant, nous, les faux hommes, nous les vraies tantes, nous, les coiffeurs, les avons à notre merci.

Nous les rendons amoindries à l'amant.

Quand elles sortent de la Capsule, les maris, en secret, comprennent à quel point elles sont horribles.

Tout leur bourbier intime est alors inscrit sur leur tête.

Elles trébuchent. Elles sont perdues.

Hubert, Xavier, Léonce et moi avons le crâne rasé, la combinaison à ceinture cloutée d'étoiles, la botte nazie aux éperons de strass, des chaînes au cou, du miel dans la voix. Nous avons fait des stages chez Desforges, Maniatis, Dessanges. Nous sommes des rois à peine polis, à peine sociables. Nous avons chacun une bourse devant chaque miroir à brushing. Nous chuchotons aux têtes penchées.

Nous chuchotons les mots d'encouragement qui précipiteront la chute :

– Un peu de gomina sur le devant, une mèche rose derrière, voilà votre style.

Les pourboires glissés dans la bourse en étoile

assurent nos faux frais. Plus elles sont riches, plus le pourboire est chiche. Alors Hubert les fustige à haute voix :

– Vous avez confondu vos pièces avec des boutons de braguette, ma chère!

Humblement, elles reviennent : elles adorent qu'on les fustige. Hubert s'excite, crie presque, dans un contre-ut tonitruant :

– Vous me prenez pour un garçon boucher, chère amie? Cette petite pièce est ridicule...

Il les gomine rudement. De vieilles, les voilà porcines avec une petite mèche décolorée jusqu'à la brûlure : des cheveux qui ne pourront plus jamais repousser.

Nous les tenons aussi par les enfants. Les magazines les exaltent. Les petits garçons seront coiffés à ravir. Taillés doucement, shampooing léger, viens mon chéri, siège transparent, la brillantine en plus. Et un bonbon dans la coupe en cristal près des brosses.

Nos enfants, où sont nos enfants? Nous aimons les enfants.

La Femme est une capsule à gosses. Les archanges de la Capsule : nous. Il fut un temps où aller chez le coiffeur était se mettre dans les mains d'un ange; à présent ce temps est réservé aux enfants, aux petits garçons d'amour. Nous aimons les petits garçons d'amour, nos caniches, nos oiseaux.

Marie-Joëlle, l'attachée de presse des éditions Le Palier, nous a envoyé Josefa Lacolère.

Marie-Joëlle correspond à notre idéal féminin : très peu de seins, la silhouette androgyne, les jeans en soie moulant le petit cul, la chevelure taillée (Oh! oui, taillée, tondue) ainsi que dans le magazine *Marie-Claire*.

Josefa Lacolère nous a d'abord répugnés car elle ressemble tellement à une femelle que Xavier a dit :

– Elle ne sortira pas d'ici avec ses cheveux.

Elle était enceinte jusqu'aux yeux. Vêtue de façon extravagante ; une chemise de curé en dentelle – un surplis –, un pantalon bouffant de moukère serré aux chevilles elles-mêmes enfouies dans des bottines dorées. Une queue de cheval noir cascadait sur ses reins.

Quand j'ai défait le mètre vingt de cheveux brillants, sauvages, j'avais la gorge serrée. Je me consolais en apercevant dans la glace la forte poitrine, la fesse et la hanche larges, le ventre gonflé, les formes femelles outrées.

J'avais la gorge serrée devant cette chevelure extraordinaire. Je venais d'essayer les implants sur ma calvitie. J'allais commettre un beau meurtre : faire tomber, tuer un mètre vingt de magnificence.

J'eus l'argument choc :

– Les cheveux longs vous tassent.

Au mot « tasser », elles frémissent et balbutient, atterrées :

– On coupe.

J'ai la joie jésuitique de les amener d'elles-mêmes à l'abattoir, car jamais jamais on ne retrouve un mètre vingt de cheveux.

Josefa est repartie les cheveux mi-longs. Elle a résisté, la bougresse. Le comble est que cette coiffure lui seyait à ravir : le visage surgissait, latin, marqué de longs cils, l'œil taillé en forme de sole. Avec un bon maquillage, elle serait superbe, mais ces fringues, oh ! ces fringues ! Et puis je déteste son corps. Elle n'a pas celui de Marie-Joëlle qui porte smoking et blouse d'homme avec des allures de danseuse. Josefa, pendant la coupe, le shampooing, me faisait rire. Je crois qu'elle a gagné ainsi mon amitié, mon envie de la revoir. Nous, les homos, on aime rire. Se tordre de rire. De plus, elle était seule à porter cette grossesse. Elle disait que porter un enfant est une cohabitation avec une montagne et des gerbes de fleurs.

– Umberto. Je vais l'appeler Umberto. Je suis sûre d'un garçon.

Quand elle a laissé un gros pourboire dans l'étoile de satin, je n'ai pas résisté : je l'ai invitée à dîner à la maison.

Elle est partie avec Edmond et moi. Edmond vient toujours me chercher à la Capsule. Le magasin d'antiquités où il travaille est dans la rue voisine. Vers sept heures, Edmond entre au salon, un foulard rouge à son chiffre sur le costume en velours noir, les bottillons vernis, les lunettes fumées, une grande croix en argent sur la chemise en soie. Il fait grande impression sur mes patrons, Xavier et Léonce, qui lancent alors des œillades. Xavier renforce sa ressemblance avec Catherine de Russie et Léonce frappe sur sa poitrine en glapissant :

– Ma fourrure me tient chaud.

Le tout accompagné de petits gestes comme s'il chassait des moustiques.

Josefa a emporté ses cheveux dans une grosse poche libellée au nom de son éditeur.

– Un scalp pour Ludovica Mouny.

Ensuite elle a dîné puis dormi chez nous.

Nous sommes ainsi, nous, les homos : une femme excentrique, éprise d'urgence plus que d'avenir, provoque notre intérêt. L'éternité ne nous intéresse pas puisqu'elle est confondue avec la reproduction. Si nous pouvions enfanter nos caniches et nos oiseaux, nous le ferions et élèverions l'humanité future, mi-ange, mi-bête, nourrie au millet, au fouet et à la viande crue.

Jamais notre corps ne sera pollué par celui de la femme.

Nous sommes les Purs, les Durs, les Vierges, les Vrais : les Mecs-à-Mecs. Zoa, Chonchon, Glaïeul, Xavier, Saint-Bernardin de La Preuserie, Œillet, Soufre Bleu, Korfou... Voilà nos noms, nos êtres.

Josefa a accouché un mois exactement après la visite à la Capsule. La sage-femme ne savait pas qui était le père : Edmond ? Gérard ? Glaïeul ? Nous avons tous les trois la même silhouette, les mêmes propos. Glaïeul a été le premier à disparaître. Chonchon avait brodé des bavoirs, Zoa tressé un couffin ravissant, Xavier acheté un hochet, Léonce apporté des fleurs mêlées de dragées... Moi, j'ai été consacré parrain officiel. Tous penchés sur le couffin, nous avons oublié la mère qui gisait, vaincue, au fond d'un lit où était branchée une perfusion.

Umberto, notre bébé, notre fils parfait, venu de l'extérieur sans que nous touchions à la Souillure essentielle. Nous tisserons pour toi et autour de toi autant de soies qu'il est nécessaire pour te protéger. Amour plus fort que l'amour puisque séparé des chairs de la femme. Pourquoi a-t-il fallu que la malédiction de cette sale femelle, c'est-à-dire le fait qu'elle nous ait dérobé un homme, nous sépare à jamais de toi ?

Nous en sommes morts. Nous en mourrons encore : nous en saignons et après on s'étonne que l'on empale les femmes pendant les guerres jusqu'à ce que leurs tripes volent en éclats au milieu de leurs hurlements de truies.

Depuis son divorce et la naissance, juste et terrible jointure, Josefa a l'air d'une somnambule. Ses seins ont maigri. Elle a presque un corps à la mode et j'ai obtenu de tracer des sillons dorés dans sa chevelure que j'ai raccourcie davantage.

L'horrible Tosca vient aux Glycines où nous nous sentons chez nous. Josefa est d'ailleurs allée voir son notaire et nous a laissé la tutelle d'Umberto et l'usufruit des Glycines si elle venait à décéder. Hôtes privilégiés, nous avons donc la clef des Glycines. Mais Tosca l'a aussi, ce qui nous démoralise. Glaïeul rôde parfois autour de la maison. Il vit chez des femmes et revient ici de temps à autre, imprévisible, mauvais courant d'air qui fait plier les épaules de Josefa.

Allongée sur le canapé, les doigts tachés d'encre, lors de ces intrusions, elle murmure :

– Je n'ai plus de forces.

Heureusement nous sommes là. Heureusement nous veillons, surveillons, jetons dehors Tosca quand elle vole des bouteilles à la cave, chassons Glaïeul par la fenêtre :

– Va-t'en, Glaïeul, retourne chez les femmes.

– Le soleil finira bien par brûler la terre, murmure Josefa.

Nous avons l'habitude : elle est toujours en train d'écrire, elle a l'air d'une folle. Pourtant, j'ai réussi sa permanente et ce roux doré lui va très bien et la vieillit un peu.

La soirée sera bonne : Josefa s'étire, surgit d'elle-même, retrouve cette gaieté qui la fait survivre contre vents et marées. Elle se verse un whisky, allume une cigarette, met un disque et danse.

– Tosca, hurle-t-elle soudain, rends-moi les cent francs que tu as pris dans mon sac. Tout le monde me vole, ici... Je le vois, et je le sais. Tu entends?

Elle danse jusqu'à plus soif sous les violons tziganes. Edmond bougonne en faisant son argenterie :

– Il manque une petite cuillère. Elle était là au dernier week-end.

Moi, je brode la Joconde qui ira dans notre chambre, au premier étage, chambre qu'Edmond a déjà commencé de tapisser; chambre proche de celle d'Umberto, chambre dite « des parents ».

Si Josefa meurt, nous nous installerons définitivement aux Glycines. Mais sur ce sujet, le notaire nous a simplement répondu « hem! hem! » sans donner de précisions.

GLAENDA

La néfaste mémoire continue. J'ai joué Schubert. Ravel. A New York, l'acoustique des théâtres est parfaite.

... Mon double voltige et erre à l'affût. Ce moi qui ne m'appartient plus, est-ce la mort?

Ce double ne porte ni frac ni smoking. Il est simplement nu et tremblant, il gèle et erre. Ectoplasme mal abouti. Je vais appeler Orlanda, après le concert. La nuit ici, le jour là-bas. Je vais la réveiller. Elle travaille si tard, la nuit. Dort-elle, la tête gracieusement couchée sur les poings serrés? Je vais lui dire qu'hier, un très beau jeune homme rêvait de finir la nuit avec moi. Qu'une vieille Américaine chargée d'or, de forces fraîches et sournoises me convoite depuis le début du jour.

Non, je me tairai. Le très beau jeune homme appartient à ce double que Milan avait su déceler en moi de son terrible regard, derrière sa grande barbe rousse...

Qui est Glaenda?

Nu et soumis aux femmes, convoité par les hommes.

– Si encore tu étais franchement pédé! tonne Milan. Ce serait mieux. Affreusement mieux...

Milan est vieux, désormais. De rousse, sa barbe est devenue blanche. Mais il reste coléreux, épris de ma mère qui, de plus en plus, dans la mousseline bleue, ressemble à une porcelaine dorée. Soie tendre, sourire immuable : morte.

Laura se meurt de préserver sa créature Arégor au détriment d'Évangéline. Milan déteste en moi ce fils qu'il n'a pas eu.

... Maman-Poupée est désormais presque aveugle. Elle chante, chantonne et Milan lui mange les mains, les poignets, dévore sa bouche de baisers pour la faire taire. Il lui parle d'amour en russe. Milan est un tyran. Généreux mais tyrannique.

— Vous n'êtes, ta mère et toi, que des faibles, donc des criminels! hurle-t-il, dans sa fonderie. Vous m'avez tué. Rien donné. Tout pris.

Il lui arrive de pleurer.

Orlanda.

J'aime ton corps long doux souple. Androgyne, quoique très féminin. La soie bleue dont je te demande de te parer. Ta bouche habile, maquillée d'un rouge presque noir, tes mots, tes silences qui font de cette bouche un joyau dont je me repais. Plus que ton sexe, ton ventre, ta bouche me liait à toi. Ma chérie, ma sœur, pauvre sœur de l'ombre et de la lumière, ma jumelle. Nos mains sur le clavier : je vais t'épouser.

La salle en entier s'est levée. J'entends des femmes crier en français : « Glaenda, je t'aime! » Rulf, mon imprésario, plus rouge que la barbe de Milan, me secoue les mains, les bras. Je suis pour une heure l'Éternité, la perfection.

Mon corps brûle. Vivement le Haig. Les glaçons dans le verre, puis la bouteille à même le goulot sans même défaire mon smoking, seul sur le lit. Je ne suis plus très sûr de vouloir appeler Orlanda.

Quelle pétaudière ici malgré les trois heures quoti-
diennes payées à Tosca! Deux ou trois femmes de
ménage avant elle se sont découragées. Josefa ne
voulait pas qu'elles touchent à son bureau, moi à
mon piano et Laura à son atelier. Nos maisons
désespèrent : M. Steiner sanglotant dans la chambre
d'Éléonore, les toiles d'araignée naissant aussitôt que
détruites.

Du bon travail pour Tosca!

Si vous la voyiez, chaussée de faux serpent, foulard
en panthère acrylique, caraco imitation léopard, jarretelles visibles, perruque rose! Elle saute jusqu'au plafond avec le grand balai aux araignées en poussant des
« you » effrayants.

— Chère artiste, dit-elle, c'est mieux que l'orgasme...
you... you!

— Je vous en prie, Tosca. Je n'y connais rien.

Elle s'assoit, balai sur l'épaule, près du bureau où
j'étudie mes partitions étalées.

— Comment, chère artiste, les pieds au plafond, vous
n'avez jamais connu ça?

J'ai malgré moi le fou rire. Vais-je la jeter dehors? Je
supporte mal ses petits yeux embusqués derrière les

116

lunettes à monture violette assorties aux boucles d'oreilles. Tosca a déjà détruit six toiles et s'apprête à dépoussiérer le living à grands coups de chiffon et plumeau.

– J'ai eu un amant superbe, de très haut milieu littéraire. Il m'obligeait à mettre les pieds au plafond pendant la sodomie.

Il faut vraiment que nous ayons besoin d'aide et l'esprit ailleurs pour supporter les divagations de Tosca.

– Le mime Korfou se jette sur moi comme un babouin.

La voiture-œuf, garée dans le jardin, est quasi enfouie sous les grandes herbes. Le garde-champêtre a laissé dans ma boîte à lettres une pétition des voisins qui souhaitent me faire tondre la pelouse. La crue imminente transforme le jardin en marécage.

Tosca connaît des charlatans, des astrologues, des guérisseurs, des hommes d'affaires véreux, des grossistes invraisemblables, des marchands de volailles habitant des châteaux, des borgnes, des manchots, des cancéreux miraculés. Elle a toujours une solution en cas de dépression ou de difficulté :

– Nous, les femmes seules, hélas...

Dès qu'on l'appelle, elle fonce à travers neige, brouillard, pluie, soleil et confond son ignominieuse familiarité avec l'amitié. Impossible de lui tracer des frontières. La solution : ne pas la voir, ne pas l'écouter.

Tosca sait tout de nous, sur nous; ou bien elle se contente d'inventer. Elle est le grand lien baroque, tendu entre nos maisons, elle colporte les messages, les

117

modifie, elle pourrait détruire toutes relations si nous n'avions compris la folie qui l'agite.

Son système horaire nous convient. Ainsi est-elle chez moi à quatre heures trente du matin car je prends l'avion pour l'Italie à sept heures. Elle fermera la maison, bouclera ma valise, m'aidera à la porter puis foncera à neuf heures chez Laura qui se remet mal de sa dernière crise d'asthme.

Florence, Milan, Rome... Trois villes en cinq jours, plusieurs soirées à Rome. J'ai un très beau contrat et l'âme plus déserte que le vide. Glaenda. La pluie sur la maison. Mon envie d'aimer, éperdue.

Trois villes superbes, la Musique. Rome, les traces de Luigi, mon grand-père qui avait examiné mes mains dans ma prime enfance :

— Pianoforte... Musicienne.

Il l'avait lu, il l'avait dit. Venue en France très jeune, j'appartiens à ce pays, désormais. Mais l'Italie bouleverse mon âme. Luigi. J'ai mal à la tête. Tosca a eu beau envoyer une mèche de mes cheveux à un magnétiseur, j'ai toujours mal à la tête au moment des départs et des concerts.

— Tosca, vous laisserez entrer M. Steiner comme convenu. Je serai là dans un mois.

J'ai mis dans la valise les trois robes en soie bleue, les chemisiers plus légers que l'aurore. J'ai eu le temps d'aller à la Capsule où Gérard a blondi l'ensemble de ma chevelure, sans la couper, ce qui n'a pas été facile :

— Ma chérie, les cheveux longs donnent un air de vieille sorcière.

Il venait de tailler au rasoir de façon iroquoise

l'éditeur Ludovica Mouny qui ressemblait à un grand volatile guerrier. Blonde, lasse, les yeux cependant maquillés, la bouche rouge, les cils très noirs, avec mon tailleur en cuir serré à la taille, un manteau sur le bras, je suis prête. Tosca hurle : « Où sont tous mes amants ? » d'une voix si fausse et à une heure si ingrate qu'elle m'exaspère.

— Je vous en prie, Tosca, il n'est pas cinq heures et je dors encore.

Elle bat un grand tapis, toutes fenêtres ouvertes. Il pleut à flots. Il fait noir. Je claque un peu des dents. La fièvre. Glaenda mon amour, la jalousie n'est que physique, physique. Qui ose toucher ta chair, ta chair ? Je finirai par tuer.

— Tenez, chère artiste, voilà du café.

Le front contre le carreau entrouvert, la pluie effleurant le visage, j'ai froid. J'aperçois le puits, les herbes folles, le jardin lacéré. Après Rome, je m'en vais. Tosca est là, derrière moi, on dirait qu'elle a plusieurs yeux. Je m'affaiblis.

— Tosca, si je ne réagis pas dans la seconde qui suit, je tomberai de fatigue.

Je parle en somnambule. Les cheveux dorés, lumineux. Oui, la lumière : je pars d'ici. Comment un enfant pourrait-il oser naître dans la garde du cocon ? Cette maison, Tosca, ces araignées et le vieux Steiner qui m'épie...

...L'autre jour, j'ai senti son souffle, à peine perceptible dans mon dos tandis que je travaillais, et une petite goutte glaciale a coulé le long de ma nuque. Rien, presque rien, mais je n'arrive pas à oublier cette sorte de désagrément assez proche de la peur.

Mes gants, mon sac sur le piano. Tosca est attentive. Elle a laissé l'ampoule du jardin allumée. Son ombre se projette dans l'allée. Ombre colossale pour ce petit corps contrefait, ombre qui traverse l'allée, grimpe au mur de la grange, gagne le toit...

J'ai brusquement fermé la fenêtre et je me retourne d'un seul bloc vers le tonnelet à perruque rose. Ses lunettes fumées la transforment en bestiole inidentifiable. Tosca est inidentifiable. Au plafond grimpe une petite araignée aux gros yeux.

Tosca.

Il paraît que nous avons tous un sosie. Le sosie de Tosca grimpe grimpe et s'installe confortablement sous mon plafond pour mieux surveiller ses proies.

Pourtant je reçois avec presque du plaisir le café qu'elle me tend.

Au bord du vertige, je m'assois. Josefa éprouve aussi ce malaise quand Tosca l'observe trop longtemps. Douée de l'intelligence d'un gnome, elle est aussi le suicide, l'errance, un ectoplasme malodorant que nous avons introduit dans nos maisons car nous faisons peur.

Plus que les araignées, les artistes font peur.

– La peur c'est nous, et Dieu c'est la peur, dit Josefa.

Tosca est-elle la véritable artiste? Celle qui va jusqu'au fond d'une cacophonie d'images, de sons, de mots, de formes avec tout le mépris subtil de la société pesant sur elle?

– Oui, dit Josefa, nous avons la chance d'être des fonctionnaires de l'Art. Sans le public, les attachées de presse, nous ne serions que des Tosca...

J'ai bu le café, les yeux fermés, les épaules frissonnantes. L'haleine de Tosca est un mélange de fleuve jaune, de gras de baleine, d'urine séchée, de lait caillé et de muguet synthétique. Je suis écœurée. Dans l'avion, je prendrai un whisky.

Ai-je rêvé? Le téléphone a sonné. Si fort dans le petit matin qu'un peu de café a taché le chemisier en mauvaise dentelle de Tosca qui reste appuyée sur son balai. J'ai sursauté violemment...

J'ai trois téléphones : dans la pièce à piano, dans ma chambre et à l'étage, tout là-haut, presque au niveau du grenier, devant la chambre d'Éléonore. Où que je sois, je peux te joindre. Les trois sonneries ont éclaté simultanément, tonitruantes dans la maison vide, en cette nuit profonde de fin d'hiver.

J'ai toujours su quand c'était toi, sans même décrocher. La sonnerie déchire mon ventre, ma main tremble – Glaenda –, je décroche, oui, mon amour, oui je dis oui oui...

LE COLLIER DE LAURA

Il est en opale, la pierre dite du malheur. Proche de l'or et de la vase du fond des étangs. Korfou me l'a donné. Le seul bijou que je porte. Je ne le dégrafe même pas quand la crise d'asthme me terrasse. Je m'accroche à lui. Je me noie. J'étouffe.

Korfou m'a donné ce rang d'opales qui reflète ses moires dans la peau. Un petit matin, après son spectacle. Nous étions revenus à l'appartement tout blanc. Korfou souffrait, allongé sur le lit non défait. Nous buvions, nous ne parlions guère. Tout habillé de noir, le visage non démaquillé, il n'avait de vivant que les yeux qui lançaient ces éclairs et me captaient. Soudain, Korfou ouvrit un tiroir de la table de chevet et me lança le collier.

— Il était à Gloria. Il est à toi.

Loin de l'abhorrer, je l'ai serré un moment contre ma joue. Il se réchauffait ainsi à ma peau.

— Je t'aime, Korfou.

— Ces opales sont faites pour toi. Translucides. Dures, pires que cailloux, légères tels des elfes... Prends, Laura.

Éléonore, paraît-il, avait offert ce collier à Gloria lors de son premier mariage. Promenade des objets à travers nos passions...

Le collier me ravit et me fait mal. Son fermoir blesse mon cou. Korfou blesse mon âme. Tosca convoite ce collier.

– Je n'ai jamais rien pris à personne, chère artiste, pas même les hommes, malgré ma classe. Mais je vous assure, je me damnerais pour ce collier.

Il est envoûtant.

Évangéline le déteste.

Je bascule dans mon sang, ma mort, mon art. Le nouveau mobile – deux araignes copulant – m'habite. Je contourne dans l'atelier un bloc non divisé, couleur opale.

Je ne trouve pas la forme. Pas encore. J'ai taillé une seule et même tête. Le début d'un bulbe. Une racine. Un chêne mort. Ainsi va l'art. Je n'y comprends rien moi-même.

JOSEFA

J'ai froid dans mes tenues de bal. Froid dans le tulle, dans le velours. Froid dans mes escarpins. Froid sous la couverture. Froid contre Umberto. Depuis mon divorce, j'ai froid. Malgré les appels téléphoniques, j'ai froid. Rue Rabelais, chez Mouny, je bois, pour avoir moins froid. J'ai peu fait l'amour depuis ma séparation d'avec Glaïeul. Mon sang, coagulé, dédouble mon être : l'un est le gisant, celui qui a froid, tandis que bat toujours ce feu derrière les tempes. Créer : pour avoir moins froid.

Je ne quitte plus guère les Glycines. Suis-je vieille ?

Emmanuel... Emmanuel... Restituer à Glaïeul son vrai prénom. J'aimais la forme de ses coudes, la manière dont il jetait un sac Air France sur son épaule. Je ne me souviens guère du regard, des prunelles malades qui se décoloraient progressivement. Le père Karamazov affirmait que l'on peut aimer une femme pour une part, juste une part de cette femme : la cheville, l'aisselle, l'intérieur du genou.

J'aimais les coudes. La grâce du geste. J'aimais l'illusion.

124

Les coudes prenaient une importance extrême dans nos rapports. J'exigeais la manche retroussée, j'effleurais ces fruits durs, secs. Fascinée, je m'éveillais près de lui, hantée par le geste du bras. Seulement le geste. De l'être, point de souvenirs. Mouny dit que je suis douée pour le superflu. Écrire n'est que fantaisie douloureuse, superflue, sublimée.

Mais non, mais non! Je ne suis pas si vide, pas si vaine, pas si vieille. Une part de moi, sauvage, secrète, la part essentielle en dehors des mots, bat pour Antoine.

Dans les soirées, je l'évite. Mon visage disparaît derrière les grilles du silence, je prie, je prie au fond de moi-même saint Antoine de Padoue, saint Expedit, je prie : aime-moi, aime-moi, regarde-moi, touche mes mains, mon visage. Je disparais, m'évanouis, meurs dès que ta voix résonne au téléphone. Nous avions travaillé *Le Nénuphar bleu* à distance. Ta voix. Jusqu'au fond de mon âme.

INTERMEZZO
POURQUOI TOSCA
PORTE-T-ELLE UNE PERRUQUE?

Auparavant, Tosca se faisait teindre en blond rose à reflets rouges. Aussi, à Sancy-sur-Marne, étions-nous tous convaincus qu'elle portait perruque.

Au service de Josefa, elle rencontra Gérard aux Glycines. Elle voulut à toute force se faire coiffer à la Capsule, rendez-vous du Tout-Paris des lettres et du reste.

Quand elle ouvrit la porte de la Capsule, Xavier poussa du coude Léonce qui poussa Gérard :

— Gérard, ton boudin, je n'en veux pas.

Tosca portait ce jour-là un tailleur vert pomme, très court, un chemisier grenat, des boucles d'oreilles vertes, un sac en plastique jaune, des chaussures à talons aiguilles canari et des bas résille noirs.

— Bonjour cher ami, a-t-elle jappé en tendant sa main à Gérard pour qu'il la baise. Je voudrais, comme nous en sommes convenus, une coupe à la fois dégagée et foisonnante, élégante mais désinvolte, très à la mode tout en étant désuète et que je puisse recoiffer avec deux doigts quand je me réveille auprès de mes amants...

— Je vois, a dit Gérard.

La chevelure de Tosca est déplorable : clairsemée,

décolorée. Gérard a d'abord taillé très court le derrière et le dessus, dégagé l'oreille porcine, accentué le désert du front.

– Je vais vous faire, chère surintendante, une brosse Sioux-Cheyenne-Argent-Grand-Look. C'est ce que choisissent nos plus hautes personnalités.

Tosca a gloussé, jambes croisées. Puis, couverte de pâte blanche ammoniaquée, elle a attendu le résultat au-dessus du bac à shampooing. Léonce lui a passé un magazine sur la vie des stars et des princesses. Tosca montrait à ses voisines une photo d'Orlanda aux côtés de Glaenda :

– C'est une amie intime! une amie intime!

Cependant, la pâte blanche jaunissait sur la tête de Tosca puis virait à un violacé fâcheux. Léonce avait forcé les doses. Une crête bizarre se dressait au-dessus de l'amalgame.

On passa au rinçage une Tosca clabaudante et ravie mais la crête entière resta dans le lavabo.

Tosca hissa du bac un crâne chauve, cerclé d'une auréole de cheveux raidis, presque roses.

– Cela se fait beaucoup, affirma Gérard d'un ton neutre. Ainsi Lady Di a-t-elle le projet de la coupe Sioux-Cheyenne-Argent-Grand-Look.

– Caprophile! hurla Tosca. Rendez-moi mes cheveux!

– Nous le voudrions bien, piaulèrent Xavier et Léonce, mais c'est vous qui avez demandé la coupe Sioux-Cheyenne-Argent-Grand-Look...

Ils savaient qu'ils allaient perdre trois ou quatre clientes à cause de cette histoire mais ce mauvais coup faisait leurs délices. Ils continuèrent :

– Quelle classe! quelle classe vous avez, chère amie, chère Tosca!

– La maison vous offre ceci, continua Gérard qui crut tomber raide de rire en présentant à Tosca la perruque en acrylique qu'elle porte depuis sa mémorable visite à la Capsule. La coupe Sioux-Cheyenne-Argent-Grand-Look inclut aussi la perruque...

On en coiffa Tosca qui se trouva sublime, cessa de crier et paya en grosses coupures : la veille, elle était allée à la Villa des Rendez-Vous.

Dans la pièce aux teintures, parmi les caisses de crèmes et de shampooings, Léonce, Xavier et Gérard hurlaient de rire.

– Une fendue de moins, dit Gérard quand Tosca sortit de la Capsule.

JOSEFA

Je dois m'asseoir. L'hypotension me guette. Je ne
sais plus rien de Glaïeul sauf qu'il vit chez des femmes
– il n'y a jamais d'hommes seuls – et qu'il refuse de me
rendre des portraits de famille, des photos de moi en
première communiante, les menus objets sentimentaux
de mon enfance. Le souvenir du coude, du bras
gracieux, du geste aérien s'est estompé. Deux manuscrits sur ma table : *Dans tes bras* et la suite du
Nénuphar bleu dont je n'ai pas encore le titre. Mouny et
Andrexy, sans le savoir, me harcèlent. Ils veulent le
texte, le texte...

Antoine! Antoine! au secours! Viendra-t-il enfin le
jour où plus aucun homme ne tordra en moi cette
torche d'épouvante?
– Continue ton texte, dit Mouny.
– Continuez, dit Andrexy.

Je continue, je continue. Loin d'eux, je m'apaise.
Mais non, c'est faux! Loin d'eux, je m'ennuie, vouée à
mes cloportes. Ma vie d'écrivain dégoûte Edmond et
Gérard, elle me voue à des Glaïeul, ou à un lâche
comme Gaétan qui s'est toqué de moi et qui, depuis

quelques jours, m'appelle sans cesse. Il me veut. Il veut mon corps.

Je ne dors pas. Je patauge dans mes contradictions. Mouny. Andrexy. Leur pouvoir. Leur terrible pouvoir. Folle d'amour, je n'ose ni appeler Antoine ni lui écrire alors que tous les prétextes seraient plausibles. L'autre jour, Gérard coiffait Marie-Joëlle à la Capsule. Je flanche. Je tremble. L'amour est une affaire d'images contrariées. On dit qu'Antoine l'a chassée de chez lui le soir de la fête où il m'a espérée en vain. Elle en a même reçu une gifle magistrale qui lui a valu ce coquard bleu qu'elle exhibe à Gérard comme un triomphe.

Umberto dort. Sous la couverture apparaissent un coude gracieux, une nuque, des cils qui sont ceux de son père. Alchimie. Cigarette allumée, j'entre en funambule dans ma vraie nuit où j'entrevois le visage de ma mère morte, celui, plus lointain, de mon père. J'ai envie, oui, j'ai envie de hurler « Papa-Maman ».

... Je n'aurais jamais dû assister à la mise en bière de mes parents. Si ce n'était pas le même jour, c'était l'été pour chacun. L'été. Les guêpes bourdonnaient dans la glycine. Ma solitude. Ces coffres en chêne clair ouverts dans le salon, ce même salon où Gérard, Edmond et Tosca se croient les maîtres. Ce même salon où je danse jusqu'à tomber, où je vais faire l'amour avec Gaétan, où Laura, Orlanda et moi jouons à la tulipe effondrée...

Ces visages de morts! La régression vers leurs vingt ans, l'innocence écorchée de la vieillesse retrouvant, grâce au grand traumatisme de l'agonie, la structure bouleversante de l'adolescence. Morts, ils avaient retrouvé leurs quinze ans.

Sont restés dans mes oreilles les tours d'écrou de chaque vis dans les cercueils. L'un, capitonné de blanc, l'autre de violet. Oui, le blanc pour les dames et les enfants, le violet pour les messieurs. Que faudra-t-il pour moi?

La voix de Gaétan fait partir mes fantômes. J'ai envie de me rouler sous son ventre. Je dis : oui, oui, viens. J'ai allumé à toute volée la lampe. Je mets en route *La Traviata*, l'admirable monologue de Violetta prise de vin et de désespoir. Je sors de l'armoire la jupe en soie, le caraco en or, les bas noirs. Les cercueils deviennent le lit de Nana. Antoine, cette fête du corps, loin de toi, t'ébranlera-t-elle à distance? Vas-tu frémir, jaloux, meurtri, et enfin venir?

GAÉTAN

Cette fille me plaît. Depuis le jour où elle a remis le manuscrit du *Nénuphar bleu* je ne pense qu'à son ventre. J'ai lu. Relu. Il y avait l'histoire du coude d'un homme sans visage. Je couche pour un regard, une cheville, un dos...

Cette fille me plaît. Ses livres, son visage. Son dos, ses jambes. Les bas noirs qu'elle porte. De l'amour, je ne me souviens que de fragments. Je retrouve l'unité perdue grâce à l'éparpillement des ventres, des bras, des lèvres, des tissus, des bijoux... Avant de s'enticher d'Antoine, Marie-Joëlle couchait régulièrement avec moi. J'aimais peut-être davantage l'odeur du cuir dont elle s'habille – même ses porte-jarretelles sont en cuir – que celle de sa peau couleur de perle. Du rose. Du bleu. Une nuque régulièrement taillée par Gérard. Ma femme légitime, Maryvonne, je l'ai épousée voilà vingt-deux ans. Je ne me souviendrai que de ses mains sur les bocaux, l'anse de l'arrosoir. Ou encore, du pied posé sur la poubelle biologique (la Roussille, Sancy-sur-Marne), ou des lunettes remontées sur le front quand elle épluche les légumes. Il est des situations plus fortes que l'amour. La pitié que Josefa éprouve pour son ex-mari aperçu une fois aux éditions Le Palier. La communauté des biens entre Maryvonne et moi. Car nous avons acheté à trois couples cette grosse maison : la Roussille, face aux Glycines. Nous passons nos été, nos week-ends à ramasser les pommes, distiller le cidre, remplir les bocaux. Les deux autres couples, ainsi que Maryvonne, sont maîtres-assistants à la faculté des sciences de Paris. Je suis le seul à travailler dans le privé mais à mes rares moments de liberté, ils m'obligent à me mettre au jardin, à la cuisine, à divers travaux de replatrâge ou plomberie. J'ai relu *Le Nénuphar bleu,* les mains tachées de plâtre. Maryvonne, Yvonne, Léone (les « Onne »), Robert, André sont agrégés de sciences naturelles. Mais ils préfèrent la Roussille à la recherche et aux livres. Ils préfèrent la Roussille à tout, à tous, même à eux-mêmes.

Nous louons nos appartements à Paris et nous avons acheté la Roussille.

Pourquoi ce nom « la Roussille » ? A cause des arbres rouges dès septembre ? Ou du toit penché, ou encore des rideaux à petits carreaux cousus par les « Onne » qui déguisent fâcheusement cette grosse maison en fermette normande ? L'édition me pèse car au fond, j'aime la propriété. Lien redoutable qui me lie à Maryvonne. En 1968, bourrés d'idéal, tous fils de pauvres, nous avons adopté l'écologie, les systèmes épurés, nous dissimulant profondément notre violent amour pour la propriété, la terre – Léon Péchon a-t-il été victime de la même illusion ? Il avait acheté la Roussille à Gloria Steiner et comptait en faire un stalag écologique, y écrire un traité sur l'improbable libération du prolétariat. Il avait apporté son essai *La parole est d'or* au Palier, où je débutais.

C'est moi qui ai rédigé la lettre de refus.

Noyé... Noyé... Il s'est laissé glisser derrière la barrière de la Roussille, là où la Marne atteint le jardin, noie nos légumes, abîme nos arbres. La veuve de Léon a vendu la maison pour une bouchée de pain. J'étais à l'enterrement de Léon, à Sancy-sur-Marne, quand au cimetière, sa veuve m'a dit brusquement :

– La littérature de Léon vous déplaisait? Et sa maison, qu'en pensez-vous?

Le soir j'en parlais aux « Onne », à Robert et André. Quel génie assez bas, de nos ancêtres d'Auvergne ou du Limousin ou des Charentes, a joué? Nous avons dit oui. Nous sommes allés ensemble à Sancy-sur-Marne. Le Groupe. Les « Onne » devant, les hommes derrière. Dans le cabinet du notaire qui fait « hem! hem! » en nous lisant l'acte de vente.

– Y a-t-il dans cette propriété un vice caché? a demandé le notaire à la veuve de Léon qui a éclaté de rire et signé sans se retourner.

– Pas que je sache, a-t-elle dit, mais des vices présents, il y en a plein le monde. A commencer par ici.

A la Roussille, nous nous habillons mal – jeans, bottes, pulls rapiécés. Secrètement, nous savons bien que nous n'avons plus rien à nous dire. La femme de ménage, Tosca, a finalement plus de conversation que les « Onne ». Nos vingt ans sont loin. J'ai su que mon humanité, ma jeunesse s'en allaient le jour où j'ai signé la lettre de refus de *La parole est d'or.* J'ai voulu m'affirmer en éliminant le trop subtil et brillant Léon Péchon qui m'avait naïvement confié son désir d'entrer dans l'édition. Mouny m'a nommé premier lecteur le mois suivant :

– Quelquefois les salauds sont rentables! a-t-elle jeté par la porte de mon bureau où désormais mon nom est écrit.

... Le mois suivant, l'enterrement de Léon Péchon.

– La liberté bâtie sur la mort, a dit Mouny.

Le jour d'après, elle m'avait invité rue Rabelais sans Maryvonne :

– Quitte ta bonne femme et ce groupe idiot. Quitte la Roussille et tu feras peut-être un bon directeur de collection.

Rien à faire : les bocaux, la maison, la propriété sont plus forts que moi. Aussi, je végète toujours comme premier lecteur au Palier mais je reste rivé aux murs et au terrain de la Roussille.

Lisant *Le Nénuphar bleu*, j'ai failli remettre la Roussille en question.

– Mais quitte-les, bon Dieu! hurle Mouny, ou je te colle au magasin comme planton!

L'ennui est que Mouny voit souvent juste.

Les « Onne » cousent, cuisent, brossent les parquets, rafistolent les vieux meubles et chaque samedi soir, autour de la grande table où Léon Péchon écrivait, nous épluchons les légumes en tas pour les stériliser le dimanche.

Nous sommes devenus avares. Notre plaisir est de manger les bocaux de l'an passé.

Bien sûr, à la Roussille, nous ne faisons pas l'amour. Les « Onne » – je n'arrive plus à leur donner un visage, un style, leurs yeux sont-ils bleus? marron? –, les « Onne » infusent des plantes cueillies au jardin, séchées au grenier. Pas de tabac, ici. Tout pour la santé. Les « Onne » sont-elles des Mères au sens du premier *Faust*?

Pourtant, malgré ce régime, des douleurs m'assaillent, des vertiges me prennent; j'ai du cholestérol.

— Tu crèves, dit Mouny. C'est bien fait. Tu as l'âme d'un petit planton.

Maryvonne sait que je baise que je baise, que je baise dès que je suis à Paris. Mais elle ferme les yeux derrière ses lunettes à triple foyer et s'endort très tôt en pyjama Babygros.

Nous avons un fils de vingt ans passés : Jean-François. Il hait la Roussille depuis ses quatorze ans. Aussi l'écartons-nous le plus possible d'ici où il vient quelquefois faire de la mobylette.

Quand nous recevons (les Parisiens adorent profiter des maisons de campagne), nous exigeons quarante francs par jour, surtout de nos amis : plus on est amis, plus on doit payer pour rester en bons termes. Certaines de mes maîtresses sont reçues à la Roussille car ainsi va la garde du cocon : ne pas contrarier ce qui déchirerait la toile; il faut me laisser mes frasques si l'on veut être sûr de me garder. Les « Onne » l'ont décidé. Et puis quand Marie-Joëlle verse dans la boîte-à-amis son billet sans exiger la monnaie (nous avons un tas de pièces de dix francs à cet usage, dans un compotier), au fond, les « Onne » sont bien contentes.

Si j'ai fait l'amour, mon cholestérol baisse et je peux rafistoler la salle de bains sans rechigner. Car nous rafistolons le toit, les murs, les trois salles de bains chacune notre tour. Il faut tenir compte de ma rentabilité.

Seulement où est la Vraie Femme? La Vraie Maison? L'Unité? *Le Nénuphar bleu* soulevait cette question :

« ... Arabesque des chairs, des souffles, sang de mon

amant, bras sous tes reins, je suis l'Homme. Et la Femme. Et la Bête en toi directement confondue. »

Josefa! Josefa! Cette phrase me rend fou.

Je suis donc capable de folie heureuse?

Maryvonne s'active de plus en plus au fil des années. On la croit en bas, elle est en haut à coudre des housses à édredon (peu de chauffage en hiver au nom de la santé et de la bourse). Dans *Le Nénuphar bleu*, les feux, les lampes, les chaudières brûlent, l'amour flamboie.

Où est Maryvonne? Dans le jardin à arracher avec furie les mauvaises herbes? Les « Onne » adorent arracher, polir, éliminer.

Le soir, assis autour des petits pois à écosser, si j'ai un manuscrit à la main, le Groupe m'interpelle :

– Gaétan, viens nous aider.

Un seul regard, une seule bouche, un seul mouvement.

– Gaétan, viens nous aider.

Alors j'épluche, mollement, culpabilisé. Voilà dix-sept ans que j'entends : « Gaétan, viens nous aider. » J'ai peint, épluché, colmaté, rangé, cerclé, stérilisé.

Désormais la Roussille est la Femme essentielle. J'y épuise mon énergie jusqu'à n'avoir qu'un sexe mou quand je m'allonge, exténué, près de Maryvonne ensachée, les cheveux dans un filet, et qui relit « *Ma maison, mon jardin* ».

– Crétin, bougonne Mouny.

Nos enfants? Ceux des « Onne » préfèrent Paris. Combien d'enfants? Nous les aimons peu, en fait. Nous ne nous sommes aperçus de rien, obsédés par la maison. Grandissaient-ils? Étaient-ils heureux?

– Allez prendre l'air.

Nous les catapultions au jardin sans bien nous rendre compte qu'ils ne s'aimaient pas entre eux.

La fille d'André a succombé à la drogue l'année d'après et a fugué aux Antilles, avec un type.

Alors tous les six, nous avons revu le notaire pour cette clause exigée par les « Onne » : « Seront exclus de la Roussille au sens légal et moral ceux qui n'en respecteront pas les règles. »

– Hem! hem! a fait le notaire. Il est bien difficile de spolier les enfants.

Alors les « Onne » ont glapi que les enfants, en fait, allaient les spolier en exigeant leur part à leur majorité.

– Hem! hem! je comprends très bien, a fait le notaire d'un ton doux, mais vous ne pouvez pas vous passer de leurs signatures. Il faudrait une renonciation de leur part.

– Eh bien, soit pour la renonciation, maître. Nous préférons rester entre nous, vous comprenez, maître? A notre mort, la Roussille aura quintuplé de valeur grâce à nous.

– Vous devriez consulter à ce sujet le Dr Simplon, a susurré le notaire.

Mais si bas que j'ai été le seul à l'entendre.

Quand Jean-François vient nous voir, il ne nous parle pas. Je le soupçonne d'être là pour Évangéline qu'il va voir, en face, chez Laura. A quatorze ans, il écrivait à la craie sur les murs de sa chambre : « Je vais me tuer si vous m'obligez à faire des bocaux. » Maryvonne a vomi neuf mois quand elle l'attendait. Et elle salivait.

EDMOND

Lacolère est insupportable. Elle parle de vendre la commode qui lui vient de sa mère. La belle commode en acajou dont il manque une poignée. Lacolère a le don d'enlever de la valeur à tout ce qu'elle touche. Je ne veux pas qu'elle vende la commode des Glycines. Un fauteuil dure plus que nous. Un beau meuble ne déçoit jamais. Pourquoi, pourquoi vendre la belle commode en acajou?

J'en suis malade.

De plus, Lacolère ne sait ni cirer ni entretenir les superbes poignées en cuivre. Quelle différence avec Maryvonne, femme respectable, excellente ménagère! Et ma grand-mère Titine!

Lacolère préfère écrire ses romans obscènes.

Pour Umberto, nous endurons la mère. Oh! je ne dis pas que nous ne l'aimons pas, mais enfin, nous l'endurons! Si nous pouvions adopter le petit! Quelle parfaite éducation, quel respect des choses nous lui inculquerions! Mieux qu'elle, nous saurions nous occuper de lui; repasser ses petites chemises, boucler ses cheveux, cirer ses chaussures, tirer bien droit ses chaussettes et glisser une goutte de parfum dans son petit mouchoir brodé à son chiffre avant le départ pour l'école... Malheureusement, avec la mère, il faut s'attendre à tout. Voir partir les meubles chez des étrangers, s'agrandir les accrocs des vêtements mal repassés. La Tosca repasse pire qu'un soudard. Glaïeul nous le disait bien : « Josefa ne sait pas faire le ménage. » Il était gentil, Glaïeul. Une silhouette de play-boy, peu de mâchoire et un regard fuyant. Mais quelle grâce! Son départ nous a arrangés, mais il nous faut à notre tour supporter Lacolère.

Il nous faut supporter tout le monde, d'ailleurs. Dans le fond, je préfère être stérile. Quand on pense qu'un individu – quoi de plus inutile comparé à une belle commode? –, qu'un individu coûte à la société des millions en nourriture, vêtements, études. Finalement, je déteste la procréation. Et les femmes? Elles nous ont tout volé, les femmes, y compris nos places chez les antiquaires...

Même Gérard me tape sur les nerfs. Il veut baiser. Cela me choque, me fatigue. Et puis il faut changer les draps, mes beaux draps de satin rose ou de batiste fine qui me viennent de grand-mère Titine... J'ai les nerfs à vif cent fois par jour. De la tachycardie. De l'hypertension. Une hernie et de l'insomnie. Zoa dit que c'est la ménopause; c'est bien possible, après tout; dans le fond, le corps m'intéresse très peu, je suis un bon catholique et j'eusse fait un évêque très valable. J'aime tant les belles choses et les bonnes mœurs...

Enfin, j'exagère peut-être un peu.

Il y a trente ans, je vivais chez grand-mère Titine, patronne d'un restaurant en Anjou. Je devais traverser sa chambre pour rejoindre la mienne. Aux glycines, nous dormons près de la chambre d'Umberto. On surveillait, à l'époque, les allées et venues des enfants et dans le fond, c'était très bien. Grand-mère Titine, qui en fait était ma mère, me surnommait Kiki.

Après sept ans de pensionnat chez les jésuites, Titine m'a employé à la caisse de son restaurant le Carnard-qui-canarde. Titine ayant fait des pieds des mains et du reste auprès du préfet de garder son Kiki près d'elle, j'avais été réformé.

Elle portait une blouse à petits pois quand elle s'affairait aux cuisines, mais dans la salle du Canard-qui-canarde, on lui voyait une belle jupe plissée en laine de soie avec un chemisier crème à gros nœud et un grand collier en perles roses. Plus tard, j'ai offert à Tintin une perle rose qui s'était détachée du collier.

Gérard, c'est mon Tintin.

Donc, je tiens la caisse au Canard-qui-canarde. Le soir, après la fermeture, je rejoins Loulou, garçon-pâtissier qui nous livre les choux et les saint-honoré.

On échange des baisers. Je n'aime que les garçons. Chez les jésuites, à Angers, on échangeait tous des baisers. Sur la bouche. On ne peut s'imaginer à quel point les garçons aiment les garçons. Je ne comprends pas comment Korfou peut endurer Laura.

– L'art, dit-il.

Mais qu'est-ce que l'art? Ces deux grosses araignées qui font tellement désordre dans l'atelier de Laura? Copuler avec une femme, est-ce possible? Comment faire pour entrer sans défaillir dans ce trou mou, puant et qui saigne, cette plaie jamais fermée?

L'homosexualité est un royaume. Nous sommes des souverains. Heureux parce que purs, des Aryens si vous voulez. D'ailleurs, cela est prouvé : ce sont les femmes qui collent le sida. Avec leur fente. Les Anges de notre troupe qui y succombent sont ceux qui ont failli avec les Femmes.

Lacolère est une sorte d'homme par ses volontés, ses extravagances. Sa propriété. Ses paillettes, son maquillage la déguisent en folle. Elle nous convient, bien que contraire à la femme androgyne que nous pourrions, à la rigueur, tolérer sur nos couches sans y toucher. Korfou prétend qu'il ne touche pas à Laura.

Titine voulait à toutes forces me faire épouser la fille du pharmacien, boulevard du Roi-René.

Tous les jeudis, jour de la fermeture, nous allions prendre le thé chez Hermance (hélas, oui : Hermance). Elle nous jouait au piano *La cathédrale engloutie*. Je portais une chemise en soie beurre frais et j'avais envie de vomir. Pourtant j'aime les belles choses, vous le savez. Les tasses à thé blanches, filetées d'or; la desserte bien cirée, les assiettes étincelantes, les fauteuils recouverts de tapisseries en soie...

Hermance possédait une grosse fortune. Des poils sortaient de ses narines où luisaient des points graisseux et elle avait une jambe plus courte que l'autre. Nul n'est parfait, mais quand même!

J'avais hâte que tout s'engloutisse : la cathédrale, le piano plus beau que celui d'Orlanda qui ferait bien de connaître davantage le chiffon à poussière, le tabouret qui supportait la lourde croupe honnie. Je devais fermer les yeux et songer à Loulou, souple, dur et beau : une liane.

— Edmond! lançait Titine-Mère quand je m'endormais pendant le concert.

A cause de Loulou, elle a vu rouge. Un jeudi où j'avais refusé d'aller prendre le thé chez Hermance. J'ai disparu tout le jour et une partie de la nuit chez Loulou.

A deux heures du matin, je traverse la chambre de Titine-Mère. Elle ronfle légèrement, un filet sur ses bigoudis. Chaussures à la main, je n'allume pas. J'entends :

– Kiki? C'est toi?

J'ai déjà commencé à me déshabiller. Mère-Titine glapit de plus en plus fort :

– Kiki? C'est toi?

– Merde, dis-je, entièrement nu, tâtonnant vers mon pyjama rose vif.

La lumière s'est allumée à toute volée. Titine, la Titine hurle, le buste haut, les joues échauffées, les yeux bleu gauloises :

– Tu as l'air malin, les couilles à l'air!

Elle se lève, se jette sur moi pire qu'une furie, me gifle à tour de bras. Je tombe, je supplie : pardon maman je ne le ferai plus et, tout bas dans ma tête, je dis : « C'est bien fait, pouffiasse, si l'évêque t'a plaquée quand tu étais enceinte de moi! »

– Tu vas épouser Hermance, couille molle? fait la voix affreuse, la voix de Titine.

Elle me traite pire qu'un déchet, pire que Josefa quand Glaïeul lui a volé ses effets personnels.

Le lendemain, elle renvoyait Loulou, je faisais ma valise et fuyais à Paris avec les économies de Titine-Mère. Loulou s'enfuyait à son tour avec une folle de l'Araigne et, quinze ans plus tard, en me faisant argenter les cheveux, je rencontrais Tintin à la Capsule.

En attendant, je vends des commodes rue de Lille chez un antiquaire, ancien protecteur de la Grande Zoa.

La gifle de Madame Mère a définitivement amolli mon sexe. Décidément, je déteste les femmes.

Mais j'aime toujours le maréchal Pétain, ce qui provoque de violentes colères chez notre écrivaine. Le seul point commun entre Titine et moi était le Maréchal. Celui qui aurait pu garder la France dans la noblesse d'un réarmement moral. Tous nos malheurs, à bien y réfléchir, viennent de la fin du Maréchal. Les homosexuels n'eussent-ils pas fini par triompher grâce au Maréchal? ou le Maréchal grâce aux homosexuels?

Si le Maréchal revenait, les femmes se tiendraient mieux.

Ainsi donc, jugez: la semaine dernière, Lacolère enfile une tunique brodée de pivoines sur des pantalons turcs et se coiffe d'une chéchia à pompon doré. J'étais en train de préparer le brochet beurre blanc quand on entend du côté de la Marne une pétarade. Tintin, qui faisait une manucure à Lacolère, aperçoit le premier Jean-François devant la maison. Lacolère se lève, du vernis saute sur le pantalon de Tintin:

— Il est en panne; je vais le ramener à la Roussille. Je reviens de suite.

Avec ma cuisine inachevée, Umberto encore en pyjama, Tintin avec ses vernis et limes à ongles étalés près des bols de café non rangés, j'étais furieux. L'horrible Tosca, en petit cuir rouge, sautait au plafond avec un plumeau fuchsia et tortillait de la croupe devant moi. Elle ose, oui, elle ose. Vive le Maréchal!

— Korfou me met de la vaseline pour la sodomie, susurrait-elle près de mon oreille de sa grosse bouche peinte en mauve.

Lacolère n'est revenue qu'à midi passé. Alors j'ai fulminé: car le beurre blanc avait brûlé, Tosca se faisait épiler par Tintin qui lui enlevait presque tous les sourcils et elle se trémoussait, cuisses quasi écartées. Ah! si seulement le Maréchal revenait!...

Lacolère avait changé. Un certain trouble dans la voix et dans le regard. Va-t-elle prendre un amant?

J'ai peur pour les meubles.

ÉVANGÉLINE

Je travaille à l'Institut médico-légal, à Paris. Les relations de Laura m'ont ouvert ce poste modeste et sinistre où je peux continuer mes études sur les prisons. Petit Louis, amoureux de moi, me dégoûte. Je ne suis remarquée que par des types laids. Petit-Louis travaille à l'étage en dessous, là où gisent les cadavres dans les longs frigidaires. Peu de familles les réclament. Souvent, des clochards morts de froid. Les noyés sont affreux à voir. Verdâtres, boursouflés, méconnaissables, sous le regard indifférent du légiste dont je tape et classe les rapports. « Fémurs apparents... Crâne réduit... Orteils manquants... »

Dans l'après-midi, blanc et lourd en toute saison, je descends aux frigidaires distraire mon ennui et mon obsession : mon père ne serait-il pas ce corps verdâtre qui traînait dans la Seine depuis un mois? Ou bien ce jeune homme rabougri et noir après un incendie dans une caravane? Petit-Louis – troisième année de droit – ouvre un Frigidaire. Celui du haut.

– Alors, Évangéline, veux-tu voir la femme-au-corset? Elle est comique. Probablement le gaz... Recule-toi quand même, ça pue.

La femme-au-corset occupe la moitié de la longue

boîte. En fait, elle n'est plus qu'un tronc. L'explosion de la caravane a dû être terrible. Vengeance de terrain vague? Suicide? D'après les voisins, elle vivait sans ressources depuis des mois. Un suicide qui aurait pu tuer tout le monde. Les innocents – les affreux – qui vous laissent pourrir, mourir. Tout est blanc et Petit-Louis me tend une Gauloise. Il connaît la chanson : dans quelques secondes, je tomberai en demi-syncope sur le tabouret à pivot. Je suis la gardienne. La famille. De tous ces troncs, ces crânes, ces viscères, ces fémurs, ces têtes rongées...

– Alors, comment la trouves-tu?

... Elle porte un corset, en effet. Un vieux modèle Manufrance acheté par correspondance, section grosses femmes. Les bras sont coupés aux épaules. Les genoux ouverts en truffes éclatées, le cou largement tronqué. La tête a disparu.

– Une vraie mama.

Maman. Mama. Mamina. Mother. Mère. Ma mère est ce corset sans cou ni jambes. Un homme a glissé son sperme sous le corset immonde. Je suis née de l'informe. De l'innommé.

– Holà! hé là!

La cendre brûlante a chu sur mes genoux. Je brûle. J'ai mal. Je meurs. Petit-Louis sifflote *La Vie en rose* et referme le Frigidaire. Je reviens à moi, la tête posée sur les mains de Petit-Louis.

ORLANDA

J'ai laissé la maison à M. Steiner beaucoup plus longtemps que d'habitude. Tosca a aussi les clefs et la possibilité d'entrer comme elle veut. Bien sûr, elle fait le ménage. Mais surtout, elle se crée l'illusion de posséder une vie propre – la nôtre – à travers nos maisons. Elle a les clefs de Laura, de Josefa, de la Roussille. La voiture-œuf va d'un endroit à l'autre. Elle colporte les nouvelles, vraies et fausses. Ainsi m'a-t-elle conté, avant mon départ, une histoire confuse sur Évangéline où il était question de cadavres noyés et d'un jeune homme de très grande classe, laid et boiteux, qui voulait épouser Évangéline. Tout est vrai. Tout est faux. Tosca est une basse déesse que la Grèce antique eût placée dans ses royaumes souterrains

M. Steiner pleure. Tosca jacasse et moi je jubile, ceinturée dans mon fauteuil sur Air Italia. Ma valise à partitions est dans le coffre, au-dessus de moi. Je téléphonerai à Glaenda de Milan. Puis de Rome. Ma maison est ce point minuscule où le piano occupe toute une pièce. Les larmes de M. Steiner font suinter les murs. Tosca dit :

– Cher monsieur, il faut songer à nos chères artistes! Aidez-moi donc à dépoussiérer le piano, et à enlever les toiles de la chambre d'Éléonore.

– Jamais, dit M. Steiner. Si vous entrez, vilaine créature, je vous tue.

– Vieux fou.

Un jour cela finira mal. Je devrais prendre garde. M. Steiner est lentement devenu fou. Le jour où j'ai écrasé une araignée sur mon piano, pourquoi a-t-il surgi sur ses semelles de crêpe si soudainement que j'ai crié ? Une goutte glaciale le long du dos. Son poing serré sur un gros cendrier, comme s'il eût voulu me briser le crâne ? Puis il s'est ressaisi et de sa voix grêle, il a bêlé :

– Mademoiselle Orlanda, je vous en prie, ne tuez pas les araignées chez moi...

CHEZ MOI... Il a dit « chez moi », un gros cendrier serré dans le poing et qu'il a reposé en me baisant galamment la main.

Edmond et Gérard se persuadent de plus en plus que les Glycines et Umberto sont à eux. Mais l'art, la passion nous enlèvent toute vigilance. Ces derniers temps, j'ai trop travaillé ma musique et trop attendu l'appel de Glaenda pour me préoccuper de mes intérêts matériels. Josefa, enfermée, écrit à perdre haleine et Laura s'obstine à manier le lourd bloc translucide dans l'espoir d'atteindre un jour le mobile Évangéline. Edmond essaie d'obtenir de Josefa la donation de sa commode. Il ne supporte pas que Josefa se défasse de ses meubles. L'âme du petit Umberto est investie, au même titre que les meubles. La garde du cocon continue, même le pouvoir créateur est occulté par l'esprit de possession...

Nous voyons à peine les fissures et les volets disjoints de nos maisons. Edmond bougonne :

– Quand te décideras-tu à faire ravaler la façade?

Bien entendu, c'est nous qui payons. Le seul respect de nos cloportes va aux choses, aux murs et non à l'œuvre. Alors Josefa lève une tête hagarde de ses cahiers:

– Comment?

Elle n'a pas entendu. Que lui importait la façade non ravalée ou les écaillures de plâtre dans la cuisine mal lavée par Tosca? Nous sommes à l'opposé des gens de la Roussille chez qui rien n'est achevé: ni les salles de bains, ni le potager, ni les peintures au dernier étage et dont la véritable angoisse apparaît:

QUE DEVIENDRONS-NOUS QUAND TOUT SERA FINI?

Une fois la toile tissée, le cocon achevé, ils savent au fond d'eux-mêmes qu'il ne leur restera plus qu'à se séparer. Se haïr franchement. Crever.

Jean-François en tremble de dégoût. Quand Évangéline est là, il traverse le chemin de halage en mobylette jusqu'à la maison de Laura. Évangéline se claquemure dans sa chambre lorsqu'il arrive car il est beau.

Jean-François reste très peu de temps en visite. Il s'assoit dans l'atelier, regarde les mobiles, hoche la tête en signe d'approbation puis démarre très vite vers ma maison. Il reste un moment, appuyé contre le mur du jardin, à écouter la musique.

– Entre, Jean-François.

Il fait non de la tête, ferme les yeux quand je joue Brahms. Depuis ses treize ans, il apparaît ainsi, furtif, archange de notre art.

Il rapporte ensuite des cigarettes à Josefa, joue avec Umberto, regarde les doigts sur le clavier de la machine à écrire et s'en va, réconforté. Il rate son virage dès qu'apparaît le tournant de la Roussille.

– Je les hais, dit-il.

Les gens de la Roussille ne viennent jamais nous

150

voir. Même la musique est exclue de la Roussille. Maryvonne prétend que « cela lui fait trop bizarre dans le dos ». Quand l'art entre par effraction chez les petits bourgeois, ils meurent, confondus, stupides. Brusquement, les voilà inutiles, des vies pour rien : les bocaux, les sacs de ciment, les poireaux paraissent grotesques. Aussi, afin de se rassurer, les gens de la Roussille préfèrent-ils nous traiter de vrais fous pour oser laisser à l'abandon nos jardins, nos toits, nos hangars, nos puits. Mais attention : notre milieu n'exclut pas la bêtise profonde. Mouny lance les photographes sur le décor des Glycines pour favoriser la sortie du *Nénuphar bleu* et mon directeur artistique regarde avec passion la forme ancienne et charmante du vieux toit. Ne pas oublier que bien des Français préfèrent avoir sur eux la photo d'une maison et d'un chien plutôt que celle d'un être.

Quel beau reportage pour *Paris-Match* : Korfou au pied d'un mobile de Laura devant l'atelier ouvert! Jeter dans l'esprit du public des images et encore des images qui le fascineront bien davantage que la vraie force de l'art.

– Glaïeul n'a aucune présence. Inutile pour ton lancement, rumine Mouny. Tes pédés ont davantage de look. On pourrait faire un papier là-dessus. Il faut que je voie cela avec le grand pédé de la revue *Marie-Germaine.*

Ne lit-on pas au dos des romans de Josefa : « la romancière habite une maison au bord de la Marne »? Marie-Joëlle en a eu l'idée pour son dossier de presse. Antoine avait haussé les épaules, furieux :

– Ce que tu es française et vulgaire! avait-il explosé. *Le Nénuphar bleu* mérite bien autre chose comme présentation qu'une clôture de propriété!

Antoine l'aime. Je le sens. Il la tirera de force de la subtile et infernale prison des images.

Mais quand? quand?

– Quand elle arrêtera d'écrire, dit Mouny. Quand elle ne m'intéressera plus. Les véritables monstres sont ceux qui veulent le bonheur, le sale bonheur... Il y a moins d'illusions qu'on ne le croit dans les images.

Pour les gens de la Roussille, mes longues et gracieuses mains faites pour le clavier, les doigts aux ongles cassés de Josefa, les paumes diaphanes mais puissantes de Laura sont des objets inutiles.

Je suis allée une seule fois à la Roussille : j'en ai été dégoûtée pour la vie. J'avais promis à Jean-François d'aller voir son atelier : il peint la mer. Des vagues, des tourbillons, des trombes bleu-mauve au milieu desquelles apparaît un visage d'ange furibond aux cheveux de page, aux seins nus et rouges comme deux pivoines ouvertes : Évangéline.

– Je ne voudrais pas que mon père détruise Josefa, dit-il tout à coup.

Je lui caresse les cheveux.

– Non, dis-je. Nous sommes indestructibles. Toi aussi, tu es indestructible.

Il a vingt ans et retombe dans son silence.

Au bout de quarante minutes de vol, l'avion me paraît italien. Avec bonheur, je m'adresse à l'hôtesse en italien. Luigi, mon grand-père. A Rome, la rue où il a vécu. Dans une heure, je poserai mes valises Campo dei Fiori et je dînerai dans un trattoria de pâtes au basilic et d'un petit pichet de vin couleur rubis. Je ressusciterai. La musique coule en moi. La vie, le sang, la lumière. Indestructibles.

Je vais épouser Glaenda.

UMBERTO

J'aime mon parrain. Parrain Gérard. Ses gestes doux quand il allume une cigarette avec un beau briquet brillant. Maman aussi allume des cigarettes tout le temps. Mais ce n'est pas la même chose. Ses cigarettes sentent mauvais alors que celles de Parrain Gérard ont un goût de miel. Du miel dans ses baisers. Maman craque contre la cigarette de grosses allumettes de cuisine. Elle tient sa tête un moment au-dessus des cahiers toujours ouverts sur lesquels je dessinais des fleurs quand j'étais petit. Un jour, elle a crié après moi parce que j'avais dessiné sur une page écrite :

– Umberto... C'est mon travail!!... Avec ces cahiers je peux te nourrir, t'habiller, t'acheter des jouets!

Elle qui me couvre de baisers a, ce jour-là, crié. Et pleuré. Et tapé sur mes doigts. Il est vrai que j'avais recouvert plein de pages de coloriage. On ne voyait plus son écriture.

– Mon sang. Tu ne vois pas que je risque ma vie pour ces cahiers? Mon sang! Tu es un petit criminel de cinq ans qui ne comprend rien!

Elle répétait « Mon sang » la tête entre ses poings. Elle disait « Personne ne comprend rien, d'ailleurs. » Elle a gémi « Mon sang » au fond du lit où mon papa ne dort plus depuis des jours et des jours.

J'avais peur. « Mon sang » me faisait penser à des Indiens torturant un petit cow-boy enfant. Parrain Gérard, au salon, m'a consolé. Avec son parfum dont il imprègne mes vêtements et son tabac très doux. Il me chuchote des mots d'amour. Il m'apporte des cadeaux, des bonbons. Il a un ménate, Beau Pitout, un chien minuscule, Marie-Astrid, un chat en boule de neige, Beau Minon, des fleurs sur son balcon. Il met quelquefois une boucle d'oreille en cristal rose assortie à sa chemise en satin et des poulaines saumon. Il me fait des mousses au chocolat quand il vient aux Glycines et brode longuement une dame qu'il appelle la Joconde. J'aime m'asseoir près de lui, toucher les fils de toutes les couleurs. Il prend son bain avec moi dans l'eau remplie de mousse aussi rose que ses boucles d'oreilles en cristal. Il les met à mes oreilles, plus tard il me les donnera.

Il dit de maman :

– Ta mère est très intelligente mais elle est folle. Tonton et moi sommes tes pères.

Il m'essuie longuement dans la grande serviette à odeur de lavande qu'il a repassée avec tout le linge de maman qui continue à écrire écrire écrire sur le cahier que j'appelle tout bas « mon sang ».

Nos soirées sont féeriques. Maman s'habille en star, parrain en costume de soie et tonton en velours noir. Tosca en clown. Ils boivent et parlent près de la cheminée allumée. Maman met de la musique russe et danse tout à coup. Parrain s'entoure d'un boa à plumes et fait le grand écart. Nous rions jusqu'à ce que je tombe endormi sur le cœur de mon parrain adoré.

Un jour, dans une revue, j'ai trouvé la photo de maman devant la maison.

154

J'ai entendu maman parler à la radio et prononcer mon nom : Umberto. J'ai eu honte et me suis couché sous mes peluches. Je me suis souvenu que mon papa (pourquoi l'appellent-ils Glaïeul ?) est parti un soir en criant :

– J'en ai marre d'être le prince consort!

Maman pleurait. Assise sur les marches. Celles qui prennent l'eau quand monte la Marne. Parrain, une fois de plus, est venu me consoler. J'ai fermé les yeux. Sa douce haleine de miel. Son amour de miel. Il m'a prêté les boucles d'oreilles magiques. Je suis très beau avec. Il l'a dit. J'aimerais que maman épouse parrain. Je déteste ce grand type qui est venu l'autre jour, quand maman m'asseyait à l'arrière de la voiture pour aller à l'école.

Cet homme habite la Roussille d'où ils ne sortent jamais. Là, devant le portail, pendant que maman attachait la ceinture de sécurité, j'ai trouvé qu'il avait les yeux du grand chat sauvage quand il bondit sur le dos de la chatte.

J'ai pensé au sang. Le sang dont maman parle toujours. Le sang.

GAÉTAN

Cette fille me plaît. Dès qu'elle a klaxonné dans la cour de la Roussille où je ratissais les feuilles, j'ai su, plus encore qu'à Paris, que je la voulais.

Je voulais entrer dans son ventre.

Je ratissais après une brouille avec André qui était mécontent car, paraît-il, je ne travaille pas assez à l'entretien de la maison. Je ne fais pas suffisamment de bocaux. Je n'ai pas encore replâtré la dernière salle de bains. Maryvonne aussi m'a crié après :

– Gaétan, tu ne respectes pas le contrat. Le Groupe est mécontent.

Quand elle dit « le Groupe », ses yeux rapetissent derrière les verres à triple foyer. Sa peur est quasi palpable. Avec frénésie, elle regroupe balai et serpillière derrière la grosse cuisinière où cuisent vingt-cinq kilos de pommes.

– Gaétan, le Groupe est mécontent. Tu entends ?

J'ai très peur de ma femme. J'ai très peur du Groupe. J'ai très peur de Mouny. Mon taux de cholestérol monte et descend sans répit. Dans ma chambre, sur le bureau, il y a le manuscrit du *Nénuphar bleu* – je l'ai photocopié et conservé – plus d'autres textes à lire pendant le week-end. La Roussille accapare mes forces. Aucune place pour les livres. Rien que le plâtre et des tonnes de fruits et de légumes qui cuisent à longueur d'années et que nous ne mangeons même pas.

Maryvonne hurle en voyant *Le Nénuphar bleu*.

– Qu'as-tu besoin de le relire alors qu'il y a la cour à ratisser ?

Jean-François aussi nous échappe. Jamais il ne veut nous aider. Le Groupe a décidé de ne plus mettre son couvert s'il persiste à venir à n'importe quelle heure, à laisser son lit défait et à brûler le chauffage au maximum. Les « Onne » passent sans cesse dans les chambres pour baisser le thermostat. Surtout si nous avons des invités (à quarante francs par jour). Au sujet de Jean-François, Maryvonne ne dit rien. Le Groupe a raison. Si Maryvonne a peur du Groupe, moi j'ai peur de Maryvonne. Pourtant je suis décidé à coucher avec Josefa.

Le Groupe regarde avec commisération sa propriété mal entretenue, les volets jamais repeints, son jardin aux herbes folles.

– Quel gâchis! soupire André.

Le Groupe l'a surnommée « la Fille ».

Il y a un mois, le Groupe l'a mal reçue quand elle a frappé au carreau pour qu'on l'aide à débarquer la mobylette de Jean-François restée en panne devant sa maison.

Mal recevoir, à la Roussille, consiste simplement à rester muet tout en continuant à cercler les bocaux. Cette fille, la Fille, gênait tout le monde avec ses pantalons en soie, son pull brodé de strass, ses bottillons dorés et le lourd secret, incontournable, d'avoir créé les mots du *Nénuphar bleu*.

Le Groupe, en pulls et jeans rapiécés, restait muet. Maryvonne a dit très vite :

— Vous n'auriez pas dû vous donner la peine de ramener Jean-François.

Alors j'ai fait un acte inouï d'indépendance vis-à-vis du Groupe. J'ai laissé là mon râteau, lentement pris de honte d'être mal vêtu et de sentir le foin. Pour cette femme — la Fille — j'aurais voulu tout à coup porter du velours, de la soie : j'ai rejeté en arrière ma chevelure, hélas clairsemée au milieu — Gérard m'a donné rendez-vous à la Capsule pour me mettre des implants; j'ai pris ma voix la plus étudiée, celle que j'ai utilisée pour convaincre le comité de lecture de ne pas lire *La parole est d'or* de Léon Péchon, ma voix dont Edmond dit qu'elle est un baryton-d'azur-fourré-de-velours, afin d'offrir un whisky à Josefa.

Un whisky!

L'unique bouteille est cadenassée dans le bahut Henri II acheté en commun aux Puces. Les « Onne » ont la clef. J'ai donc pris l'air innocent et foncé vers la cuisinière où bouillonnaient deux kilos de pommes.

— Je voudrais la clef, ai-je dit.

— Quelle clef? ont-elles aboyé.

— LA CLEF! ai-je dit plus fort tandis que Josefa entrait sans essuyer ses bottillons à l'horrible paillasson qui a la couleur des cheveux de Maryvonne et de ses yeux aussi, je crois. De toute sa personne. JE HAIS MARY- VONNE. Je hais le paillasson sur lequel le Groupe m'oblige depuis vingt ans à essuyer mes pieds. Alors, pour la première fois depuis des années, on m'a vu violent :

— La clef! ai-je hurlé. Pour offrir un whisky à madame qui fait partie de la maison où je travaille et des écrivains dont il restera quelque chose.

Les « Onne » ont blanchi, leurs lèvres ont tremblé. Pourquoi ne m'étais-je pas aperçu à quel point elles ont les lèvres minces? Des visages sans bouche, clos, affreux. Maryvonne a un léger duvet sur la lèvre supérieure. Heureusement, elle exige l'obscurité pour faire l'amour et n'enlève que le bas du Babygros. Jamais plus, jamais plus je ne la toucherai. Elle a sorti de son tablier à carreaux la clef et me l'a tendue sans me regarder.

– Venez, ai-je dit à la Fille.

La Fille en soie de nénuphar. Ton sexe a-t-il la forme de la fleur d'ilang qui se refermera sur moi jusqu'à ma folle jouissance?

Je suis entré dans la salle à manger et brusquement un flot brûlant est descendu le long de ma nuque. La Honte. Une honte sourde qui devançait la peur et le désir.

Elle avait l'air si ironique, cigarette au coin du sourire, que j'ai eu envie de l'assommer et de la violer. Sa présence me rend fou. J'en ai mal au bas-ventre. C'est elle ou le Groupe. Je verse le whisky à flots, les « Onne » ont mystérieusement disparu. André se profile derrière le carreau et, ostensiblement, prend le râteau délaissé, continue mon travail à grand bruit tandis que pétarade la mobylette de Jean-François.

– Ne vous fatiguez pas, Gaétan. Nous nous verrons au Palier. J'ai presque fini mon texte. Merci pour le whisky.

Elle a laissé tomber une pièce de dix francs près du verre plein.

Les « Onne » ont reversé le verre dans la bouteille et mis la pièce dans le compotier à monnaie.

Je continue de trembler. La Honte.

JOSEFA

Gaétan a encore attendu deux jours avant de venir très tôt, ce matin, tandis que j'emmenais Umberto à la maternelle. Chaque jour une lettre de lui m'arrivait, postée de la rue du Palier. Une lettre sauvage. Le désir confondu avec les ors de l'amour, le désir qui me coupe le souffle dès que je pense à Antoine.

Je lisais les lettres de Gaétan. Parfois trois d'un coup, probablement postées à la même heure. Le papier à en-tête du Palier montrait que ses journées étaient rythmées par une obsession : mon corps. Le corps du *Nénuphar bleu. Le Nénuphar bleu* en entier, car il me confond avec mon livre.

Ma tasse de café à la main, errant de meuble en meuble, je lisais ses lettres. J'ai meilleur moral après ces jours d'enfermement. Pourtant les liens rompus du mariage restent infects : mon avocat me prévient de la décision de Glaïeul – il s'est remis au chômage et n'a plus de domicile fixe. Il souhaite revoir Umberto chez moi et recevoir de ma part une pension alimentaire, puisque le conjoint sans situation, c'est lui!

Edmond et Gérard ont dit :

– Ma chérie, on le comprend. Les bonnes femmes nous ont tués. Vous êtes libres : alors payez.

Je paie, je paie, je paie les vêtements, le pain, le vin, les impôts, je paie avec des mots, des virgules, des points d'exclamation, de suspension, je paie, je paie, mes quarts d'heure d'amour, je paie, je paie... A coups de sang. A coups de migraines. Même vous, les pédés, les sans-tripes, pauvres malades, pauvres frères débiles, je paie vos blanquettes, vos brochets beurre blanc, vos petits moments affectueux doux comme un balai O'Cédar. Mouny dit :

— Tu es un grand écrivain, Lacolère, je suis fière de toi.

Et cette phrase banale, merveilleuse, magique, la seule qui me hisse la tête hors de l'eau et des factures, je la paie aussi : d'une foule de réflexions folles, de manigances, de rumeurs vraies et surtout fausses. Andrexy me signe un très beau contrat : je paie.

Au moment du jugement de divorce, Glaïeul est venu occuper les Glycines un dimanche pour voir Umberto; mais en fait, il n'avait qu'une obsession : me ruiner. Investir mes biens, ma vie, mon sang. Edmond et Gérard m'avaient fait cette proposition :

— Ma chérie, nous passerons le dimanche chez toi. Nous surveillerons Glaïeul. On te laisse dormir chez nous à Paris.

...J'ai donc dormi dans le lit Second Empire au couvre-lit crocheté par Gérard. Que se passe-t-il aux Glycines? Mes trois ringards sont chez moi, maîtres à bord. Ma maison mes placards mon jardin mon enfant. Tosca est venue soi-disant faire le ménage mais en fait s'enivrer de la situation. Le dimanche soir, je n'en pouvais plus : je suis revenue très tôt de Paris. Trop tôt à leur gré.

Glaïeul buvait sur mon canapé, Umberto sur ses genoux, Gérard brodait la Joconde et Edmond cirait ma longue table débarrassée de son foutoir – c'est-à-dire de mes cahiers, mes stylos, mes documents posés à terre. Tosca ronflait sur mon lit.

– Fichez le camp, ai-je tonné.

Une dispute folle a éclaté. Glaïeul ricanait, fort de son inertie. Marie-Astrid aboyait. Beau-Pitout hurlait : « Edmond-Gérard ». Le chat miaulait, Umberto pleurait. Quand ils sont partis, j'ai sangloté. De rage plus que de peine, et j'ai eu la faiblesse de garder Tosca toute la nuit. Elle s'exaltait.

– Ah! chère artiste, les hommes sont si méchants...

J'ai quand même ri parce que, sans sourcils – excepté un grand coup de crayon à maquillage pris dans mes affaires –, elle avait vraiment une drôle de tête.

Plus j'avance, plus j'écris, moins j'existe. Glaïeul, Edmond, Gérard, Tosca, Gaétan peuvent bien faire de moi ce qu'ils veulent. Mouny, Andrexy aussi. Cloîtrée, usée à la corde, j'appartiens à la foi qui me ressuscite : le don. Si Antoine-mon-paladin m'aimait, je suis sûre que je redeviendrais anonyme, forte, heureuse. Pour l'instant, la Folie est ma demeure, les cercueils ouverts de mes parents reviennent m'agiter la nuit.

Comment faire pour échapper aux images?

Le Plaisir?

En fallut-il des moments funèbres pour encenser ainsi ce dieu léger, cruel et pâle, le Plaisir?

Gaétan ne vient pas pour moi mais pour mon personnage de papier.

Mes amants venaient coucher avec mon personnage de papier.

Est-ce pour cela qu'Antoine, le seul qui me fasse

trembler, donc rêver, m'a dit sèchement, une nuit, au téléphone, alors que nous relisions le chapitre sur le Plaisir et la Mort : « Georgia ne m'intéresse pas. » Le livre est très beau mais Georgia n'existe pas. « Où êtes-vous dans tout cela, vous ? vous ? vous ? »

Depuis, je me nourris de ce « vous » dont la véhémence m'a comblée.

Gaétan essaie de faire l'amour : il répète par cœur le chapitre IV du *Nénuphar bleu*. Les confidences abominables du jeune homme mort à Georgia. J'ai envie de pleurer. Pleurer d'ennui. D'autant plus qu'il arrive un accident classique à Gaétan allongé sur moi : il s'acharne en vain. Il gémit : « j'assume j'assume ». Je le repousse. Il va se vanter de cette ridicule aventure dont il sort vaincu, stupide. Je revois les vilaines « Onne » derrière leurs bocaux à confitures, Marie-Joëlle qui couche avec Antoine. Je les hais tous, je veux être seule, enfermée aux Glycines. Y mourir.

GÉRARD

Gaétan est un beau mec. Gaétan porte des petits blousons noirs assortis à une chemise en satin. Gaétan est un peu vieux mais quels reins! Gaétan est depuis ce matin, neuf heures, à la Capsule. Je pose des implants sur sa tonsure.

J'ai piqué, déposé les germes de ce qui sera, dans quelques jours, une pelouse sèche, ridicule, donnant une vague illusion de la chevelure retrouvée.

Gaétan se tient immobile, respire à peine car il est un peu trouillard et n'aime pas beaucoup l'aiguille. Le traitement est coûteux et le maigre gazon qui va repousser exige des soins, des visites à la Capsule, un entretien autrement plus important que la brosse de Marie-Joëlle. D'ailleurs, Marie-Joëlle est venue hier au nocturne, folle de rage car Antoine a rompu. Définitivement. Alors elle a téléphoné à Gaétan qui, faraud, prétend que Josefa l'a dans la peau.

Marie-Joëlle parle de quitter Le Palier. La femme-homme va la faire entrer chez Andrexy qui est d'accord.

La femme-homme a une mentalité de chienne-à-fouet. Marie-Joëlle le sait et jouit pour cela, dans

164

Paris, d'un certain succès d'estime. La femme-homme est devenue folle d'amour pour Marie-Joëlle.

Marie-Joëlle : « Plus bête qu'une oie », dit Antoine. Mais qu'elle est jolie! Mince dans le pantalon en cuir, la chemisette transparente, la brosse rousse, la nuque en fût, la chaîne d'or assortie à la gourmette, la même chaîne à la cheville...

– Je suis lesbienne, dit-elle à haute voix. Les hommes, ça s'utilise.

– Tu as bien raison, ma chérie, dit Hubert, en redressant trois épis sur son front.

Gaétan se vante de son aventure avec Lacolère. Tout le salon est au courant. Mouny a déjà réveillé Josefa aux aurores en ruminant :

– Je t'interdis de coucher avec ce ringard. Tu perds ton temps.

Il paraît qu'Antoine veut partir à Madrid. Pour un bon moment. Il a dit à Gaétan, avant-hier, au Palier :

– Si tu n'arrêtes pas d'insulter Josefa Lacolère avec tes propos immondes, je te flanque mon poing dans la figure; je ne sais pas pourquoi, mais vrai de vrai, je t'assomme tout net.

Mouny jubilait. Un type de chez Castel a colporté l'anecdote au Palier. Josefa a coupé son téléphone.

– Pourvu qu'elle ne vende pas sa commode, bougonne Edmond.

– Je suis prêt à la racheter, dit Gaétan. Elle irait très bien à la Roussille.

LE MIME KORFOU

Laura et moi, à défaut de l'amour – disons de celui qu'elle souhaiterait –, avons partagé l'autre nuit une crise d'asthme. Existe-t-il un lien plus fort que la maladie quand elle habite conjointement deux corps sur la même couche?

Laura est venue dormir chez moi. Dans l'après-midi, elle est allée à la Boîte. Pour moi, ce théâtre est une boîte, close de toutes parts. Laura voulait modifier un des plans de la Cage car mon numéro évolue : je veux que désormais, la Cage m'enferme en entier, mais sans plafond. Un système à poulie m'y descend. L'éclairagiste dessine une toile oblongue et bleue sur le bas. Je ressemble ainsi à une libellule errant sur les brouillards, entouré de nénuphars penchés, de bouches en piège, piège moi-même puisque beau jusqu'à me confondre avec le dieu du vent.

Une musique de Hykes, *Hearing Solar Winds*, accompagne mon numéro. Une musique métallique, faite de souffles, de cris, de rumeurs en tôles taillées dans de l'or. La voix humaine. L'angoisse. Tout ce tulle bleu jusqu'aux genoux, le *Hearing Solar Winds*, monte en même temps que je descends dans la rumeur invisible... La Cage de Laura atteint un rose sanglant à force de translucidité (un corps tout éclairé de l'intérieur). Mon smoking blanc, fondu dans la lumière géranium et le brouillard, modifie l'œuvre de Laura. Elle a du mal à reconnaître sa Cage. Le propre de l'art : ne pas reconnaître son œuvre. Laura l'affirme.

Le propre de sa maternité : ne pas reconnaître Évangéline.

Aujourd'hui, je la sentais très nerveuse avant le spectacle :

– Un don fait de son auteur ce qu'il veut. Créer l'impossible. L'inavouable. Ce n'est pas ainsi que je concevais la forme...

– Ni l'amour, dis-je.

Elle fume, accablée, assise derrière ma table à maquillage. En peignoir de bain, je me poudre, me grime et dessine l'emplâtre blanc de mon visage. J'aplatis mes cheveux noirs, gominés, taillés en pics doux par Gérard.

Le smoking est posé sur un valet en ébène offert par Edmond.

– Il est du XIXᵉ siècle, a-t-il bêlé, en l'apportant à la Boîte.

Laura a l'air dégoûtée car des jeunes gens vont et viennent pendant la séance de maquillage. L'un d'eux peint ma bouche en rouge groseille, rare privilège que je n'ai jamais accordé à Laura.

– Je me sens mal, tremble-t-elle, une cigarette à la main.

– Cela ne vous ferait rien de ne pas fumer ? susurre l'éphèbe qui peint mes lèvres entrouvertes, en retenant son souffle.

Moi aussi, je retiens mon souffle. Je retiens ma vie. L'éphèbe est mon désir. Je glisse mes doigts sur sa longue chaîne dorée qui orne sa chemise en soie vert pâle. Je caresse la chaîne. Attentifs l'un l'autre nous effleurons nos vies, nos bouches, nos identités, nos risques, nos souverainetés, notre gloire maudite. Gérard a les mêmes gestes quand il gomine ma chevelure. Je sens ses douces mains d'homme au-dessus de mon front. Sa voix légère a le goût de miel de son tabac.

– Les cigarettes brunes puent, dis-je brutalement. Comme les femmes.

– Doucement, doucement, susurre l'éphèbe, car la pâte groseille a glissé.

Il essuie mes coins de bouche avec un Kleenex.

Je laisse tomber mon peignoir. J'apparais en slip. De ma poitrine sculptée à mes mollets de danseur, je suis beau. En réalité, je me hais. A cause de la beauté.

– Passe-moi le smoking, dis-je brutalement à Laura.

– Habille-moi, dis-je à l'éphèbe d'un ton très caressant.

Alors elle sort un grand flacon de whisky de son sac en toile. Elle boit. Ses mains tremblent. Elle se demande si je vais lui faire grâce. Je suis imprévisible. Après le spectacle, je peux aller chez l'éphèbe sans seulement lui lancer un seul regard. Ou la supplier de dormir dans ma chambre-Bouglionne, cerclée de bar-reaux, au milieu de mes peluches géantes, et la traiter toute la nuit de putain.

Laura est mon chien, mon abjection; je suis le chien et l'abjection du monde. Elle se met à ressembler à un homme pour me plaire – ce que les homosexuels détestent. Elle ne sait donc pas que je ne supporte que la beauté, en dehors de toute histoire de sexe?

...Il est vrai que, quand ses mains volent sur la matière plastique, elle redevient la Beauté et encore la Beauté et toujours l'enfer de la Beauté.

168

LAURA

Après le spectacle, je suis allée chez Korfou.

Il avait perdu sa grâce et sa beauté. Il toussait beaucoup. Il a renvoyé l'éphèbe qui l'attendait dans la loge.

– Va-t'en. Je rentre avec Laura.

Décomposé, tremblant, l'éphèbe s'est fondu dans la nuit.

Il reviendra; ils reviennent toujours. Sa haine pour moi était quasi palpable. Je ne me souviens pas de son visage mais de sa haine. Je ne me souviens pas du nom du père d'Évangéline mais de sa fureur quand j'ai dit :

– Je suis enceinte. Je le garde.

La haine de l'éphèbe me faisait du bien. Oui, du bien. A travers les pics inversés, je retrouve mon identité. Valets, Dames de Carreau, puis le Neuf, mortel, tête en bas...

Sans un mot, j'ai passé une serviette chaude sur le visage de Korfou. La salle a applaudi à tout rompre au moment où le machiniste l'a tiré vers le haut.

Dans l'ombre des coulisses, je regardais la scène. La prochaine fois, je modifierai la Cage. Moins épaisse. Il y manque un éclat, une eau trouble pour renforcer la sensation d'enfermement, puis d'évasion possible. Rien de plus difficile à travailler que cette boîte si simple... Ni cercueil, ni maison, ni vent, ni air. Pourtant tout cela à la fois. Je vais trouver un autre système pour trouver la forme, la forme mentale de Korfou. Mon âme et ma mort.

J'ai floué Korfou. Il n'est que la projection du don en moi. Pire qu'une drogue. Aucun être ne peut m'envahir vraiment. J'endure Korfou car j'endure le don et quand il croyait m'insulter, me faire souffrir, en fait je ne songeais qu'à mon œuvre.

Évangéline aussi ne cesse de me torturer avec ses histoires de cadavres. Mais que reste-t-il en moi de cette aventure où résonne la voix coléreuse du type quand il a refusé ma grossesse?

— L'enfant que j'aimerai sera celui conçu avec la femme que j'aimerai.

Il y a vingt ans je me sentais menacée, proche à chaque seconde de toute mort possible. Évangéline est ma croix. Korfou ma drogue. Le don ma hantise.

Je tousse, épuisée, je me laisse tomber dans le fauteuil des visiteurs. Je passe à mon tour la serviette sur mon front.

— Tu vas avoir une crise, Laura?
— Oui.
Korfou a pris ma main.

— Que nos asthmes copulent, moment béni de nos pauvres corps. Souffle de forge de notre amour misérable...

...Allongés tout habillés sur le lit, les peluches jetées sur la moquette, nous soufflons, nous ahanons, Korfou devient bleu; je me colle contre son dos pour l'aider à

170

respirer, moi-même quasi asphyxiée malgré les vaporisations. La crise est bien avancée. Il va falloir la piqûre de cortisone. J'en injecte une à Korfou, il me pique maladroitement. Notre nuit caricature l'étreinte, l'orgasme, le halètement du plaisir – la conception d'Évangéline.

Nous atteignons l'agonie. Puis le *Hearing Solar Winds* s'apaise enfin. La crise a disparu. C'est le matin. Le téléphone sonne, l'éphèbe grince au bout du fil. J'aperçois dans la glace un visage de vieille, creusé, bleu, hagard, ridé, les cheveux rares. Je m'endors aussitôt.

M. STEINER

La chambre est restée intacte grâce à la délicatesse de Mlle Orlanda. Même le couvre-lit au crochet jauni, ouvrage de la chère Éléonore, n'a pas bougé. Le sommier aussi a conservé son parfum : de l'eau d'iris et un peu d'essence de violette. Évidemment, avec le temps, le sommier a une odeur pisseuse et l'iris pue l'acide urique. La commode est couverte de poussière. La branche de buis est restée dans la soucoupe en porcelaine depuis le jour des derniers sacrements. Éléonore demeure à jamais dans cette chambre qui fut aussi notre chambre de noces. Au-dessus du lit, il y a le portrait de notre mariage.

Éléonore et sa robe des années 1920... Soie ivoire, robe courte, voile long derrière, posé sur les cheveux taillés à la Louise Brook. Les lèvres sont groseille. L'horrible Tosca se peint la bouche du même rouge, ce qui me rend fou de colère. Mlle Orlanda laisse les clefs de la maison à cette créature de mauvaise vie qui n'a de cesse de me tourmenter quand je suis seul.

Comprenez-moi : je suis un vieil homme très doux, habillé de façon correcte – costume gris et noir, toujours le même depuis l'enterrement d'Éléonore. Mon brassard de deuil ne m'a jamais quitté. Mes chaussures sont bien cirées, mon crâne dégarni, taché de son, ainsi que le dessus de mes mains. Nos deux alliances s'entrelacent à ma main gauche. J'ai depuis toujours cette même silhouette légère : je ne pèse pas lourd, on ne m'entend guère aux étages ni quand je surveille Mlle Orlanda derrière la porte de la pièce au piano. Je ne la surveille pas : je veille sur les araignées. Je ne veux pas qu'elle tue les araignées. Je ne supporte pas ce principe ni les familiarités de la bonniche Tosca. Elle ose m'appeler « mon cher » et elle appelle « chère artiste » Mlle Orlanda qui est en vérité trop bonne ou trop distraite. Quand elle travaille Brahms ou Ravel, son regard semble tout oublier sauf le clavier et si, d'aventure, une pauvre araignée s'égare sur les touches, elle risque la mort. Ainsi l'autre jour, malgré moi, tout à fait malgré moi, j'ai serré le gros cendrier dans ma main car Mlle Orlanda avait écrasé une petite araignée argentée. J'ai failli à mon tour écraser le cendrier sur la nuque dorée de Mlle Orlanda mais cela n'a été qu'une réaction fugitive : je déteste l'injustice, voyez-vous ?

A la fin de ma vie, j'aurai appris ce qu'est la musique. Un corps immobile, ne sentant plus le chaud, le froid, la faim, la soif. Vibration totale des mains, du regard, de l'ouïe.

Mlle Orlanda parle très peu mais remue les lèvres quand elle joue. Elle remue les lèvres au rythme des accords qui montent jusqu'à la chambre où je pleure.

Mlle Orlanda est-elle aussi la mort ? La musique, est-ce la mort ?

Lentement la maison se dégrade et désormais, secrètement, je m'en réjouis. Je n'eusse pas supporté une propriété vulgaire (la Roussille). Mlle Orlanda est comme un second cercueil plombé sur les restes intacts d'Éléonore.

Éléonore est inhumée au cimetière de Sancy-sur-Marne que l'on aperçoit de la fenêtre. Cependant, elle est bien davantage présente ici, dans cette chambre, que dans le tombeau où ma place est libre auprès d'elle et de Gloria.

Dans la chambre d'Éléonore, il y a encore la fiole de laudanum vide : elle souffrait tellement, les derniers temps, que vous auriez fait de même. Les yeux d'Éléonore, seuls, parlaient avant que je soutienne sa nuque pour lui faire avaler le doux poisson. Mon amour. Nous aimions tant la musique. La nôtre. Nos heures vibrantes. Ces fleurs d'oranger enlevées une à une de tes cheveux merveilleux. Éléonore, je savais bien que tu ne m'aimais pas. C'est moi qui t'ai achetée à ta famille. A l'époque, le consentement des filles ne comptait guère. Ton fiancé était mort à la guerre. Sous le voile si long, si court devant, tu avais l'air bien plus d'une veuve que d'une mariée.

Pourquoi es-tu tombée si rapidement malade ?

Cette langueur, cette maigreur, ce concerto pour piano et violon que tu aimais tant... Ce concerto que Mlle Orlanda joue si bien. Éléonore, j'ai tout fait pour te garder. Tu es partout. Y compris dans les toiles d'argent qui hantent la chambre du haut qui fut la nôtre.

GLAENDA

Qu'ai-je donc fait ce jour-là ? J'ai téléphoné à Orlanda pour lui demander de m'épouser ? Orlanda, ma sœur, je ne t'aime pas. Ai-je voulu me tuer encore davantage ? L'hôtel Dorsett, où j'habite, donne sur la cour du jardin du musée d'Art moderne. De ma fenêtre, j'aperçois la Chèvre de Picasso, sculpture qui m'angoisse. Une vulve en fer s'ouvre entre les pattes ciselées. New York : familiarité proche du rhinocéros. La rumeur de la 42e Rue où j'erre, en smoking. Envie d'avaler de la drogue. D'être tué, assassiné. Oui, assassiné.

Dans le musée d'Art moderne, il y a un écran avec des lèvres qui bougent en répétant : « Lipstick ». Lèvres à l'envers qui me hantent. Tout me hante ; y compris ce tableau de Nicolas African : *The Scream*.

Deux hommes – moi et ma néfaste mémoire. Moi, assis, vêtu de rose saumon. La chaise est verte. Derrière, il y a Korfou – ma néfaste mémoire –, l'autre moi, le double, en jupe bleue, ce bleu-violet des Glycines, ce bleu du regard de Léontine quand elle chante *Three Blind Mice* tandis que le vieux Milan lui caresse les cheveux. Sur la robe (ma robe), il y a la géométrie des fleurs en plastique que Tosca accroche à ses oreilles. J'ai envie de hurler.

175

D'arracher leur barbe aux deux Glaenda : l'un assis, l'autre pas, minuscules personnages dans l'immensité de la toile... Après avoir contemplé trop longtemps ce tableau, j'ai téléphoné à Orlanda :

– Épouse-moi.

Chaque soir, mon concert à l'Avery Fisher Hall est un triomphe. Dans ma tête défilent les détails hallucinés du tableau *The Scream* : le hurlement et la vulve béante de la Chèvre de Picasso. Et les types de la 42e Rue. Dans le hall, des femmes me tendent un programme à signer et murmurent en français : « Glaenda Glaenda », en me jetant des regards de cannibales.

Milan disait :

– Ta beauté et ton art seront ta malédiction. La séduction – une certaine séduction – est pire que la laideur. De plus, tu es doué. Petit, je te plains.

Je n'ai plus envie de le voir. Ni Léontine. Orlanda, ma sœur que je n'aime pas. Ma musique. La Musique. J'ai mal à la tête. Un orage est tombé sur la Chèvre de Picasso.

Korfou le mime a été mon malheur. Ou ma révélation. Je sais bien que Korfou le mime a été mon assassin. La haine est notre souffle. Orlanda, Laura sont des alibis.

J'aimerais vivre avec Korfou. Ou disparaître, minuscule, dans la toile du peintre fou.

176

TOSCA

Josefa est malade depuis ce matin. Notre chère artiste est au lit, l'œil cerné. Je lui fais du café. J'adore quand mes chères artistes sont malades. Je me dévoue! Si vous saviez combien je me dévoue. Peu sûre d'être payée en retour. Orlanda, tant de fois surprise à guetter le téléphone telle une bouée de secours... Son Glaenda ne l'aime pas, c'est évident. Moi, Tosca, je suis là. Quand elle s'écroule avec un sanglot dans la gorge, je lui apporte un cognac. Je susurre : « Allons allons. » Je caresse ses cheveux. Je suis la confidente des tragédies, j'ai l'habitude de ses manies de folle.

— Tosca, je ne crois ni à l'enfer ni au ciel mais au marécage..., me lance Josefa.

Elle a posé sur son lit cahiers, plumes, papier. Teint cireux, cerné, un bon 38,9 : elle couve une grippe. A voir les bouteilles vides au rez-de-chaussée, elle a encore reçu un homme. Mais qui? Qui?

— Tu aimerais bien savoir qui était là hier, hein?

Sa voix me parvient tandis que je suis en train de passer l'aspirateur, Umberto sur les talons. Puis, d'un grand coup de plumeau, je dérange l'ordre de son manuscrit :

— Que de poussière, chère artiste, que de poussière!

Attention à l'asthme! Notre sculptrice vit dans la poussière, voyez le résultat!

Ensuite, j'irai chez Orlanda tourmenter un peu le vieux Steiner puis je ferai un crochet à la Roussille pour les aider à ranger cent cinquante bocaux. Ma tâche n'est pas simple : M. Steiner, ce vieux fou, a décidé cette nuit de dormir dans la chambre de la défunte. Il n'en est pas question! Je suis la surintendante. Je chasserai ce vieux pour préserver la maison de notre pianiste. Je dois veiller à tout, à toutes. Edmond et Gérard m'ont chargée de surveiller la commode de Josefa. Heureusement, ils sont tuteurs d'Umberto. Notre chère artiste est de santé fragile. Elle tousse et ses joues sont rouges.

— Tosca, s'il te plaît, passe-moi ma robe de chambre.

Notre dame aux camélias a décidément maigri. Flottant dans la guipure qui a appartenu à sa mère, elle se laisse tomber dans la bergère, devant la fenêtre. Elle a mis un disque : Mozart, sans doute.

— Tosca, la vie me dégoûte.

Au courrier, ce matin, un article sur elle, des lettres de lecteurs, des factures, des factures...

— Gourde! fait soudain sa voix très valide. Tu n'entends donc rien à rien? Cette musique... *Hearing Solar Winds*. Je parie que tu confonds Mozart et le *Hearing Solar Winds*, et ta vessie avec mes lanternes.

Josefa Lacolère. On la croit vaincue (enfin vaincue) au fond d'un lit et elle vous cingle de quelques mots bien envoyés. C'est ainsi qu'elle a complexé Glaïeul qui était bien obligé, le pauvre, de se consoler avec moi de temps à autre.

Tout le monde se console avec moi : Korfou, Gaétan — oui, Gaétan m'a sodomisée sur le tas de foin de la remise. Tout le monde se console puisque, comme

178

Josefa l'affirme : « Cette vie est une dégoûtation. »

Mais qui, qui est donc venu hier boire et faire l'amour avec notre chère artiste ? Moi, si fine d'habitude, je n'arrive pas à cerner la vérité et Lacolère a décidé de se taire.

— La Marne a encore monté, Tosca. Fasse Dieu et saint Expedit que la Roussille disparaisse en premier...

Elle a jeté d'un bond ses dentelles et soupire, nue, enfilant les jeans et le pull qu'elle met rarement. Est-ce une brebis ? Est-ce une gazelle ? Cela dépend des moments. Elle tremble de fièvre.

— Du café, Tosca. Je t'en prie. Et un whisky en attendant. Il faut que je travaille.

Elle tâtonne vers ses cigarettes et brosse ses cheveux que Gérard voudrait bien couper encore plus court. Elle rebranche le téléphone, regarde le courrier, jette les lettres d'admirateurs sans les lire et met très fort cette infecte musique. Moi aussi j'en ai assez assez assez, j'en crève de mordre tous les soirs mon oreiller. Ce n'est pas vrai, Gaétan ne m'a jamais sodomisée sur le tas de foin, je dégoûte les « Onne », Korfou me bat, il n'y a que Vieillard-du-Vice pour me faire avaler ses excréments, tout le monde se moque de moi, je vais tuer, les tuer ; il n'y a qu'Évangéline qui soit bonne parce qu'elle est folle et qu'entre fous on se comprend.

— Tosca !

Josefa a poussé un cri et se précipite vers moi. Je ne comprends plus rien à rien, je gis, bave aux lèvres, tremblante, convulsée. Tout est noir, tout est noir mais qu'est-ce que j'ai fait au bon Dieu ? A saint Expedit, à tous les saints et à vous Marie que je salue pleine de grâce, pleine de foutre, qu'est-ce que j'ai fait pour avoir l'air de cette pauvre truie que l'on égorge à chaque seconde ? Je meurs je meurs je meurs, vous savez, c'est dans cet état que Josefa m'a racolée pour elle et ses copines. J'avais avalé vingt comprimés de Gardénal. J'étais en réanimation aux Lilas Bleus, ma perruque sur la table de nuit. Josefa, à l'époque, allait voir Glaïeul en désintoxication. Elle s'est approchée de mon lit.

– J'ai besoin d'une personne de confiance. Voulez-vous travailler chez moi ?

Chez elle. Une personne de confiance. Chez Laura. Orlanda. La Roussille. On me laisse les clefs, l'argent, le Frigidaire (sauf à la Roussille). Je ne rêve en fait que de les détruire.

– Debout, Tosca, dit Lacolère en me faisant avaler de force un whisky. Debout... La dépression est une abjection. Allez. Courage. Regarde-moi, je suis debout. Si tu es sage, je te dirai qui m'a salement besognée sans succès hier matin. Car c'était le matin.

J'ouvre un œil. Titubant sur mes grands talons en faux lézard.

– Chère artiste... Chère artiste... Laissez-moi la tutelle d'Umberto avec les parrains. S'il arrivait un malheur, le pauvre petit a besoin d'une femme pour son éducation. Je veillerai sur lui, sur eux, sur tout.

Josefa tressaille. Avec elle, il suffit d'appuyer sur le levier de la pitié et de la mort pour l'affaiblir.

– L'eau monte, Tosca.

A ce moment le téléphone a sonné. Malgré ma syncope, j'ai décroché, plus prompte que notre écrivaine.

C'est Gaétan.

Je jubile. Indispensable.

Je vais très très bien.

JOSEFA

AKUTAGAWA	suicidé en 1927
OSAMU DAZAI	suicidé en 1948
TANIZAKI	suicidé en 1965
KAWABATA	suicidé en 1972
MISHIMA	suicidé en 1970

Je n'ai plus besoin de la lorgnette de théâtre pour regarder filer les cinq étoiles.

La mer les engloutit et la fleur du cerisier conserve leur âme.

Tosca, avec la maligne intuition des fous, a dit :
– C'est Gaétan ! c'est Gaétan !
Mais en réalité c'est Antoine.
Je suis sauvée.

ANTOINE

Marie-Joëlle me harcèle de coups de téléphone. Pour travailler en paix, je suis obligé de décrocher. Au Palier, je ferme la porte de mon bureau. Mouny hurle dans l'interphone : « J'ai à te parler! » Gaétan, déguisé en minet, est arrivé ce matin avec une vague pelouse sur la tête.

Il me répugne.

Il fait courir des bruits sur Josefa. Des bruits qui me pincent le cœur et me donnent l'envie de donner suite aux propositions de travail à Madrid. Un contrat d'un an. Là-bas. L'Espagne. Douce grenade fendue, saignante, miraculeuse d'odeurs, de beauté. Douce Josefa. Elle a envoyé à Mouny la suite du *Nénuphar bleu,* hâtivement achevé.

– Antoine, dit Mouny, va aux Glycines. Il faut que Lacolère travaille davantage la fin. C'est un livre superbe.

Josefa est claquemurée à Sancy-sur-Marne. Une forme de dépression. D'habitude, elle vient au Palier porter ses textes. Or, nous avons reçu *Georgia* (la suite du *Nénuphar bleu*) dans une grosse enveloppe, même pas envoyée en recommandé... Mouny a tout de suite dit à Marie-Joëlle de photocopier le manuscrit. Marie-

Joëlle, qui entre chez Andrexy la semaine prochaine, s'en est acquittée de mauvaise grâce : il manquait des pages. Mouny a hurlé. Marie-Joëlle est entrée dans mon bureau. Petit cul serré dans du cuir, la brosse rousse, les boucles d'oreilles Paco Rabanne.

— Va à la photocopieuse toi-même! a-t-elle dit en me jetant le manuscrit à la tête.

Je l'ai violemment attrapée par un poignet.

— Ramasse, ai-je dit.

Elle a grincé :

— Tu n'es qu'un godemichet pour femmes!

Je savais qu'elle répétait les propos de la femme-homme.

— Pauvre cloche! Minable! ai-je tonné. Tu rates ta vie. Définitivement. Va rejoindre les attachées de presse au Club Spécial... Tu verras alors ce que signifie vraiment devenir un godemichet!

J'ai claqué la porte et rassemblé les feuilles avec passion. Je lisais en même temps. Convulsion des mots. Ardence. Le Feu. Je t'aime je t'aime.

— Je vais aux Glycines, ai-je dit brusquement à Mouny.

— Essaie de ne pas rencontrer Gaétan, a ricané Mouny, plus rouge que ses pieds enfouis dans des chaussons Thermolactyl. Quand les montagnes se battent, parfois une souris se sauve, a-t-elle ajouté.

ÉVANGÉLINE

Je mens tout le temps.

Sauf aux cadavres. Je mens parce que personne ne me croit. Excepté Tosca.

– Je t'aiderai à retrouver ton père biologique, dit sa voix mielleuse.

Tosca vient me voir à Paris, rue Cujas.

– Ravissant! s'exclame-t-elle devant les minuscules cache-col que je continue à tricoter pour mes canards en plastique.

Toujours du rose layette car les pères biologiques font des filles, c'est bien connu. Je ne veux pas retourner à Sancy-sur-Marne. Tosca approuve.

– Ils sont tous fous. Ta mère traverse une crise. Elle tousse beaucoup, n'aime que Korfou. Dans le village, on jase. A force de recevoir des homosexuels, les chères artistes se font une réputation de futures pestiférées... Ta mère est en train de sculpter deux bêtes immondes copulant... La Marne a encore monté... Le vieux Steiner radote dans la chambre d'Éléonore... Les chères artistes sont devenues schizophrènes... Et la meilleure, tu connais la meilleure? Antoine a claqué Gaétan sur la figure, une dent en or a sauté, Gaétan est reparti à la Roussille avec sa petite tonsure en forme de gazon et Antoine, oui, Antoine vit aux Glycines... On dit qu'il va épouser Josefa! Le comique de l'affaire est qu'Andrexy a confié le dossier de presse de Lacolère à Marie-Joëlle. Lacolère ne leur échappera pas. C'est bien fait, c'est bien fait!

Ainsi parle Tosca : « C'est bien fait! » J'ai retenu de son bavardage intarissable que la Marne atteignait la grille de la Bugaudière.

Le fleuve noir, pourri, pourrissant. Une année – celle de ma dépression –, l'eau avait atteint le milieu de la cuisine, puis toute la cuisine, puis la première marche de l'atelier. L'électricité était coupée, nous avions dû passer deux jours à l'étage. J'aimais le clapotis jaunâtre du fleuve qui charriait des pneus et des bidons vides. A l'Institut médico-légal, il suffit que je fasse ouvrir un tiroir du Frigidaire par Petit-Louis et j'ai la réplique infecte de ces chères maisons appartenant à nos chères artistes.

– Continues-tu à voir le Dr Simplon? demande Tosca en croisant ses jambonneaux vêtus de bas résille.

– Oui, dis-je.

Je mens, je mens. Mouny rumine :

– Quand, quand Laura et Korfou se décideront-ils à publier leurs Mémoires? Les Mémoires d'artiste sont à la mode.

– Quel coup dans notre métier, dit Josefa. Ces textes imbéciles et mal écrits...

Laura est bien de son avis. Mouny espère que Laura racontera le cas Évangéline.

J'ai besoin de la folie. Mon garde-fou. J'ai du mal à me reconnaître dans les miroirs. Où sont mes cheveux de page, œuvre de Laura? J'ai du mal à retenir par cœur mon numéro de téléphone. J'oublie constamment celui de Laura. A pied, à Sancy-sur-Marne, je me perds sur les routes, sur les chemins. Je ne sais pas où est la maison. Quelle maison? La Roussille? Les Glycines? La Tour-de-Gué? La Bugaudière? La folie est partout. La haine, les désirs de gloire, la veulerie. Tosca colle admirablement au paysage. Le fond de leur âme; le fond de leurs ventes.

Ma virginité est la seule originalité que je me reconnaisse.

— Eh bien, restez vierge! dit le Dr Simplon, d'un ton neutre.

Quand les légistes procèdent à l'autopsie des femmes, le premier domaine exploré est cette plaie puante entre les cuisses.

On ne lit jamais sur les rapports que je tape : « virgina intacta ».

Alors je reste vierge. Mais pourquoi Laura garde-t-elle le silence?

— C'est très simple, dit Tosca d'un ton docte. Elle voulait un enfant à elle pour préserver la succession de la Bugaudière. Pour éloigner les hommes possibles. Elle n'est pas sensuelle. Elle n'aime que l'argent. C'est son seul mâle.

Née d'un homme évanoui, l'homme ne glissera pas entre mes cuisses.

— Et si vous le retrouviez? susurre le Dr Simplon.

— Je le tuerai.

— Tu as tort, dit encore Tosca en sortant de son cabas une bouteille de chianti tiède et des gâteaux rances.

Ainsi vient-elle une fois par mois à Paris dormir dans mon petit studio, sur le lit de camp déplié dans l'entrée.

— Réveille-moi tôt, les chères artistes ont besoin de moi.

Elle dort tout habillée, la jupe retroussée au niveau des jarretelles dont l'une est fixée avec une épingle à nourrice. Sa bouche est déformée. Sa perruque a glissé. Elle ronfle, elle rote. Elle pue. Elle me plaît. C'est la mère idéale. J'allume la lampe du bureau et je continue mes recherches sur les prisons. J'ai jeté le chianti dans l'évier.

Si Jean-François m'aimait, peut-être serais-je sauvée.

QUI?

J'ai traîné ce don toute ma vie, tel un bagnard son boulet.

Depuis ma mort, tout le monde a oublié ce don.

Le don est pire que la prédestination. Les élus le choisissent et il choisit les élus.

Jamais en fonction du mérite.

TOUS

Josefa, juste avant qu'Antoine ne l'enlève et ne remette tout en ordre, avait signé l'acte de tutelle de son fils en faveur d'Edmond, de Gérard et de Tosca! Oui! Tosca qui avait réussi à la convaincre, pendant les jours où sa fièvre atteignait 39,8, que sa mort pouvait arriver soudainement.

– J'enseignerai à mon fils l'usage du monde, je l'emmènerai en voyage, je lui ferai lire des livres, disait-elle, brûlante, sous la couverture du canapé.

– Ta santé est bien trop mauvaise, repartit sèchement Edmond. Tu es toujours malade. Seras-tu là l'année prochaine? Tu parles de vendre ta commode, tu ne vas pas bien. L'enfant avant tout.

Edmond a entreposé la commode de Josefa dans son magasin, soi-disant pour la lui vendre à un prix convenable; mais en fait, il se l'est appropriée.

– Elle est à nous, a-t-il protesté lorsque Antoine, tonnant au téléphone, a exigé :

– Rendez-lui sa commode ou je m'en mêle!

Obsessions!

Glaenda et Korfou, Orlanda sans Glaenda, Laura et Korfou, Glaïeul qui-vit-chez-les-femmes et colle les coupures de presse de Josefa dans leurs salles de bains.

Korfou et ses crises d'asthme. Léontine Maman-Poupée Maman-Cercueil. Gaétan se masturbe à la Roussille dans la cave aux bocaux. Josefa lui a fermé à jamais sa porte. Maryvonne sanglote. La femme-homme fouette Marie-Joëlle qui piaule :

– Je vais passer le prochain week-end à la Roussille...

Le Groupe arme ses fusils car des vagabonds ont volé des pommes derrière la barrière. Mouny rumine un nouveau coup : les Mémoires de Korfou. Tosca rêve d'épouser un lord ; M. Steiner rêve de tuer Tosca ; Edmond radote : « Ma commode, ma commode »...

LE NOTAIRE

Je suis le notaire.

Je n'existe pas beaucoup.

Qui est le notaire?

Un costume trois-pièces, une Légion d'honneur. J'ai épousé ma femme de ménage et mon crâne est chauve.

Trois clercs tapent frénétiquement, dans le bureau, face à la salle d'attente.

Dans la salle d'attente : des tabourets vert tourterelle, des fauteuils Henri II, une banquette d'église.

Ma femme, qui est aussi ma femme de ménage, époussette le tout.

Sur les murs, des affiches : « Faites confiance à votre notaire. »

Tout le monde m'appelle « maître » – même ma femme.

Sur un ton bêlant, suppliant, interrogatif, indigné, menaçant, incrédule, anxieux. Surtout anxieux : « Maître! »

Maître, c'est moi.

Je sais tout, je vois tout, j'entends tout, j'oublie tout.

Oublier fait partie de mes honoraires; ceux-ci étant

élevés, j'oublie, j'oublie même que j'ai épousé ma femme de ménage.

Derrière le fauteuil sculpté de feuilles de laurier et d'aigles sans yeux, il y a un grand coffre.

Dans ce coffre : la donation entre époux du couple Steiner. Puis l'acte de décès d'Éléonore Steiner qui institue la Société protectrice des animaux comme légatrice universelle des biens de M. Steiner au futur dépit des neveux. C'est fou ce que les couples sans enfants et riches comptent de neveux surgis de toutes parts! Heureusement, M. Steiner adore les papillons et les araignées. Je ris d'avance en pensant à l'ouverture de son testament...

En 1969, l'achat de la Roussille par le Groupe à Mme veuve Péchon qui avait elle-même acheté cette demeure à Gloria Steiner, partie à l'époque faire la vie à Paris.

Rectificatif de l'acte d'achat de la Roussille au sujet des héritiers : le Groupe représente six fiches d'état civil, six donations entre époux, six extraits de naissance, six testaments. Rien de plus légaliste, bourgeois et rigoureux sur ce point que tous les anciens soixante-huitards quand ils achètent une propriété.

Le Groupe, donc, a six noms et prénoms, douze yeux, douze mains, six bouches et le reste à l'avenant. Mais une seule voix : la Roussille.

Affaire compliquée à cause des enfants (comme toujours dans mon métier, les enfants sont la poutre et l'écharde). Ne parlons pas des branches collatérales! Outre le fameux principe des « neveux », j'ai vu, de mes propres yeux vu, deux cousins scier un buffet sur mon parvis. L'indivis était résolu. Je l'ai dûment stipulé par acte.

Naturellement, ce fut pour moi un bon moment.

Je ne suis pas positivement méchant, juste un peu délabré intérieurement.

En fait, un bon notaire.

Donc, troisième étage du coffre : le testament de Laura Pondia, la sculptrice ou le sculpteur, comme on voudra ou plutôt comme elles voudront. L'argent, lui, n'a pas de sexe. Ou plutôt si : souvent féminin. Ainsi la sculptrice (le sculpteur) Laura Pondia a laissé, dans une enveloppe, le nom du père biologique de sa fille Évangéline. Celle-ci le connaîtra quand elle héritera de sa mère, qui, elle aussi, a hérité de la Bugaudière après le suicide de la très névrosée Marie-Évangéline-Laura-Eudine Pondia.

J'ai donc les prénoms et le nom d'un Italien (ce sont toujours les Méditerranéens qui font des enfants biologiques). Manuello quelque chose... J'ai du mal à me souvenir des sonorités étrangères ; de plus, Laura Pondia a l'air d'avoir complètement oublié cet homme ! Donc, je fais comme elle : j'oublie.

Évangéline devient-elle lentement folle à cause de cette succession d'oublis qui annulent sa naissance ? C'est à voir... D'ailleurs, nous verrons bien.

Seconde étagère : l'acte d'achat de la Tour-de-Gué par Orlanda Ravel, la pianiste. On peut employer le « la » à côté de pianiste sans déformer le mot. « Pianiste » tout court est encore mieux.

Toujours sur la même étagère : le vœu pieux de Josefa Lacolère. La romancière. Au fait, y aurait-il moins d'hommes habités par un don ? Hem ! hem ! tout se pervertit... Le vœu pieux, donc, au sujet de son fils Umberto. En cas de décès, elle souhaite confier l'enfant à deux homosexuels, Edmond et Gérard.

Les mères croient toujours bien faire.

Toutes les femmes se trompent.

Dans le fauteuil des visiteurs, face à mon bureau, les femmes sont les plus déchaînées.

Elles sont atroces, les femmes : seuls, notaires, juges et prêtres le savent.

Ce sont les femmes, rarement les hommes, qui demandent la séparation des biens. Les femmes sont des pauvres : il leur faut des murs, des bocaux, des meubles, même si la maison a perdu son toit et ses fenêtres.

Pourvu qu'il y ait les murs.

Chaque meuble est à leur nom. En somme, dans mon grand coffre, il y a surtout des papiers de femmes.

Même la créature Tosca a laissé une lettre confuse où il est question d'assassinat possible, d'héritiers aristocratiques. Elle léguerait sa voiture-œuf au mime Korfou « qui la sodomise régulièrement ».

Excusez cette chiennerie, mais elle est enregistrée. Légalement.

Les notaires sont le foutoir des femmes.

GÉRARD

A la Capsule, je fais un balayage à Korfou.

La tête bien droite devant le miroir quasi invisible, couronné de nickel, assorti au dos de nos peignes et brosses, Korfou a l'air d'un mort.

Immobile, blanc dans la blouse blanc et argent, Korfou me parle.

Il veut blondir sa chevelure jusqu'au platine.

– Derrière la Cage orangée, mes cheveux doivent absorber la lumière. Une sorte de brasier... Je vais mimer la révolte de l'araigne. Je vais être la femelle. La jalousie, quand la jalousie se refuse à être essentiellement physique.

J'ai du mal à le suivre. Par contre, son visage poudré, malade, désirable, m'émeut. La jalousie ne serait donc pas seulement physique?

Ainsi, en oignant de pâte blanche l'épaisse chevelure de Korfou, j'ai envie de serrer son cou et de dire : « Je te veux. » Ou bien d'avouer : « Je ne comprends rien excepté ce désir féroce de tes baisers, ce souhait homicide de voir mourir Laura, cette haine sourde devant la beauté de ta nuque, la force de tes mains, l'immobilité saccadée de ton souffle. Car tu es malade, Korfou, et tu me rends malade au point de ne pouvoir supporter cette cage fabriquée par les mains d'une femme, cette cage où se déplie ton corps merveilleux. Edmond n'est qu'une vieille haridelle, il paralyse mon envol.

Et toi, l'araigne argentée, tu agites tout mon être, frémissant d'amour.

Tes cheveux, mon amour. Ta tête plus belle que celle des anges.

Tu es le seul qui sortes transfiguré sous mes peignes et mes ciseaux.

Je peinturlure et tonds les femmes.

Je te crée et te sculpte, homme voué à l'homme.

ANTOINE

Je l'ai enlevée, oui, enlevée.

– Je viens vous voir dès ce soir, avais-je annoncé presque brutalement au téléphone.

Il était tard et j'ai roulé très vite jusqu'à Sancy-sur-Marne. J'ignorais que le chemin de sa maison était à ce point embourbé. J'ai dû me garer derrière la Roussille et marcher à travers le bois. J'étais déjà venu une fois dans cette campagne glauque, très prisée des Parisiens, hideuse et imprégnée d'une sorte de langueur fatale. J'ai marché, marché. J'ai le sens de l'orientation. Celui de l'amour. Mon grand amour. Tu es celle que je veux, que j'invente, que j'appelle, que je vais épouser.

J'ai marché, marché.

J'ai longé le cimetière où la pluie battait les tombes noires. J'ai traversé l'unique rue du village, l'enseigne d'une étude de notaire me servit de repère. Ensuite, j'ai dû prendre un chemin forestier, derrière la maison d'Orlanda. Seule une petite lampe brillait au dernier étage. J'ai perçu vaguement le sanglot d'un homme, mais si ténu, si lointain qu'on pouvait le confondre avec celui d'un nouveau-né ou d'un vieillard. Près de la maison d'Orlanda, j'ai failli heurter une voiture-œuf tous feux éteints. Je me suis immobilisé derrière un arbre, des sons rauques montaient de la futaie.

Un homme – une silhouette d'homme – braquait une torche électrique sur une croupe où béait une fente que la femme écartait de ses doigts. Un long filet d'excréments souillait le haut des bas tenus par des jarretelles.

– Cours, Mirza! haletait l'homme. Cours.

La femme fit la bête et courut.

L'homme fouetta la croupe jusqu'au sang et soudain jeta des billets de banque.

Preste, la femme se releva, se rajusta et de l'ombre sortit une voix chevrotante, mondaine :

– Merci, cher ami. Dans le fond, les bois sont plus excitants que la villa des Rendez-Vous...

Je vis des bottes en lézard, une perruque rose. Des boucles d'oreilles en plastique luirent sous l'averse qui redoublait. La femme monta dans la voiture-œuf, alluma les phares et démarra péniblement vers la maison de Josefa.

J'eus peur. Peur pour la femme que j'aime, peur de tous ces gnomes qui hantent cette campagne affreuse.

Je me hâte, je me hâte. Il est grand temps de dénouer les fils, d'arracher la proie à l'inextricable. Entrer. Entrer chez elle. Le reste ira de soi. Puis l'emmener. En Italie. En Espagne. L'ensoleiller. La couvrir de bijoux. Transformer les promesses en autant de caresses. La combler. L'aimer. Mon absolu.

Dans ce bois noir, humide, il y a un homme qui t'aime, qui a peur pour toi. Qui tuerait pour toi.

J'ai pu gagner son jardin grâce à la lampe allumée. Écrit-elle? Pleure-t-elle? Attend-elle? A-t-elle cru à mon arrivée?

J'ai frappé. L'air est si froid que les plus grands feux

ne le réchaufferaient pas. Je frappe, je frappe, je crie :
« Ouvre-moi. »

La porte ouverte battait dans le vent et la pluie.

Elle tournait le dos à l'entrée, immobile, vêtue
légèrement d'un chemisier en vieille dentelle. Son
châle avait glissé et je le ramassai.

— Doucement, dit-elle, tandis que je posais l'étoffe
sur ses épaules.

Sous mes mains, la vie revenait dans ce corps. Et
mon corps retrouvait ses sources.

— Je t'aime, dis-je. Et je vais t'épouser.

Elle a dit :

— Oui, tu tardais... Tu tardais...

EDMOND

Depuis huit jours, nous hébergeons chez nous, à Paris, Umberto et la commode que Lacolère m'a confiée dans le but de la vendre.

Je ne vendrai pas sa commode; je la garderai. Plus tard, elle reviendra à notre fils Umberto.

Tosca, qui allait dormir chez Évangéline, nous a amené Umberto la semaine dernière.

Lacolère, paraît-il, piquait une petite dépression. Peut-être... peut-être... Mais quand le sexe parle chez les bonnes femmes, il n'y a pas d'enfant qui compte. Or, je soupçonne Lacolère de nous avoir laissé Umberto pour se livrer au stupre. En attendant, le petit joue avec le ménate, Marie-Astrid, les rossignols du Japon et Paulin, notre écureuil des Indes... Tintin a acheté à notre fils un jeans rouge assorti aux chaussures et il se baigne avec lui dans de la mousse Cacharel.

Notre Umberto!

La commode est dûment posée dans notre chambre où nous avons dressé le lit du petit.

Je suis le gardien. Je sauve les meubles, donc les enfants. Heureusement, je suis là. Car Lacolère déménage. Elle s'installe à Paris et viendra chercher le petit lundi. Pour l'instant, elle ferme les Glycines.

Tintin ferait bien d'aller reprendre sa Joconde et moi mon tableau.

D'ailleurs, Tintin file un mauvais coton. Décidément, tout le monde m'agace.

Tintin ne parle guère en rentrant de la Capsule, sauf aux oiseaux et au petit dont il caresse les boucles et parfume les oreilles. Tintin est si jeune, au fond, si mignon! Pourvu qu'on ne me le vole pas. Pourtant, je fais preuve de dévouement, de sérieux. L'appartement est très bien tenu, la cage du ménate nettoyée à fond, mes bronzes napoléoniens sont épousetés chaque jour, comme le cadre du maréchal Pétain, cette victime de l'ingratitude humaine. Lacolère personnifie l'ingratitude humaine, celle dont fut victime le Maréchal. Sale femelle!

Quel coup, mais quel coup elle nous a fait! Ensuite Tintin...

Tintin m'inquiète. Je suis inquiet pour Tintin. Il écoutait la Callas et regardait attentivement le cuir chevelu d'Umberto.

– La maison de ta mère est tellement à l'abandon, mon chéri, il se pourrait que tu aies des lentes.

A ce moment le téléphone sonna et Lacolère nous a annoncé son mariage.

Oui, son mariage.

Heureusement, j'ai la commode.

LE NOTAIRE

J'ai complètement oublié de mentionner le papier absurde et cependant légal que m'a remis la romancière (je préfère la sonorité de « romancier » à celle de « romancière »). Donc, l'année passée, après avoir émis le vœu de droit de tutelle aux deux homosexuels Edmond et Gérard, la susnommée Josefa Lacolère avait ajouté cette clause : le caveau de sa famille où sont enterrés Mme et M. Lacolère, personnes fort honorables – M. Lacolère appartenait à la magistrature assise –, ce caveau, donc, contient encore deux places vides. Eh bien, la romancière a légué les deux places vacantes à ses amis Edmond et Gérard!

Pardonnez-moi, mais malgré ma discrétion de croque-mort, je ris aux larmes, seul, la nuit, derrière mon bureau napoléonien.

Jamais je ne dors : ma distraction est de lire et relire les immondices de mon grand coffre.

L'autre nuit, j'ai entendu des pas dans la rue. J'ai vu un homme, un homme superbe s'avancer en aveugle vers la maison de la romancière. Est-ce pour

202

cela qu'il y a depuis ce matin, dans le dossier de la susdite, un nouveau papier : MISE EN VENTE DES GLYCINES ?

Hem ! hem ! D'avoir trop ri, j'ai réveillé ma bronchite chronique...

ANTOINE

Je t'emporte. Je tonne en toi. Tu es ma blessure. Mon arme et ma terre. Tes reins saillent sous mes poings. Ta croupe a la luxuriance des jardins d'Espagne. Ton innocence éclate en tes cris. La nuit est une émeraude dont je goûte chaque merveille sur ta bouche.

Jusqu'au fond de tes chairs, je t'assaille, je te veux, je te fouille plus loin que le chercheur d'or et j'ai de l'or plein les mains, plein le sexe, le cœur, le sang. Tu es mon sang. Tu es ma vie.

Notre lit est devenu cette demeure que nous ne quittons plus.

Et l'enfant. Umberto, l'enfant qui me fait père du premier regard, l'enfant que, lui aussi, j'ai dû enlever aux deux nains qui gigotaient et hurlaient des insultes.

Amour, pauvre amour... En fallait-il du désespoir pour tisser ainsi autour de toi les toiles de mort!

Umberto dort dans la chambre voisine. Il lui arrive de geindre dans son sommeil : « parrain! parrain! ». J'emploierai ma force à le guérir des convoitises impures.

Je te ferai un enfant.

JOSEFA

Je suis devant Mouny, à l'Écritoire, grand café où se rejoint le Tout-Paris littéraire et situé en face du Palier.

– Alors, rumine-t-elle devant son whisky, tu vas épouser le Barbu?

Antoine est devenu « le Barbu ». L'ennemi. Celui qui déchirera l'image. Donc forcément les remettra aussi en question. Insupportable perspective.

– Imbécile! explose-t-elle. Imbécile. Tu vas perdre tout ton crédit... Alors quoi? Il te faut le bonheur, hein? Dis! Le bonheur? Tu oses. Tu as osé...

Elle devient si rouge que trois personnalités littéraires se tournent vers notre petit box.

– Mais porteras-tu au moins encore tes paillettes, imbécile?

Elle poursuit :

– Tu dois écrire : je crois en toi. Le bonheur, tu n'as pas le temps. As-tu compris? hurle-t-elle soudain. Le bonheur... Il est toujours trop tôt pour ce leurre d'idiote... D'ailleurs, si tu épouses ce Quichotte, tu me le paieras. *Le Nénuphar bleu* a tiré à trois cent mille exemplaires grâce à une photo de toi en paillettes, une rose dans la bouche, un sein presque nu. Tu n'as donc rien compris? Tu ne veux pas admettre que les attachées de presse, la critique, cette engeance entre nous pire que chiens déteste le bonheur et les couples? Tout ce qui ressemble à la joie. Moi aussi je te déteste de te banaliser comme une oie blanche...

Elle s'est levée à demi, plus rouge que la banquette en velours, et commence à me tordre un poignet, signe chez elle d'affection inquiète.

... On nous regarde beaucoup. De bouche à bouche, la nouvelle se répand : je vais épouser Antoine, abandonner les Glycines, quitter Le Palier. Ma grande cheminée ne flambera plus pour eux. « Tous des chiens! dit Mouny. Tu n'as donc rien compris? Même ton Quichotte est un chien. » Les tommettes de la grande salle ne résonneront plus de mes danses pour les distraire. Je ne cuirai plus les gibiers et je ne planterai plus les roses trémières, tête nue sous la pluie...

– La suite du *Nénuphar bleu* est nulle, tiens!

Elle vient de me jeter le texte à la tête. Au bar, il y a un silence. Un héros du Nouveau Roman, qui se pique de peindre, a sorti un calepin et croque la scène. Ça va mal finir entre Mouny et moi. A cause de la garde du cocon. Mouny me veut : l'écrivain, la femme, la folle, les week-ends aux Glycines, elle prend tout. Même Umberto, dont elle voulait être la marraine, même Tosca qui peut lui être utile, nue en jarretelles auprès de ce qu'elle nomme les « chiens ».

Alors je rue dans les brancards.

Je me suis levée d'un bond.

J'ai mordu – oui, mordu – avec la force d'une renarde un de ses gros seins.

J'ai tiré le plateau et tous les verres sont tombés. J'ai hurlé :

206

– L'imbécile c'est toi. J'épouserai Antoine et j'ai signé chez Andrexy.

Mais je peux bien parler : elle est tombée ivre morte au milieu des whiskies.

Je lui ai fait du mal mais je m'en suis fait aussi.

... Adieu donc nos soirées rue Rabelais, ces fêtes folles, putrides, où parfois le verbe jaillissait, source noble de la découverte. La Sorcière parlait ainsi :

– Sors-le, ton texte, Lacolère (elle disait aussi avec tendresse : « Macolère »), sors-le donc!

Mouny alors ne me lâchait plus quand arrivait le mot puis encore le mot. Elle écoutait, oreille experte, éditeur entre tous quand de cette fange sourdait une belle page. Elle m'encourageait, elle bramait, buvait et balbutiait :

– Je t'aime, Macolère, tu es un grand écrivain.

Et le verbe allait, allait, allait; je retournais aux Glycines confortée, je ne lâchais plus ma table de travail, les phrases s'enchaînaient, le meilleur de moi-même jaillissait grâce à Mouny-la-Magicienne qui derrière Mouny-le-Monstre éveillait tous les monstres : les mots.

Adieu, Mouny. Adieu, Mouny, cette force et cette fureur qui me rendaient blanche, exsangue mais transportée par ton approbation, par ta gravité parfois, par ta sublime douceur après tes tempêtes :

– Écoute, Lacolère... Travaille davantage ton personnage secondaire. Tu verras qu'en fait il est la locomotive de ton histoire...

Et le personnage secondaire surgissait. De gnome il devenait le chevalier d'airain. La voix de Mouny guidait ma main. *Le Nénuphar bleu* s'éclairait progressivement au milieu de l'alcool, des insultes, des crachats, des menaces, des claques dans le dos ou sur la tête, des feuilles lancées à la volée : le Texte jaillissait.

Adieu, Mouny. Et ce grand œil très sombre, dilatant la paupière, vrillant au fond des auteurs leur vérité inavouée. Adieu, Mouny, peut-être les prophètes n'étaient-ils que ces gueux braillards, goitreux, teigneux, halant ainsi les élus vers la lumière ?

Adieu, Mouny.

... Ce même adieu, cette déchirure, ce chagrin plus grave que la mort, je les retrouve en voyant désormais à la porte des Glycines l'écriteau : « A vendre. »

– Tu verras, balbutie Mouny dans son alcool, le bonheur est une imposture et un crime... Une sorte de crime...

Je me sépare de tout, je laisse tout. Tout a été la toile qu'Antoine m'aide à défaire. Une maison de famille est un tombeau permanent où fourmillent névroses, rancœurs, peur du monde. Que de drames pour un placard dont on ne veut pas se séparer ! Que d'histoires pour une commode ! Edmond et Gérard sont devenus mes ennemis mortels beaucoup plus pour la commode que j'ai essayé de récupérer que pour Umberto auquel ils avaient fait percer, à mon insu, l'oreille droite afin d'y glisser une boucle en or.

– Ton image est foutue ! grince Mouny au courant de la vente des Glycines... Mon œuvre est foutue. Car tu étais mon œuvre. Va-t'en.

La presse (le public) adorait cette photo de la femme étrange dans une maison ancienne. La propriété de famille : le rêve des Français. Le rêve absurde qui masque la solitude, la trahison, l'image faussée du bonheur, l'absence de sexe, l'absence tout court... Bien des maisons de famille sont conservées par des vieilles filles, des vieux garçons stériles ; à un moment donné, l'instinct de propriété est une vengeance, un meurtre dirigé contre la chair et l'esprit : pour conserver un buffet, une châtaigneraie, un étang, quelques murs, on dirait qu'une main mystérieuse empêche la fécondité. Tout disparaît. La vie disparaît. La Roussille en est le symbole. Orlanda a fui en Italie où l'amour l'a bénie. Les Glycines étaient en fait le cercueil mal refermé de mes parents à demi pourris.

Oh! je n'ai eu aucun mal à la vendre, cette maison! Tout le monde la convoitait. Edmond, Gérard, les « Onne », Marie-Joëlle, Gaétan. Une série de coups de téléphone arrivaient rue Saint-Sabin. Celui de Gaétan fut le plus hideux. Au bout du compte, je donnai au notaire le feu vert pour vendre les Glycines à un couple de Suédois qui s'installaient dans la région. Des étrangers. Mais pas ces petits Français détestables qui osent chuchoter au téléphone :

– Tu m'en feras un bon prix?

J'ai signé la vente par procuration. Je ne me suis pas déplacée chez Maître, sauf pour détruire les grotesques testaments arrachés à ma peur et à ma solitude.

Maître faisait hem! hem! Il susurra :
– J'espère que vous conserverez le régime de séparation des biens dans votre nouvelle union que je vous souhaite heureuse...

La garde, la garde... Se séparer pour mieux s'unir. Edmond s'est évanoui quand il a appris que j'avais vendu tous les meubles aux Suédois, y compris la Joconde et son tableau inachevé.

Cependant, après la vente, des rêves me hantèrent. C'était aussi au moment de mon mariage avec Antoine, pendant cette période de bonheur si vivace, si brûlant qu'il est difficile de lui accorder une autre place que celle de la vibrante inquiétude... Des rêves... Papa et maman cloués en leurs bières. Parfois séparés. Parfois ensemble. Je ferme les yeux. Les Suédois avaient aimé la glycine et bien entendu, ils n'avaient pas eu peur de la crue. Bien sûr, j'ai vendu moins cher qu'en saison d'été. Mais la glycine, ô la glycine!...

L'été 58, maman m'avait tressé une couronne de glycine. Ce bleu qui m'a hantée jusqu'à mon roman *le Nénuphar,* ce bleu que Mouny avait su révéler en moi. Je cours devant papa et maman, ma couronne mal ajustée sur mes boucles brunes. L'été 58... Si l'on parle d'images, en voici une qui me marque à jamais :

La glycine, parfois, devient rouge, orange, un serre-tête enflammé, une auréole où s'inscrit déjà le métier d'écrivain, le grand projet plus vaste que la mer. Puis la couronne s'égrène en cytises bleus – le bleu de l'aigue-marine, le bleu de tes yeux, mon amour qui tardait tant, et je cours, aérienne, nantie d'ailes bleues vers l'amour.

Pourquoi, pourquoi ai-je roulé sous le ventre de tant de chiens?

Mais je m'enchante encore du songe : des groupes mauves atteignent le cristal des lilas. Me voilà enfant-fée. Les cheveux entrelacés de pétales odorants. Un homme m'enlève : toi, toi, moi petite, tout entière roulée dans la couverture, la joue sur ton épaule, les yeux clos, sentant ton cou qui bat mieux que ton cœur. Je .t'aime. Tout est bleu dans la nuit glauque où montent la Marne et les cris de bête de Tosca. J'ai le cœur mauve, aigle secret dont toi seul as deviné la force.

Et puis tout à coup, j'ai mal aux tempes, la glycine se charge d'épines. Tosca va nous voir. Le notaire. Edmond et Gérard. Le Groupe avec ses « Onne ». La couronne me perce les chairs. Papa maman ont disparu. La maison est engloutie. Il faut éviter la Roussille où, dit-on, un homme s'est noyé à cause de l'ignominie de Gaétan. Papa maman ont disparu. Ton bras va-t-il desserrer l'étreinte salvatrice? L'amour a détrui l'aigle, la fleur d'oranger a remplacé le miracle des bleus, les premiers lauriers ont cautérisé la plaie de l'amour.

Mouny a dit :

– L'amour ne m'intéresse pas. Seule sa destruction confirme le sens abominable de tous ces chiens...

L'écriture a fait de moi l'enfant chargée de glycines mauves courant vers tous les tombeaux ouverts.

Ainsi, quand tu es venu la nuit, tel un géant, ouvrir la porte, briser mes chaînes, me prendre contre toi, protéger ma nuque des chocs, je n'ai même pas fermé la maison, je n'ai même pas tourné la tête car j'entendais les mots que tu psalmodiais à ton rythme :

– Je t'aime je t'aime je t'aime.

Alors l'étrange couronne de glycines se serre tel un garrot et tes mains lentement l'enlèvent à jamais, et je glisse dans ton lit le nénuphar bleu éclaté sous le soleil.

LE GROUPE

Depuis 1969, nous avons tout investi dans la Roussille. Amoureusement, nous avons peint, enduit, plâtré, cultivé et fait des bocaux. Nous avons même des abeilles.

A la seconde où, chez le notaire, nous avons signé l'acte de propriété, nous étions prêts à sacrifier un enfant à nos abeilles ou à nos poireaux.

Le jour où nous avons signé l'acte – jour plus émouvant que celui de nos mariages sous régime de séparation de biens (ainsi le voulaient les « Onne ») –, ce jour-là, notre intellect, nos recherches, nos livres, tout s'est arrêté : nous étions passés à la communauté des biens. Même Gaétan fait semblant de lire car il faut bien gagner de l'argent pour entretenir notre raison d'être.

... Quelle joie quand, quelques jours après la signature, Gaétan a fièrement planté la pancarte : « Propriété privée »!

Devant la Roussille, reste en permanence, fiché dans un seau de plâtre ou de ciment, un grand pic en fer.

Au travail! au travail!

Sur les mots rouge (confiture), noir (carrelage),

blanc (plâtre), rose (papier peint), vert (jardin), jaune (abeilles), bleu (lessive), nous récitons à perpétuité les voyelles de Rimbaud.

Notre vie est saine et rythmée. De grosses bouilloires chauffent sur le coin de la cuisinière : ainsi avons-nous l'air accueillants aux visiteurs.

André s'occupe des ruches, bat le plâtre. Tel le pieu fiché dans un seau, il est rivé à la maison. André a le regard sur tout. En ce moment, il ne quitte pas de l'œil Gaétan qui rêvasse, s'est fait planter une pelouse sur le crâne, a du cholestérol parce que la Fille des Glycines a tout plaqué pour Antoine.

Il faut que le Groupe fasse passer Gaétan en conseil de discipline. Ce soir, autour de la grande table, quand nous aurons tous fait la vaisselle et rangé les restes au congélateur.

Gaétan s'est toqué de la Fille, il n'obéit plus aux lois du Groupe.

Le pieu en fer est toujours fiché dans le plâtre durci.

Gaétan ne fait plus rien.

Pourtant, c'était à son tour de ravaler la façade.

Les « Onne » sont d'accord pour qu'on le semonce.

Maryvonne a l'air particulièrement hagarde et répète : « Il y a de l'abus », en pelant les kilos de pommes.

Gaétan doit remplir son contrat.

Ou se séparer du Groupe.

Jean-François en est parti et personne ne l'a retenu, pas même Maryvonne qui psalmodia tout un week-end : « Il y a de l'abus. »

Maryvonne est d'accord pour chasser Gaétan et Jean-François jusqu'à ce qu'ils redeviennent « régu-liers ».

Voilà : RÉGULIERS. Avec une propriété, il faut être « régulier ».

Maître est d'accord : si l'on n'est pas « régulier », la propriété s'effondre, c'est-à-dire la Morale...

Gaétan est immoral. Où irions-nous si nous nous laissions aller au stupre et aux escapades ?

Fruits, légumes, ruches, toit, murs, volets, planchers, tout va pourrir.

Il faut tirer Gaétan de sa rêvasserie sexuelle.

Il doit reprendre son travail avec nous.

Évidemment, il y a des cas de révolte. Ainsi, Jean-François a-t-il déchiré ses barbouillages avant de partir et écrit sur le plancher, au goudron : « Vous êtes pires que la mort. Je fuis. »

Il a écrit cela dans la salle où nous épluchons fruits et légumes.

André est entré dans une fureur froide : de muet, il est devenu encore plus muet et a poncé le plancher tandis que Maryvonne balbutiait : « Il y a de l'abus. »

Le Groupe n'accepte aucune forme de chantage. Nous ne reverrons plus Jean-François. Après tout, il est majeur.

Il est bien stipulé chez Maître (le notaire) que le Groupe durera autant que dureront nos vies, que les héritiers seront exclus du Groupe – « Hem ! hem ! on ne spolie pas les enfants » – si lesdits héritiers détruisent la propriété en rejetant ses règles.

Nous ne pouvons pas nous séparer.

Je n'ai pas dit que nous nous aimions !

L'amour – ainsi que la musique – sont écartés de notre accord « régulier ». Ils amollissent et empêchent le travail.

Ils sont les drogues des « filles » (Laura, Orlanda,

214

... Elle parlait sans cesse, vêtue de mauvais cuir, sa bouche peinte dont le rouge avait débordé sur le menton. Je n'écoutais pas.

Je suis vieux. Je suis droit. Je rugis, je tonne.

Hélas! Ce soir, ce soir plombé, je ne suis que silence.

Glaenda, nous ne nous reverrons jamais.

LAURA

Évangéline dort dans sa chambre d'enfant. Elle couve une grippe. Je lui ai apporté de l'aspirine dans un verre de lait bouillant. Le verre où figure Blanche-Neige, le verre de son très jeune âge, du temps où je taillais ses cheveux de page.

Dans le verre tinte la petite cuillère en argent avec laquelle elle ouvrait son œuf à la coque. Le tout est posé sur un minuscule plateau doré, gravé du prénom d'Évangéline. Ce prénom a la forme du motif floral qui me hante et me libérera. Évangéline. Douce sculpture de mes chairs et soudain la forge, la fournaise, la dislocation.

Je monte la voir en blouse de travail. Que de cernes autour de mes yeux! Traces de la crise d'asthme chez Korfou. Et puis, ces nuits à travailler les formes infâmes, une pâte dure; les araignées copulant sont devenues une sorte de tête à deux visages où je ne reconnais que mon angoisse. Il faut détruire, détruire, recommencer... J'ai frappé à coups de marteau. Je n'en pouvais plus. Au petit matin, j'avais défait l'ébauche. Devant moi, dans l'atelier, un nouveau bloc : Évangéline, vas-tu enfin naître?

220

Tosca m'a ramené une pauvre petite créature brûlante de fièvre. Elle l'a récupérée hier, à la tombée de la nuit, à la gare de Sancy-sur-Marne. Évangéline, à peine vêtue d'un manteau trop léger, attendait, assise sur le quai, grelottant. Tosca avait accompagné le vieux Milan au dernier train. Le vieux Milan s'est approché d'Évangéline, l'a soutenue jusqu'à la voiture-œuf de son bras ferme.

– Je suis vieux, bougonnait-il, je suis droit, honnête. Foutue gamine, veux-tu rentrer chez toi! Tu vas crever de froid.

Un orage a éclaté soudain, si fort qu'Évangéline a chancelé, à demi inconsciente. Milan l'a portée dans la voiture de Tosca :

– Ramenez-la, a-t-il dit brusquement.

Elle brûlait de fièvre, de malaise, de misère morale et Tosca racontait n'importe quoi. Le vieux Milan a juste eu le temps de rattraper le train en marche : il voulait s'assurer qu'Évangéline serait chez moi au plus vite.

Mon enfant, ma petite que j'ai tant de mal à aimer. Folie, folie de t'avoir gardée sans amour, par désespoir, pour échapper à l'alcool, à l'œuvre qui tardait à sourdre, à une mère suicidaire, perverse, capable de me poignarder de mots... S'il y eut passion entre cet homme et moi, il n'y eut pas d'amour.

Ma mère me harcelait : le chantage au suicide. Les formes me hantaient. Manuello m'encourageait. Cet enfant ne serait qu'à moi; déjà je ne veux plus que Manuello me touche. Je déteste ses affaires entreposées dans mon studio. Je fuis. Je le fuis. Sans adresse. Je me tords de nausées, je bois encore beaucoup de bières. Sancy-sur-Marne, où ma mère occupe la chambre jaune et râle pendant de longues heures après avoir absorbé des barbituriques. Mais auparavant, ô ignominie! la scène chez le notaire, le nom du père biologique dans une enveloppe. J'ai cédé, abrutie de fatigue, d'horreur. Ma mère délirait : « Le nom, le nom du père biologique ou je te déshérite! A jamais! A jamais! » Elle répétait ses phrases, ses malédictions, et je cachais ma tête entre mes mains, vaincue. Presque folle à mon tour... Et le caveau ouvert, au cimetière de Sancy-sur-Marne, dans la chaleur de l'été, l'inhumation de ce corps qui avait si peu séjourné à la Bugaudière. En effacer la trace. Est-ce pour cela que j'accouchai un mois trop tôt?

... A l'époque, les Lilas Bleus était une banale clinique d'accouchement. Je croyais me rendre à un rendez-vous d'amour, j'ai eu droit aux aiguilles, aux cisailles. Une césarienne.

– C'est une fille.

Des voix disaient : « C'est une fille. » J'avais mal réagi à l'anesthésie et ne voyais plus rien. Paupières lourdes de poivre. Je n'ai aperçu Évangéline que deux jours plus tard. Deux jours trop tard. Ni mari ni mère auprès de moi. L'envie d'une canette de bière.

– Elle s'appellera Évangéline.

Celle qui vient du Livre saint. Celle qui vient de l'Immaculée Conception.

Ma langue est lourde. Une pierre. Les blocs arrachent mon souffle. Mon gosier d'ombre et de feu. Mes poumons, cette forge soulevée au rythme de l'agonie de Korfou. Toi, ce lambeau de moi, tout vif, identique, à jamais étranger, semblable à l'amour, l'amour, cet handicap irrésistible, ténébreux, dont toutes les sources sont suspectes.

222

... J'avance à petit bruit. Tu dors. Le souffle chaud, la peau brûlante, une épaule ravissante. Oui, tu as des épaules et des jambes ravissantes, serrées dans un pyjama d'homme car toi et moi, nous dormons dans des pyjamas d'homme. J'ai dû moi-même remplir ton arrêt de travail. Tu voulais, malgré ta grippe, rejoindre dès lundi l'Institut médico-légal. Tes cadavres. J'ai téléphoné. Petit-Louis a décroché. Je m'étais trompée de poste. Il répondait de la salle aux Frigidaires. Il me semblait respirer des relents atroces au bout du fil. Tels ceux qui nous arrivent de la Marne, pendant les crues... La putréfaction. Manuello aimait tant la musique : Manuel de Falla. La musique des fontaines. L'Italie, l'Espagne, la douceur du piano, nos corps nus. Car il y eut la saison bénie des corps nus, gémissant, consentant. Manuello t'eût gardée, j'en suis sûre, si je le lui avais demandé. Manuello porte à jamais en lui cette blessure, ce vol d'un enfant. Que l'enfant lui vienne enfin de l'amour! Que nous soyons enfin pacifiés. Mais quand? Quand?

Au bout du fil, Petit-Louis – boiteux, sensible, amoureux de toi – haletait :

– Mais qu'est-ce qu'elle a? Qu'est-ce qu'elle a?

Et tout à coup :

– Excusez-moi, madame, on amène du monde.

Du monde. Un tronc, une tête brûlée, des membres réduits, un ventre gonflé.

– On m'a livré un noyé, madame.

Livrer. Livraison. Livraison d'un sperme. Et toi, toi, le mobile floral, Évangéline, jaillie de mes eaux, n'ayant rien demandé, exigeant tout. Petit-Louis t'aime. Petit-Louis a une odeur de charogne. Un pied-bot.

... J'aimerais laver tes cheveux. Les couper aux épaules; leur redonner l'éclat solaire, la sémillance des étoiles. Puissance des gènes et de l'invisible : tes yeux ont les reflets de ceux de Manuello. Tu aimes l'Espagne et de Falla. Tu veux aller en Italie. Tu dis : « Je regarde la pluie de Sancy-sur-Marne, je veux mourir sous la pluie. » Le vieux Milan a bougonné : « Abrite-toi, foutue môme, ou tu vas claquer. »

Korfou répète, haletant d'asthme : « Laura, va vivre au soleil! Laisse tomber le mime Korfou, les cages, les pluies. Parle à ta fille. » Est-ce pour ces mots que je retourne régulièrement chez lui? Malgré sa folie, ses souillures, il a parfois la phrase fulgurante qui ouvre une porte, une source, l'eau qui coule, brillante, de l'argent, enfin de l'argent sous la lumière et non cette fange glauque qui atteint le portail, obscurcit le ciel et rend Sancy-sur-Marne plus oppressant qu'un village sinistré...

Jean-François a peint des vagues multicolores. De grandes élancées d'écume plus légère que tes cheveux. Déjà, enfant, il traversait le chemin de halage pour venir jouer avec toi. Il n'aimait pas la Roussille. Il se sentait bien ici, dans ta chambre aux bouquets roses. Sur un petit carnet, il dessinait ton visage entouré d'écume, de coquillages, d'étoiles. Ainsi devrait être le mobile Évangéline. Je parlerai! je parlerai! J'attends la fin de ta fièvre, je te dirai le prénom : Manuello. Juste le prénom. Peut-être alors un grand oiseau couleur d'arc-en-ciel volera-t-il de toi à moi et disparaîtront ma langue de pierre, mon gosier de feu, mes poumons de soufre et les hideuses araignes qui copulent sans se voir.

CONSEIL DE DISCIPLINE POUR GAÉTAN

Gaétan doit rattraper le temps perdu.

Il passera donc tout le week-end à renforcer la digue près de la barrière, car l'eau a détruit les premières clôtures.

Il viendra au milieu de la semaine pour achever de plâtrer les fils électriques apparents de la salle de bains du bas.

Il consacrera la moitié des vacances de Pâques à monter les meubles au premier étage pour les protéger de la crue. Les « Onne » l'aideront.

Il consacrera la seconde partie des vacances d'été à ramasser les prunes et à cercler les bocaux.

Jean-François parti, il videra l'atelier et transformera l'antre du traître en chambre à bocaux.

Il passera le lundi de Pâques à ranger la cave.

Si désormais il ramène une « fille » à la Roussille, elle paiera cinquante-cinq francs par jour au lieu de l'ancien tarif. Car, comme dit Maryvonne : « Il y a de l'abus. »

Il n'est plus question que Gaétan ait les clefs du grand buffet. Tout le whisky y passe.

Il faut que Gaétan respecte le contrat, sinon la Roussille est en danger : ses murs, ses légumes, ses clôtures, ses buffets, ses commodes, ses étagères, ses cuillères et petites cuillères, ses couteaux, ses hachoirs, ses seaux à plâtre et ses sacs de plâtre, ses bancs, ses tables de jardin, ses ruchers, ses outils, ses lits, ses édredons, ses couvertures, ses bouillottes, ses armoires, ses bouteilles, ses congélateurs, ses frigidaires, ses seaux à serpillières et ses serpillières, ses balais O'Cédar, ses aspirateurs, ses sacs à aspirateur, ses bêches, ses pioches, le pieu en fer fiché dans le plâtre délaissé par Gaétan, sans parler une fois de plus de nos chers bocaux... Tout cela figure dans l'inventaire chez le notaire. Nous nous faisons relire régulièrement la liste à laquelle nous ajoutons les nouveaux acquis. L'inventaire est timbré. Dans le grand coffre.

Depuis 1969 nous avons donné le meilleur de nous-mêmes à la Roussille. Nous y prendrons notre retraite.

Nous songeons à faire graver nos noms sur le grand caveau récemment acheté au cimetière de Sancy-sur-Marne.

... Caveau situé entre celui des Lacolère et celui de la famille Steiner. Désormais, nous voilà enracinés au milieu des vieilles familles de Sancy-sur-Marne.

En 1968, nous étions prêts à tuer pour la liberté des idées, la fin de la propriété.

En 1969, le goût de la nature nous emmena à pied, sac au dos, au village de Sancy-sur-Marne. Gaétan nous avait parlé de la maison de Léon Péchon.

La vie s'est chargée du reste.

Au fond, Gaétan nous a mis la Roussille dans le sang.

Aussi, vingt ans plus tard, serions-nous prêts à exterminer ceux qui nous enlèveraient la Roussille.

Serions-nous prêts à écarter Gaétan s'il ne rentre pas dans les normes? Maryvonne l'a encore répété à table : « Il y a de l'abus. »

Le conseil de discipline se tient dans la grande salle à manger, après le repas (épinards en bocaux présentés sur des tranches de pain grillées. Les pommes de la semaine passée en dessert).

Gaétan mord sa pipe. Il fait oui oui de la tête mais sous la table achetée en commun, son pied droit chaussé de boots bat la chamade. Très nerveuse, Maryvonne passe le chiffon à poussière sur les barreaux de chaise. André répète :

– Quitte le Groupe ou respecte le contrat.

Gaétan accepte de ranger la cave puis il s'éponge le front.

GLAENDA

La Chèvre de Picasso. La 4ᵉ Avenue. La drogue : je l'ai eue facilement et désormais, les types viennent dans mon lit. N'importe lesquels. Je vais en mourir, en pourrir. Jamais je n'épouserai Orlanda. Je perds mon âme. Concert après concert. J'ai à peine eu la force d'envoyer à Milan la grosse enveloppe que la veuve de Léon Péchon a déposée un soir dans ma loge : le manuscrit de son mari. Il y avait une lettre. Mme Péchon avait connu Milan jadis : j'étais encore très jeune et à mes débuts. Elle sait que je vais quelquefois à Sancy-sur-Marne, qu'Orlanda fréquente Josefa, que Josefa publie aux éditions Le Palier où travaille Gaétan.

... Schumann. Schumann tous les soirs jusqu'en avril. Schumann coulant sous mes doigts : étrange miracle des mains. Pauvre Schumann! Suppliant qu'on l'enferme à Ezerich après que les bateliers eurent ramené son corps à demi noyé. Schumann. Je suis fou, je deviens fou, enfermez-moi, je vais encore me jeter dans la mort. Enfermez-moi et je créerai encore... Schumann continuant à l'asile son courrier, l'écriture de ses partitions. Spectateur de sa propre destruction.

228

L'homme fut le premier à me ravir, l'homme m'a repris. Enfermez-moi. Enfermez-moi. Est-il déjà trop tard? Pourrir, pourrir de mort affreuse, la beauté défaite en un masque de grimaces et de haine. Mon temps s'achève, écrasé, béant : croupe ouverte de la Chèvre de Picasso. Enfermez-moi.

LE DR SIMPLON

Suis-je un homme, suis-je une femme ?
Je suis le Dr Simplon.
J'écoute, j'écoute, j'écoute.
Il y a chez moi, aux Lilas Bleus, autant de pendules détraquées que chez un vieil horloger à qui l'on ne vient même plus les réclamer : irréparables.
Mon infirmière m'apporte un verre d'eau et une pilule rose. Environ toutes les trois heures. Sinon je hurlerais.

LE NOTAIRE

Hem! hem!... Ma bronchite chronique devient plus perverse.

Quelque chose d'inouï vient d'arriver : la romancière a changé de notaire!

Juste·après son bref et discret mariage, à Paris, avec le dénommé Antoine.

Je n'ai même pas eu une visite de noces.

Par contre, je meurs encore de rire, la nuit, en lisant les papiers du grand coffre au sujet de ses amis-ex, ex-amis – Edmond et Gérard.

Naturellement, elle a tout détruit à leur sujet.

Mais notez ceci : *ils avaient fait graver* leurs noms et prénoms et dates de naissance sur le caveau des Lacolère...

Il faut une autorisation des Pompes funèbres générales pour enlever la plaque. Edmond et Gérard ont refusé de signer.

Donc, il reste sur le caveau des Lacolère les noms et prénoms des susnommés. Et comme la romancière a changé de notaire, a quitté notre cher Sancy-sur-Marne, vous devinez que je ne fais plus rien en sa faveur. Je prends même, je dois l'avouer, un malin plaisir à savoir qu'au cimetière le caveau de sa famille porte les noms et prénoms de ces deux pingouins. Évidemment, M. Lacolère, de la magistrature assise, doit se retourner dans sa bière. Les chères artistes sont toutes folles, comme dirait la créature Tosca, seul point où je l'approuve. Orlanda Ravel, la pianiste, vient de m'envoyer d'Italie une lettre où elle me prie de mettre en vente la Tour-de-Gué. Par procuration.

Laura Pondia m'a téléphoné au sujet de son départ possible de Sancy-sur-Marne. Une vente plausible. De mon grand coffre, leurs papiers, mes friandises, vont disparaître...

MANUELLO

La peinture se mange. Je m'en aperçois davantage depuis qu'on a mis au point, à Rome, une exposition sur « L'Art des croûtes ». Je m'occupe de catalogues et de galeries d'art.

Rome me fait comprendre, jour après jour, depuis dix-sept ans maintenant, que Dieu touche l'homme seulement du bout du doigt. A chacun sa fracture. Antoine, mon demi-frère, a eu la sienne : notre mère, assez folle, très grande bourgeoise milanaise, a eu ce fils, Antoine, d'un Français qui lui a donné son nom et n'est jamais apparu dans sa vie! Jeunes gens, nous vivions ensemble, rue Saint-Sabin, et nous évitions le sujet. Quand on a enterré maman au cimetière baroque, nous avons bu et parlé. Nous avons choisi. Je reste italien, Antoine reste français. Je suis heureux quand Antoine passe quelques jours à Rome, chez moi. Nous nous ressemblons beaucoup. Nous aimons passionnément l'Italie. A chaque fois, le Campo dei Fiori nous comble de sa gravité pathétique.

La gravité italienne, son bonheur léger... J'ai pu survivre à mes premiers délires, à mes échecs grâce à l'Italie. Rome, Rome m'a rendu la certitude du bonheur. Ma vie coupée en deux. La France, maintenant.

Rome a pétri de belle pâte cette hystérie. Antoine aussi – tel Stendhal – se vit italien bien qu'étant français.

Avant : le temps de la fracture. Ma passion pour Laura. Jamais elle prononçait le mot « aimer ». A peine enceinte, elle a fui, rompu les dialogues. Alors, en moi, cet enfant probable s'est anéanti : il n'existe pas. Jamais je n'en ai parlé. Pas même à Antoine, mon meilleur ami. Le silence a creusé la tombe de l'oubli. Du renoncement. Du reniement. Laura a sombré dans la gloire... Je dis bien « sombré », car elle ne rêvait que de matériaux lourds, chauds : pierre, plomb, cuivre, bronze... L'alcoolisme a poursuivi en elle ses ravages. Pauvre Laura!

Plutôt que d'être un mauvais peintre, j'ai eu la sagesse de croire en mon génie de dénicheur de talents. Il y a vingt ans, je disais à Laura. « Tu devrais essayer de sculpter dans un matériau original, moderne, la matière plastique par exemple. » Elle se révoltait. Le fossé se creusait entre nous. Hélas! j'avais raison. Laura se meurt dans sa contradiction. Traverse les demi-songes, les mauvaises aubes...

J'ai fait l'amour avec l'art, non avec cette femme; et si j'étais prêt à garder l'enfant, jamais, je le sais, je n'aurais fait ma vie auprès de Laura.

Rome! Rome!

J'aime ma vie, les amis que je reçois dans mon appartement, Campo dei Fiori, les trattorias, le vin rouge, les pâtes odorantes et nos enthousiasmes.

Avril baigne la ville d'une lumière rousse. La grande coupole du Vatican semble éclairer les collines. Sur la place d'Espagne le crépuscule se charge d'un feu presque rose. Rome, ma vraie compagne... Ce soir, j'irai entendre la pianiste Orlanda Ravel...

ORLANDA

J'ai attaqué le N° 21 en ut majeur de Mozart. Je ne vois rien, j'entends à peine ce qui sourd de mes doigts. Tout à l'heure, au téléphone, Glaenda balbutiait :
— Pardon, Orlanda, pardon.

Pour la première fois, il a réussi à joindre mon hôtel.

— Pardon, je ne viendrai plus, je suis ivre, je suis seul, je suis fou. Pardon, Orlanda. Je ne t'épouserai jamais, chère ombre douce. Je vais mourir, je vais pourrir. La musique nous a séparés encore plus que le reste.

Puis nous avons été coupés. Ma chair, mes doigts, mon souffle brûlaient, une goutte glaciale glissait dans mon dos.

Je porte un chemisier en soie ivoire. Une jupe noire. Des perles. Ma couleur, cette nuit, devrait être du rouge le plus dur : le sang.

Ravel. Concerto en sol majeur. Une pianiste essaie de communiquer sa force à une misérable femme de trente-six ans très malheureuse.
— Bravo! bravi! brava!

J'ai nettement entendu une voix d'homme, plus

dense que les autres, une voix palpable. J'émerge peu à peu de la musique qui m'a envahie tout entière. Ma douleur fait trêve.

Je vais rester à Rome. Une lettre désordonnée de Tosca est arrivée au théâtre : l'eau, paraît-il, a envahi la cuisine. Elle a fait monter le piano sur des cales. Ensuite, Tosca se met à délirer : il est question du départ de Josefa qui a épousé Antoine, mis en vente sa maison et qui court les îles en voyage de noces. La lettre se poursuit sur l'évocation de M. Steiner, installé dans la chambre d'Éléonore et qui pleure plus que jamais, puis il est question de sa brouille avec Laura, ingrate artiste, etc.

Pendant que la salle entière applaudit, je relève la tête. Je suis presque heureuse : je vais écrire au notaire, vendre la Tour-de-Gué, rester à Rome. Car Glaenda va mourir, je le sens, je le sais.

Quel courage puiserais-je dans cette vieille maison où s'agite Tosca et où pleure un demi-fou tandis que l'eau va tout détruire?

– Bravo! bravo!

Nous devons dîner Campo dei Fiori. Nous : je ne les connais pas encore. Ferai-je l'effort du bonheur? Cette ville où j'ai beaucoup marché me souffle les mots magiques : l'effort du bonheur. Retrouver la rue, la maison de mon grand-père Luigi. Mes traces.

Je ferai l'effort du bonheur tandis que l'eau noiera Sancy-sur-Marne.

JOSEFA

Je regarde, je regarde cette mer, ce sable déjà rougi par le crépuscule. Je regarde, je regarde ces fleurs, ces cailloux, cette tonnelle de feuilles, où nos corps s'enlacent. Je regarde, je regarde l'homme, mon homme, sortant de l'eau, montant vers moi. Cette île porte un nom étrange : Boroya...

Umberto dort chez mama Anna qui nous a loué le bungalow. Antoine a tant voyagé qu'il y aura toujours une mama Anna sur terre pour nous recevoir. Ces heures d'avion, cette joie sourde qui serrait mes tempes, une petite carte à Orlanda, ce bonheur fou. Umberto, vaguement apeuré au moment du décollage, puis consolé par le plateau garni, les coloriages, l'aile d'argent sous le soleil. Toi, toi qui serrais ma main et notre nuit sur la plage rouge, déserte, près du bungalow de mama Anna.

Allons-nous échapper à l'aventure qui sera désormais nôtre? Le Plaisir? Sémillance de ce fond de velours sombre et chaud, l'amour?

Moitié nymphe, moitié coquillage, je me vis dans l'attente de ton corps qui sort de l'eau.

Qui a dit que la femme était liquide? Edmond? Gérard? Glaïeul? Qui m'a conviée aux mensonges, aux illusions alors que le bonheur est si dru, si brûlant et si simple que j'en pleure de joie? Je te regarde, je te regarde. La nuit, chez mama Anna, je te regarde et mordille tes oreilles. La solitude est quasi totale à Boroya. Je vais boire à tes sources. Je viens à toi qui viens à moi. Je te guette. Tu me veux.

Je t'ai vu sortir de la mer violette, le corps ruisselant. J'ai soif. Tu me fais attendre, tu m'enserres les épaules :

– Regarde, dis-tu, regarde le soleil sombrer dans l'écume.

Mes yeux peuvent se fermer. Tu caresses mes paupières.

La plage est déserte, marbrée d'or, de rouge, de bleu, de noir. L'amour fait peur. Edmond et Gérard désormais se tiennent cois. Glaïeul ne me tourmentera plus, Mouny ne téléphonera pas. Grâce au ciel plein d'étoiles nous voilà mieux isolés qu'Adam et Ève. Tu es beau. Je suis belle.

Mon corps d'amour, ton corps d'amour s'assemblent : est-ce moi que j'aime en te roulant sur ce sable? Est-ce moi que je cherche en humectant ta chair de mon propre émoi?

Est-ce l'écume, l'écume de la mer soudain absente, qui nous entoure? Vais-je te noyer de plaisir? J'exulte et ma frénésie atteint son comble. Tu t'enfonces. Je t'aime, je te le dis. O parfums bénis, flore vivante vivifiante, ô ma vie qui revient. Je suis soudain naïade, femme-poisson, femelle des dieux quand les dieux viennent de l'écume. Tu mords ma peau. Tu dis :

– Elle a le goût des fleurs d'ici. Les fleurs de Boroya...

Sur cette plage, une grosse coque délaissée, venue de loin, ouverte en fruit. Je la remplis d'eau, la verse sur tes reins. Tu te soumets, attentif, fou d'amour. Ta femme... Quasi noyée, je coule en toi tel le marin dans l'épave pleine d'or. Mes mains cueillent ton visage de navigateur exalté...

L'eau soudain est partout. Elle devient menace au pays glacial que j'ai abandonné : Tosca gît contre les grilles de la Roussille, quasi noyée.

Sur mon ventre mille traces d'argent. Quelle bête a laissé là sa marque chaude? Arabesque sur mes seins renversés. Mes mains pleines de toi se promènent sur tes épaules, tes cuisses qui m'enserrent, ton ventre, tes poignets. Nous roulons ensemble, unis à nouveau, à nouveau soudés en une seule et même bête.

EDMOND ET GÉRARD

Elle est partie. Ils sont partis. Première trahison : elle s'est mariée sans nous inviter. Parfaitement. En robe de tulle blanc et or, à son âge! Une femme de trente-six ans en tulle blanc! Nous en ricanons encore. Et une couronne de roses blanches qu'un coiffeur de quartier avait posée sur ses cheveux. Une robe tombant jusqu'à la cheville, style danseuse de ballet (à son âge!). Et les fleurs de la fiancée morte.

Qu'elle crève, bon Dieu, mais qu'elle crève! Glaïeul, caché dans la cour de la mairie, nous a fait un récit complet : tous les deux, sans témoins, rien qu'eux et Umberto, en blanc lui aussi. Nous nous battions froid à cause de la commode que nous voulions sauver. Quand Josefa a eu le culot de venir un soir la réclamer, juste avant sa noce ridicule, avec son sale bouc, j'ai barré la porte de la chambre avec mon corps. J'ai sifflé :

– Couche si tu veux mais nous garderons la commode.

Alors le Bouc, le mec, l'homme-à-filles, l'affreux, l'Antoine quoi, m'a giflé, oui, giflé. D'où le cri du ménate, soudain très agité : « Edmond! Edmond! Vive Napoléon! »

Ce qui a réveillé chez Tintin le souvenir que

240

Lacolère possède encore dans ses meubles pourris mon grand tableau (Tintin sur le cheval de Napoléon). Tintin a crié toutes les injures possibles à Lacolère, qui, en reculant, a écrasé la queue de Marie-Astrid.

Quel charivari dans l'immeuble! Concierge, voisins, portes ouvertes sur le palier, le scandale, oui, le scandale. Dans notre vie. Le ménate glapissait dans sa cage renversée, Antoine nous injuriait en italien et en espagnol, bref, en arabe, tout en tirant la commode, déchirant la moquette et brisant notre grand vase japonais. Il beuglait : « Voleurs! » Les tiroirs de la commode étaient sortis. Nous nous battions tous. Antoine a pris Lacolère par le bras :

– Partons... Quelle infection, ici.

Dans sa brutalité, le portrait du Maréchal a été écorné et arraché du mur. Il est tombé sur l'éventail de mes photos de famille : maman Titine trônant derrière la caisse du Canard-qui-canarde, l'oncle de ma cousine, Tintin à six mois avec une houpette, nu sur un petit coussin brodé, et la photo des Glycines en automne.

Umberto pleurait. Mais nous étions secrètement satisfaits car nous lui avions fait percer une oreille où brillait une petite boucle en or.

LE GROUPE

Nous avons ramassé, pelé, coupé, stérilisé trente kilos de champignons. A cause de l'eau, seule la forêt est praticable.

Nous avons épluché, cuit, lavé, lessivé.

Nous avons replâtré la dernière salle de bains, au rez-de-chaussée.

Nous avons repeint la rampe du second étage et vitrifié les vingt-six marches du premier.

Nous avons enduit cinq volets.

Nous avons huilé trente serrures.

Les vacances de Pâques décuplent nos travaux. Notre amour de la Roussille. Ainsi sommes-nous en train d'empiler les parpaings pour monter le barrage contre l'eau.

Nous sommes obsédés par l'eau destructrice. Elle a déjà noyé nos poireaux, nos pommes de terre; nos arbres sont en danger, notre rucher a demandé trois jours d'assistance et de travaux divers.

Il nous faut exclure Gaétan. En petit blouson de cuir bleu, bottillons assortis, enfermé dans l'ancienne chambre de Jean-François, Gaétan lit des manuscrits. Gaétan a renoué avec Marie-Joëlle qui, à la grande fureur de la femme-homme, est venue, moyennant cinquante-cinq francs la journée et la nuit, passer le week-end de Pâques à la Roussille. Le jour de pâques,

Je veux épouser Évangéline. La plus belle histoire qu'elle m'ait racontée, un matin, dans la salle aux Frigidaires : l'enlèvement de Josefa par Antoine. Je veux enlever Évangéline. Nous aurons un enfant aux yeux pers. Dans les yeux d'Évangéline dansent des paillettes bleues. Josefa lui a envoyé le dessin d'une fleur, la boroya. Que naisse enfin le mobile Évangéline, la fleur boroya confondue avec les teintes de la prunelle de mon amour, de l'amour !

Art, œuvre d'art... Aimer Évangéline. Seule création dont je me sente capable. J'étudie, je suis pauvre, je boite, je transpire des mains et je suis muet quand je la vois. Je brûle d'amour au milieu des affreux tiroirs qui sans cesse se vident et se remplissent. Je vais lui dire que je l'aime, que je l'aime...

J'irai la voir samedi. J'achèterai des jonquilles. Des roses, des lilas. J'entrerai dans la chambre au premier étage. Pour n'y être allé qu'une fois, je me souviens de chaque détail. Je passerai par le jardin de derrière, puisque l'eau atteint le portail. Évangéline tousse. Je ferai juste l'aller et retour afin de poser le frais bouquet sur ses mains aux ongles rongés.

MANUELLO

Je n'arrive pas à dormir. Pourtant, nous nous sommes séparés à trois heures du matin. J'étais levé à sept heures, décidé à faire une sieste. Je suis allongé, une pile de catalogues d'art au pied de mon lit bas, sous les poutres noires d'où pendent des objets divers rapportés de mes voyages.

Je n'arrive pas à dormir. J'ai promis à Orlanda de ne pas la déranger avant ce soir. Sans doute dort-elle. Je brûle de téléphoner à son hôtel. Déjà, je lui ai fait parvenir un bouquet, un ensemble de fleurs proches de la Boroya dont Antoine couvre la couche de Josefa. J'ai appris tout cela par dépêche et courte lettre. Je me réjouis pour lui. Alléluia! Force de l'espérance. Ma vie est en train de se transformer. Je veux voir Orlanda. Je veux la voir. Antonella l'a détestée immédiatement car j'ai aimé d'un seul coup, en un seul regard, Orlanda. Josefa et Antoine s'aimaient secrètement sans oser se le dire. Jusqu'à l'enlèvement. Jusqu'au miracle. J'aime à mon tour, j'aime, plus que Rome, je veux Orlanda. Son corps, souple, frêle et robuste en même temps, ses longs yeux châtains, la peau rosée de ses joues, son ventre plat, ses mains qui volaient, tumultueuses, sur le clavier, et cette bouche qui nous souriait, presque convulsive quand nous l'avons applaudie...

248

J'aime Orlanda. La foudre. La foi. L'espérance. Josefa ne priait-elle pas sans cesse pour qu'Antoine l'aime ? J'allume cigarette sur cigarette. Impossible de me concentrer sur l'œuvre de Vojislav Jakic, la collection de l'Art brut à Lausanne, ces terribles dessins, ce « quelque chose » défini non comme peinture mais comme « sédimentation de la douleur »...

La douleur ! Animaux, monstres se transformant les uns les autres, pêle-mêle insoutenable des corps à moitié nus, personnages mi ailés, mi androgynes. La douleur de cet entrelacement artistique des crises sans espoir... Les toiles de Jakic me terrifient, tirent de mon être un courant d'air glacial : *La Mère mordue,* la série de *A quoi bon tout cela ? La Mort...* Salmigondis des formes, des spirales, des cercles, des évanouissements.

Antonella a déjà téléphoné deux fois, folle de suspicion. J'ai dit :

– Arrête, Antonella, c'est fini, toi et moi. Je suis amoureux.

Elle connaît la violence de mon caractère. Elle suppliait déjà l'année d'avant :

– Fais-moi un enfant, aime-moi.

– Non, Antonella, j'attends. Ce ne sera pas toi, Antonella.

– Tu es cruel.

– Non. J'attends.

Elle pleurait, enrageait :

– Un jour, tu me quitteras brusquement.

Oui, Antonella. J'aime. J'aime Orlanda Ravel. Je l'épouserais sur l'heure si elle le voulait. L'amour a toujours été pour moi jusqu'à ce jour un dragon comme ceux de Jakic. Jakic, fils naturel d'un pope du Monténégro... Allons-nous exposer *Pêle-mêle*? La foule, le tout? Mille et mille visages chevauchant vers je ne sais quel ordre maléfique?

Je veux emmener Orlanda à Tivoli. Déjeuner dans le jardin de la villa d'Este. Elle m'a promis sa journée de demain. Le matin, au musée des Étrusques, je lui montrerai la beauté des gisants. Une source! une source!... Je m'aperçois que je meure de soif... Je ne veux qu'Orlanda. Je suis bien le frère d'Antoine, il n'a voulu que Josefa. La fleur de Boroya. Et la fleur de Boroya, je la réinventerai pour Orlanda.

ORLANDA

Ce dîner, ce dîner... Un vin rosé, frais, délicieux dans nos verres. Les spaghetti fumaient, chargés de menthe, d'herbes fines. Le regard de Manuello. Ce bleu d'aigue-marine. Je chancelle, oui, je chancelle. Des voix italiennes m'entourent. Une femme étincelante – Antonella – me fixe sans arrêt. Dure, tel un granit. Le vin rosé me rend douce, quelque chose se dénoue dans mon thorax serré. La femme étincelante quitte brusquement la table, jette sa serviette, lance quelques mots en italien à Manuello et se fond dans la nuit. Manuello ne la rejoint pas, il ne la rejoindra plus jamais. Nous sommes huit à table, je porte toujours ma tenue de concert, une agréable fatigue m'enlève le goût de manger. Par contre, je bois. Glaenda a soudain disparu, comme la femme étincelante dans la nuit.

Je devais dîner avec ce groupe. Dans la loge, ils sont venus m'attendre. Manuello ne me quittait plus des yeux. Un désir si fou. Tout à coup, mon angoisse se dissipe. Glaenda s'estompe, statue figée et lointaine. Mon passé n'a plus de forme.

Au campo dei Fiori, je bois, je bois un vin plus doux que les roses. Manuello est l'hôte parfait, l'homme qui m'attendait au seuil d'une maison pleine de fleurs. J'ai envie de fermer les yeux. Il dit :

– Demain je vous emmène au musée des Étrusques et à Tivoli. Je murmure :

– Oui, oui. .

... Prends ma tête dans tes mains. Rome m'attendait depuis toujours. Luigi, mon grand-père, est mort très pauvre, quelque part, derrière le Campo dei Fiori. Professeur de musique. Les grandes orgues de la cathédrale. Garde-moi, Manuello. Ton regard me brûle. Glaenda n'est que le mauvais sosie de la musique. « La musique n'unit même pas », a-t-il dit. Manuello a la beauté des statues d'ici, ces hommes de fontaine, ces marbres pâles quoique veinés d'ambres roses. Tes mains me hèlent, j'entends, oui, j'entends ton être vibrer pour moi.

A ce moment-là, yeux clos, je buvais le vin odorant sous ton regard. Antonella a quitté la table. Brutalement. Alors, tu as refermé ta main en entier sur la mienne et je n'ai plus bougé.

– C'est un jaloux! avait glapi le Groupe, entendant cette réflexion.

Cela dit, mon cholestérol a remonté depuis qu'il a épousé Josefa. C'est de sa faute, de sa faute si mon sexe est resté mou.

J'aime beaucoup parler à mes maîtresses de mes maîtresses précédentes. Je suis honnête; je les avertis toujours. Ainsi, sur le chemin des Glycines, je raconte Josefa en détail à Marie-Joëlle qui me parle d'Antoine, son sexe, ses reins, sa fougue charnelle. Mais il paraît que ma queue est plus grosse. Quant à Josefa, c'est bien connu dans la presse, elle est une castratrice.

Je me rengorge.

Mon cholestérol baisse un peu.

Marie-Joëlle compte s'occuper ainsi du dossier de presse de Josefa :

– Je la présente telle une femme très érotique mais castratrice, secrètement attirée par la femme (voir ses rapports avec Ludovica Mouny). En fait, j'aime Josefa. La femme-homme qui me caresse de temps en temps et que je fais marcher, rêve de tuer Josefa. Tout cela m'amuse. Si Antoine voulait coucher avec nous deux et même nous quatre, quel pied! Mais Antoine est très vieux jeu. Il ne comprend pas la décontraction... l'écologie de l'amour...

– Maryvonne n'a jamais rien compris à mes fantasmes.

– J'ai un ami photographe à *Lui*. Josefa est pas mal. Un peu tarte pour la mode actuelle. Mais sur des nattes de bambou, ou sur une moto, toute nue avec moi, voilà une formidable idée pour illustrer la suite du *Nénuphar bleu*!

– Ce n'est pas tout à fait le genre d'Andrexy... Fais attention. Andrexy est un pur, un dur. Un littéraire...

D'ailleurs, je vais quitter Le Palier pour lui. Mouny a l'air de m'en vouloir... Pire que les « Onne ». Il paraît qu'Antoine lui a remis un manuscrit reçu de New York et, depuis, elle me foudroie du regard et me hait franchement... Une drôle d'histoire. Tu sais qu'Antoine et Josefa sont rentrés de voyage de noces? Quels ringards!

Nos boots font floc. Tout est détrempé. Marie-Joëlle est contrariée car elle les a payées très cher rue de Grenelle. Moyennant une petite location, les « Onne » lui ont bien proposé nos sabots de marche doublés de gros chaussons cousus par elles; mais ils tassaient trop sa silhouette. Je la comprends; j'ai envie de la jeter nue sur les feuilles, dans la boue, et de la prendre comme un babouin.

... La voiture-œuf de Tosca était garée sur la première route avant le chemin des Glycines. La maison, allumée, ouverte. Nous sommes entrés sans frapper. Dans le salon, couvert de poussière, humide, Edmond et Gérard emballaient la Joconde et un grand tableau absurde.

— Salut, a dit Marie-Joëlle à Gérard.

— Ah! ma chérie heureusement nous avons les clefs! Lacolère a vendu la maison et son contenu. Nous nous dépêchons de récupérer nos affaires.

— Josefa est là? ai-je dit, soudain tremblant.

Je la désire, je la désire, ma parole! J'étais au bord de l'aimer.

Edmond a ricané :

— On s'en moque pas mal où elle est.

Puis il a décroché une grande photo d'Umberto. Sa voix a tremblé.

— Notre bébé, ô notre bébé!

Gérard ne disait rien; fume-cigarette à la bouche, il ficelait sa tapisserie. Il souffrait, je suis sûr qu'il souffrait. Edmond le molestait.

– C'est ta faute, il ne fallait pas accepter la commode. Nous n'en serions pas là. Tu fais, tu dis n'importe quoi...

Ils se disputèrent violemment et je fis « Ho ho! » comme devant deux ânes furieux. Marie-Joëlle, vautrée sur le grand canapé – où j'ai essayé de faire l'amour avec Josefa –, se limait les ongles. Mains pointues, mains de menteuse? Tosca a déboulé du premier étage, robe en filet-panthère, châle doré, perruque blanc-argent bleuté et, pour une fois, un très beau collier d'ambre au cou.

– Ah! mes chéris, mes chéris, j'ai retrouvé dans ma chambre vos écheveaux, votre petite valise de week-end!

Elle s'est jetée sur Marie-Joëlle.

– Chère amie, donnez-moi votre numéro de téléphone. Je ne fréquente que des artistes ou la Haute. J'aime les femmes. Surtout les femmes. Tous les mois je suis obligée d'obéir aux ordres d'un vilain vieillard à cause du prix de la vie. Mon mari me battait. Avec sa maîtresse, il a failli m'assassiner. Laura ne me parle plus. Évangéline est une ingrate. Orlanda est une lâcheuse, le vieux Steiner un assassin. Heureusement, le mime Korfou se jette parfois sur moi et me traite en minet adoré. Je suis le minet du mime Korfou.

Je n'écoutais plus. Et pour cause : dans l'encadrement de la porte, Antoine et Josefa étaient apparus.

TOSCA

Quelle scène, mes aïeux! Quelle scène!

J'ai décidément beaucoup à faire entre mes chères artistes et mes amants. D'abord, à la Tour-de-Gué, je dois chasser le vieux Steiner installé dans la maison d'Orlanda.

Le vieux Steiner est arrivé le jour de Pâques avec une valise, oui, une valise plus grande que lui, de marque Vuitton, un peu délabrée. Il est monté tout droit à la chambre d'Éléonore, a accroché ses porte-chaussettes, sa cravate en alpaga dans l'armoire dite charentaise. Il a eu l'air stupéfait de me rencontrer dans les étages, moi, la gardienne. Moi, la surintendante.

– Vous, la femme de ménage, vous n'avez rien à faire dans la chambre d'Éléonore.

Je l'ai vertement tancé.

– Monsieur Steiner, j'ai la responsabilité de cette maison pendant le voyage de la chère artiste. Elle tolère que vous veniez pleurer dans cette chambre – ce bouge – une fois par semaine. Il est inadmissible que vous vous installiez avec une valise. Cela s'appelle squatter. Partez tout de suite ou bien j'avertis le notaire qui téléphonera au commissariat... Vous entendez,

258

Steiner? Le commissariat de police... De plus, vous êtes entré par le jardin inondé et il y a des traces de boue partout. C'est une honte! Je suis l'intendante, vous entendez? Pas la femme de chambre. Je suis la tutrice, la gardienne supérieure. Vous entendez?

Il n'entendait rien du tout : enfermé dans la chambre, il sanglotait. Il avait tiré le verrou. Que faire? Je ne sais où donner de la tête. Je dois aussi veiller sur Laura, sur Évangéline, sur les Glycines où tout va à hue et à dia. A la Bugaudière, Évangéline est clouée sous son édredon. 38,9 dès cinq heures. Son amoureux est venu la voir. Oui, son amoureux. Heureusement, j'étais là car Évangéline a été très méchante avec lui. Il a repris son train, effondré. Si je ne l'avais pas accompagné à la gare avec ma voiture-œuf, Petit-Louis aurait fait quatre kilomètres à pied sous la pluie. Son pied-bot faisait toc-toc sur la route.

Pourquoi s'obstine-t-il? La jambe trop courte, les mains moites, le cheveu rare, l'œil myope. Évangéline le déteste. Elle le déteste parce qu'il l'aime.

Ah! mes artistes me donnent bien du mal! Je dois m'occuper de tout le monde. Je suis l'Indispensable. A la Roussille, les « Onne » ont très mal supporté le week-end avec Marie-Joëlle. Moi aussi, du reste. Gaétan est fou de moi, de ma croupe qu'il dit « authentique et écologique ». Maryvonne, après le départ de Marie-Joëlle et Gaétan, est tombée de tout son long dans l'escalier avec un hurlement sauvage :

– Je l'aime, je l'aime, je l'aime.

Car André, au déjeuner, a froidement décidé :

– Nous excluons Gaétan.

Alors elle est tombée et elle s'est foulé ou cassé la jambe. Auparavant, elle avait versé tout le sel dans la compote qui cuisait. Elle hurlait : « Je l'aime! je l'aime! » d'un cri de bête qui lui mettait la morve au nez.

– Il y a vraiment de l'abus, a dit André. Je vais parler à Gaétan.

Tout bouge. Tout bouge.

Antoine a failli tuer Edmond et Gérard qui ont failli également l'exterminer. J'adore les scènes et les drames : Josefa a tiré Edmond et Gérard par un bras :

– Fichez le camp de chez moi!

Edmond, blême, a glapi :

– On dira à ton bouc tous les mecs qui t'ont baisée, Gaétan le premier.

Gaétan se tenait coi. Antoine a vu rouge, oui, rouge. Il a giflé Edmond qui a donné des coups de pied. Gérard a attrapé le chandelier, Josefa lui a fait un croche-pied.

– Du calme, mes chéris, susurrai-je. Je suis gouine, je vous le dis : du calme.

Marie-Joëlle faisait celle qui ne voit rien et n'entend rien. Antoine, lui, voyait de plus en plus rouge et répétait :

– C'est la journée des chiens. Dehors.

Mais je ne m'attendais pas tout à fait à la suite : Antoine, à coups de pied et de poing, nous a flanqués tous les cinq à la porte et il a balancé Gaétan par la fenêtre.

Pourquoi ce comportement barbare? Nous ne sommes qu'amour, sexe et dévouement.

– Fichez le camp de chez ma femme, répétait-il.

Ah, ah! Sa femme. Mais elle a été bien plus à nous qu'à lui, sa femme. Ainsi parlait Edmond ou Gérard ou moi. La pluie nous a trempés. Mes bas étaient filés. Gérard hurlait :

– Chienne! tu peux toujours attendre après ta commode!

Gaétan était blanc, il feignait de ne pas me voir. Pourtant, dans sa chute, il est tombé sur moi et j'en ai gloussé. Marie-Joëlle disait très haut :

– J'ai plus couché avec Antoine qu'elle.

Ils sont partis très vite vers la Roussille. Alors j'ai embarqué au fond de la voiture-œuf la Joconde, le tableau en loques (Antoine les avait également jetés par la fenêtre) et mes deux pédés. J'ai bifurqué chez Laura.

Edmond reniflait :

– Nous avons des papiers signés! signés! Nous ferons valoir nos droits! Nous avons nos noms gravés sur le tombeau de famille!

Gérard a sifflé :

– C'est ta faute. Ton idée d'aller chercher nos affaires pendant son absence était idiote!

Alors Edmond a giflé Gérard.

Ça chauffe les copains! ça chauffe!

LAURA

J'ai entendu klakonner et klaxonner devant le jardin trempé. Tosca. Je ne veux voir personne. En longue blouse, j'essaie d'arracher une autre forme au bloc translucide. Plus d'araigne. Je doute de moi, je doute de mon art. Je doute tout court. Je travaille mal. Je déteste cette longue patte qui risque de surgir malgré moi sous mes marteaux et mes burins. Je suis l'esclave et jamais le maître de mon art. Jamais. Korfou a disparu depuis plusieurs jours. Son téléphone est décroché, il ne veut plus me voir, il ne m'aime pas. Je l'encombre, le dégoûte, le déprime. Korfou m'obsède. Je sculpte mal, j'ai peur de voir surgir encore l'araigne. Jamais le mobile-fleur mais l'Araigne. Des quintes m'agitent, des larmes piquent mes yeux. Le mobile Évangéline se dérobe, mes doigts glissent, se trompent.

Évangéline, dans sa chambre, tousse. La grippe s'est compliquée d'une bronchite et la visite du pauvre Petit-Louis n'a rien arrangé. Je l'ai entendue sangloter violemment après le départ claudiquant du jeune homme. Évangéline l'exècre à cause de cet amour furibond qui semble faire exploser son petit torse.

262

J'essaie de sculpter un amour de cette envergure. Un amour tel que celui qu'enfin Josefa s'est offert. La violence de l'âme, l'âme éperdue tandis que palpite le reste du misérable corps de Petit-Louis, balbutiant un « Je t'aime » qui le glorifiait, le vouait à la solitude et, pourtant, soutenait sa pauvre marche vers la gare. Je voulais l'accompagner mais il était déjà loin.

Suis-je très différente de ce Petit-Louis? Quand je m'appuie contre le dos de Korfou pour l'aider à respirer. Suis-je très différente d'Évangéline secouée de fièvre, de solitude? Suis-je tellement éloignée de M. Steiner, hoquetant de chagrin depuis tant d'années dans la chambre couleur de moisi?

Mourir, doucement mourir quand le soleil revient sur le lit. Quitter les hydres qui hantent mes nuits...

Tosca, Edmond et Gérard sont entrés sans frapper. Ils semblaient hors d'eux. Le premier choc, je le reçus en voyant au cou de Tosca le collier d'ambre qu'elle m'a volé, que visiblement elle avait oublié m'avoir volé. Seul cadeau de Korfou. Unique sceau funèbre de notre étrange passion. Cet ambre couleur des pluies d'ici. C'est ambre, miroir du tombeau de Gloria. Volé. Au cou de Tosca, si folle qu'elle est incapable de discerner le vol de la possession. Elle a ainsi à son cou le secret de Laura, la chaîne qui me lie, me tue et me libère.

Mon poinçon, mon marteau s'activent. J'ai le feu aux joues. Quelque chose, oui, quelque chose de stupéfiant m'arrive : après avoir tâtonné des mois, des jours, des années sur la Forme, ce n'est plus une patte d'araignée, ce n'est plus Arégor-le-Maudit qui va sourdre mais enfin le début d'une tige, une corolle, un pétale gracile, Évangéline, ma petite fille... Le mobile floral veut vivre, mes mains vont plus vite que ma pensée, l'œuvre tant désirée éclate. Une tige! une tige! et non cette patte d'araigne! Arégor-le-Maudit ne fera plus d'enfants immondes. Une tige, une tige. La corolle suivra, je la vois, je la sens, je la sais et...

– Ma chérie, si tu savais ce qui vient de nous arriver aux Glycines!

Les Importuns parlent, s'agitent, Tosca fait rouler entre ses doigts le collier d'ambre.

Une tige gracile, puis de plus en plus puissante, une jambe de femme. Le père d'Évangéline s'appelle Manuello, je vais le lui dire. Quoi de plus simple : quoi de plus simple qu'une tige gracieuse, longue, longue jusqu'à la puissance, jusqu'à la force de soutenir les pistils ? « Un père naturel, disait Manuello, ne compte pas. Je ne crois pas en la voix du sang, l'environnement seul est important. L'enfant prend les traits de ceux qui le regardent. »

L'enfant prend les traits de ceux qui le regardent... Ai-je regardé Évangéline, fleur fragile de ma chair ? J'aimais laver et tailler tes beaux cheveux de miel. Tes yeux longs me ravissaient comme ceux de certaines bêtes de forêt, furtives, tendres, sauvages...

Ma main, ma main va toute seule. Après le grand succès du premier Arégor, je n'ai été que silence, alcool, interviews où je balbutiais. La dépression d'Évangéline me terrifiait. Droguée de calmants par le Dr Simplon, à l'endroit exact de sa naissance, elle refusait de me voir. Est-ce pour cela que j'ai cédé à Korfou, grisée par l'alambic des mots qu'il déversait sur moi, allongé sur le lit jamais défait, fumant, fumant – et le nouvel Arégor, plus monstrueux que l'autre, jaillissait de mes mains tel un démon de ma tête ?

– Mais que font-ils ici ?
– Que faites-vous chez moi ?

Ma main va, va. Alléluia! La tige s'élance, s'ébauche, je la vois, je la sens : elle soutiendra la torsade, la corolle, l'aurore boréale. Vingt ans acharnés d'un art dont je ne fus que l'esclave, vingt ans de mutisme, de tortures constantes – la folie d'Évangéline –, mon amnésie à ce sujet, les crises d'asthme auprès de mon démon : Korfou.

La foi : la seconde d'avant, tout n'est que nuit, errance, malédiction. Et soudain la lumière éclaire l'âme cadenassée. Je respire. Je respire, ma main va, va, va, ma bouche chante, mon corps se redresse, je crie :

– Évangéline, viens voir!

En haut de la tige, le burin dessine le début de la corolle. Un bouquet entier va naître.

Le collier. Mon collier d'ambre... Volé. Grossièrement volé. Qu'importe : un des maillons de la chaîne se défait. Malades de haine, tous trois clabaudent des explications, des injures, me parlent de Josefa, de leur droit de tutelle sur Umberto. On dirait des insectes devenus fous. Arégor, voilà le modèle vivant d'Arégor : longues araignes immondes, gesticulant, réclamant leur rôle de gardiens, de sauveurs.

Je n'en peux plus.

– Fichez-moi le camp! dis-je tout à coup avec une violence dont j'avais oublié que j'en étais capable. Je suis l'alliée de Josefa. Vous êtes pires que mes araignes. Dehors!

Je montre le collier d'ambre :

– Dehors!

Tosca agrippe le collier en glapissant :

– C'est à moi! c'est à moi! Vas-y, chère artiste, pendant que tu y es, traite-moi de voleuse! Dis-le que je suis une voleuse!

Alors, c'est l'explosion, les insultes, des danses de derviche. Tosca crie plus fort que les autres :

– Korfou déteste ton corps, il me l'a dit. Avec moi, il atteint l'orgasme, tu entends ? L'orgasme !

Étrangement, Gérard la foudroie du regard.

– Tu fais des gosses avec n'importe qui, siffle Edmond.

J'ai vu rouge. Edmond a reçu en plein visage une libellule sur pivot, une ancienne statue oubliée au pied des marches. Évangéline la lui a lancée à toute volée par-dessus le mobile ébauché. Son nez et sa lèvre saignent, mais rien ne semble arrêter la colère d'Évangéline : la toile est défaite, nous allons êtres libres. Même si Edmond vient de briser Arégor à coups de pied. Nous sauverons le mobile Évangéline.

TOSCA

Toutes nos chères et folles artistes sont devenues des ENNEMIES. Je sais que je fais envie : la jalousie, seule, explique leur comportement. Korfou, Gaétan, Antoine, si je le voulais, seraient à mes pieds. Les chères artistes en crèvent, d'où leurs réactions insensées. Si vous aviez entendu les cris d'Edmond, dans la voiture-œuf, un sparadrap sur le nez! Il voulait porter plainte. Gérard le lui a déconseillé à cause de l'argent qu'ils doivent à Josefa. Edmond avait l'air d'une grande chèvre malade et a traité Tintin de « sale Caroline » puis l'a giflé à nouveau, mais cette fois-ci, Tintin a riposté à coups de Joconde, la tapisserie étant roulée sur un petit bâton.

Dans ma voiture, donc, habituée à recevoir des gens de très grande classe, des chiens s'empoignaient en se lançant des injures que je n'oserais répéter. Je suis à la fête! à la fête! La Discorde est là, chère Discorde plus chère que les chères artistes! D'ailleurs, nous sommes bien décidés à ne pas nous laisser expulser par nos folles.

Évangéline est déchaînée : les cheveux défaits, nu-pieds, agitée par la toux, elle a failli tuer Edmond et elle a pris, oui, pris un balai pour le jeter à la porte. J'ai glissé dans la boue du jardin, ma belle jupe en cuir qui me donne des airs Farah Diba est perdue. Mais j'ai sauvé le collier! Le collier de la reine! La reine c'est moi!

– Reine des Tantes!

La dispute entre Edmond et Tintin continue.

J'ai sauvé le collier et, avant de tourner le dos dignement, j'ai lancé à Évangéline qui nous poursuivait jusqu'au portail, balai en main :

– Avoir un père inconnu t'est monté à la tête, ma chérie!

Alors, l'inouï est arrivé : Laura a surgi au secours d'Évangéline, elle l'a prise contre elle et nous a crié :

– Son père s'appelle Manuello. Il vit en Italie et elle ira le voir quand elle le souhaitera.

Évangéline riait riait riait. J'ai serré le collier.

– Il est à moi, il est à moi.

Je ne supportais pas ce rire. Ce couple de femmes refermées l'une sur l'autre – cette liberté, cette liberté qui peut passer par notre mort.

Edmond glapissait :

– Nous ne rendrons jamais les clefs! Nous irons voir le notaire!

LE NOTAIRE

Ma femme a successivement introduit dans mon cabinet mes clients habituels. Ils semblaient pris de frénésie.

Edmond avait un gros pansement sur le nez, un costume rouge, une cravate en soie bleu électrique assortie à la pochette et aux chaussures. L'eau monte toujours mais le beau temps est revenu.

Gérard portait des lunettes noires : j'ai deviné un œil fortement tuméfié par ce que l'on nomme une beigne, voire même un gnon. Tosca, en satinette vert pomme, collier d'ambre (ne dirait-on pas celui de Laura Pondia ?) était la plus volubile.

Je les ai vite expédiés : leurs récriminations ne se basaient sur aucun texte juridique. Ils répétaient :

– Nous ne rendrons pas les clefs.

– Hem! hem! fis-je, cela pourrait bien se nommer de la violation de domicile... Surtout dans les propriétés en vente...

Ma profession me procure de malins plaisirs, d'obscures satisfactions que l'on pourrait confondre avec les premiers émois sexuels. Je vois les visages se décomposer et se recomposer, les corps s'effondrer, se redresser, les cages thoraciques se creuser, se gonfler, les épaules se soulever puis redescendre brusquement. Cela m'a convaincu que l'humanité n'est qu'un squelette obsédé par des intérêts souvent contraires à son plus intime intérêt. J'ai vu des mains blanchir, rougir, des pieds s'agiter, puis se raidir; j'ai vu des genoux se serrer puis s'ouvrir brusquement, des voix se casser, se gonfler, s'amenuiser, des yeux se brider puis s'approfondir en prunelles d'oiseau, ronds, stupides, fixes. Par contre, j'avais rarement eu la jubilation de voir mes clients se rouler par terre.

C'est ce qui est arrivé.

Tosca s'est roulée par terre quand j'ai exigé les clefs. Orlanda Ravel vend sa maison, Josefa Lacolère (qui ne s'appelle plus Lacolère) est sur le point de signer avec des étrangers et Laura Pondia est venue hier, en fin de journée, avec sa fille Évangéline pour mettre en vente la Bugaudière. Tosca s'est roulée par terre... Ma femme, qui écoute aux portes, est entrée discrètement car je poussais des « hem! » terribles. Mes deux clercs ont dû évacuer la créature Tosca qui se démenait et gigotait :

– C'est à moi, c'est à moi, criait-elle. Je ne rendrai jamais les clefs. Je suis la surintendante.

Edmond et Gérard étaient quasiment dans le même état.

– C'est à nous, disaient-ils, nous avons des papiers.

Ce « C'est à nous » recouvre bien des confusions; leur seule consolation est de savoir leurs noms et dates de naissance gravés sur le tombeau des Lacolère.

Mais quand j'ai dit qu'Antoine, en tant qu'époux, marié sous la communauté des biens, pouvait substituer son nom aux leurs, ils ont hurlé tant d'insanités que mes clercs ont dû intervenir à nouveau.

Je suis devenu très sec :

– En somme, c'est la dernière fois que vous mettrez les pieds ici.

– Vieille Caroline! a grincé Edmond à mon adresse.

Je demanderai à mon premier clerc d'éclaircir le sens de cette insulte.

Je n'ai pas reconnu Évangéline quand elle est entrée avec sa mère. Les cheveux coupés, taillés en page, elle semblait très jeune, fort jolie ma foi, en dépit de sa pâleur. Laura m'a expliqué qu'elle allait reprendre son grand atelier à Montparnasse, peu confortable à cause du vent, mais vaste et proche du logement de sa fille.

– Oui, oui, disait Évangéline.

– Évidemment, ai-je dit d'une voix lente, vendre une propriété pendant la crue n'est guère facile... Vous allez y perdre... Mme Lacolère (qui ne s'appelle plus Lacolère) y a perdu... Les Suédois étaient déjà venus l'an passé et ils aimaient le village et sa maison... Mais elle n'en a pas retiré un bon prix.

– Mieux vaut mal vendre que de ne pas vendre du tout. Ces maisons sont des boulets.

Ainsi parlait Évangéline. Hem! hem!... Je me rends à ce curieux bon sens.

Orlanda Ravel m'a fait vivre ma plus étrange affaire : elle avait écrit à M. Steiner son désir de vendre et, pas plus tard qu'hier, M. Steiner est venu signer un gros chèque. J'avais dans mon grand coffre la procuration d'Orlanda envoyée de Rome, la semaine auparavant.

Orlanda Ravel a vendu la Tour-de-Gué à son ancien propriétaire avec tout le contenu, excepté le piano expédié en petite vitesse avec ses effets personnels.

Je suis moins optimiste sur la vente de la Bugaudière. D'autant que le Groupe de la Roussille s'est proposé de l'acheter pour une bouchée de pain, comme il se doit.

Petite intervention : M. Steiner, depuis qu'il est à nouveau propriétaire de la Tour-de-Gué, ne pleure plus mais rit aux larmes. De véritables quintes. Le Dr Simplon trouve cela normal.

Revenons à l'austérité de ma tâche : le Groupe, le Groupe tout entier de la Roussille est venu pour exclure Gaétan qui ne remplit plus le contrat. Maryvonne roulait des yeux effarés, un bol sous le menton car la pauvre démente bave. Le Dr Simplon est prêt à la recevoir quelques jours aux Lilas Bleus. Elle bave, répète : « Il y a de l'abus » et, pour soulager son entorse, porte un gros chiffon sur des feuilles de chou (remède écologique) autour de son épaisse cheville.

Elle a écouté attentivement : Gaétan, s'il est exclu, exige le remboursement de sa part ou la donation de l'appartement de Paris.

Le Groupe faisait « Non, non, non » d'une seule tête, ou plutôt d'un seul mouvement.

Il y a vraiment de l'abus. Maryvonne a raison. André a jeté :

— Nous allons voir ce que nous allons voir.

— Hem ! hem ! ai-je dit. Enfreindre la loi est bien difficile : Gaétan a les mêmes droits que vous. Il faut être « régulier ».

272

— Eh bien, Maryvonne va divorcer, a jeté André.

Alors il y a eu un petit fracas : le bol à bave est tombé.

Ma femme est furieuse. Moi, j'atteins l'extase, bien enfoncé dans mon grand fauteuil.

GLAENDA

Milan me torturait par ses réflexions, par sa brutalité. Milan haïssait les homosexuels, les lâches, les fourbes, les propriétaires. S'est-il douté de ma chute? De mon invincible tourment. De mes quinze ans. Milan n'aimait pas que Maman-Poupée me serrât contre elle. Pour qu'il ne surprenne pas ces étreintes folles, proches du désespoir, elle éteignait la lampe du couloir.

Je suis l'air. J'échappe à tout, à tous. Maman-Poupée est morte lentement, nichée au creux de la petite chanson *Three Blind Mice.* Avec moi, on étouffe. Oxygène, gaz carbonique, tout m'est extérieur. Même la musique. Je joue, dédoublé. Je souffre, dédoublé. On m'étreint; j'oublie : je m'échappe, amnésique. Mourir, douce mort aérienne, mille éclats invisibles dans l'espace : moi. J'ai vécu l'agression de Korfou, puis celle d'Orlanda.

Je suis le clown de ceux qui m'aiment. Je dis oui à la musique, au public, aux femmes, aux hommes, à l'alcool, à la mort. J'ai même dit oui à Mme Léon Péchon pour envoyer le manuscrit à Milan.

J'étais prêt à dire oui à Orlanda. A l'épouser. Or, elle m'a écrit son mariage. Un mois après son arrivée à Rome, elle était mariée.

J'ai achevé mon contrat. Je regarde toujours la Chèvre de Picasso dans la cour du musée d'Art moderne. Rien ne me retient à New York, sauf la Chèvre de Picasso. Quelle heure est-il? Mon manager a téléphoné : « Rentre à Paris dès demain, Glaenda. J'ai un très beau contrat pour Palerme, puis pour l'Allemagne. Rentre à Paris, Glaenda. » Korfou m'a envoyé une lettre. Oui, Korfou. Il vit désormais avec Gérard.

Quelle heure est-il?

La chambre est somptueuse, affreusement somptueuse. Orlanda attend un enfant. Josefa attend un enfant. Laura est à Paris, réconciliée avec Évangéline. Le type de cette nuit m'a volé l'épingle en platine offerte par Orlanda puis il m'a tabassé. Je ne veux que boire et dormir. L'humanité a la forme de la Chèvre de Picasso. Des enfants vont naître. Alors que je vais mourir. Milan me poussait parfois à coups de pied jusqu'à ma chambre en me traitant de futur pédé parce qu'il avait surpris nos étreintes, à maman et moi. Maman-Poupée. Elle vivait d'insomnie, s'assoupissait le matin sous l'effet des narcotiques.

— Tu as pourri notre amour, a tonné Milan le jour où on l'a enfermée aux Lilas Bleus. Qui es-tu? De l'air? De l'eau? Du vent?

J'ai allumé une cigarette. J'ai avalé plus d'une bouteille de Haig. Je n'ai pas enlevé ma veste de concert. Orlanda va avoir un enfant. Un enfant pour qu'on le pousse dans un couloir à coups de pied ou qu'on lui défonce le crâne à coups de pioche? Qui sont Orlanda, Korfou, Gérard, les autres? Et même Ravel, Chopin, Debussy, qui sont-ils? Seule la Chèvre de

Picasso a une forme : cette forme que Laura a enfin trouvée. J'ai tout claqué. Je n'ai plus un sou. Pas même un appartement; tout n'était que locations, espaces habités de courts moments : seul le piano me suivait. Les Gymnopédies. L'appartement avec Orlanda, je l'ai oublié. Le piano... Le piano...

Continuer les tournées, pour quoi faire? Le néant?

Demain, a dit mon imprésario, je te fais réveiller de force : ton avion est à neuf heures. On viendra te chercher.

Là-haut, tout là-haut, là-haut, le soleil est si blanc qu'il aveugle autant que la nuit, la nuit plus noire que la fente obscure entre les pattes de la Chèvre de Picasso.

MILAN

Je suis vieux, je suis droit, je suis en colère.

J'ai vu, durant ma vie, des guerres, des horreurs, des vols, des viols, des crimes. J'ai vu, dans une plaine brûlée, un type qui pourrissait lié à un char d'assaut, les membres coupés à la hache. J'ai vu, dans une autre plaine, en hiver, cette fois-ci, une famille entière pendue aux poteaux de la ferme tandis que les gardes brûlaient leurs meubles et se moquaient tous des orbites sanglantes de l'aïeule qu'ils avaient énucléée avant de la pendre.

J'ai vu, au fond d'une grotte, un enfant criblé de balles; et un jeune homme fou qui courait, quasi nu, avant de se jeter du haut d'un pont tandis qu'on le mitraillait.

J'ai senti la fumée, les chairs cramées, le sang coagulé, presque noir. J'ai vu les cieux devenir d'encre. J'ai entendu des cris, des pleurs, des hurlements.

Je suis vieux, je suis droit, je suis en colère.

Une jeune fille, la bouche pleine d'excréments, gisait, violée, au pied d'une charrette dont le bœuf avait été abattu.

J'ai vu, j'ai vu et mes mains tremblaient et je voulais tuer ceux qui avaient brûlé, pendu, violé, arraché, découpé : les hommes, presque tous les hommes.

Mes souliers sont percés. Je rugis, je tonne, mes pieds sont bleus de froid.

Jamais je n'ai été aussi vieux, aussi droit, aussi en colère qu'à Orly en récupérant le cercueil de Glaenda.

J'aimais ce pauvre enfant foutu. A coups de pied au derrière, l'éloigner des tueurs des voleurs des violeurs; en faire un être bon et droit. J'attends la dépouille d'un demi-pédé, dévoré par lui-même et dont la mère se meurt.

Dès le premier regard, j'avais deviné ce Glaenda à qui j'avais donné mon nom : Chikowski. Le véritable père n'est-il pas celui qui nourrit, élève sa créature ? De rousse, ma barbe est devenue blanche. Glaenda et moi : un contact faux, jamas établi.

... Défilent dans mon crâne presque chauve, malgré mes cheveux encore longs, le soldat mutilé, la jeune fille violée, l'enfant assassiné, les plaines calcinées, la guerre, encore et toujours la guerre. Glaenda, ma défaite.

Léontine ne chante plus *Three Blind Mice*. Elle écoute inlassablement les disques de l'enfant mort. Ravel. Chopin. Satie. Elle sait, du fond de son errance, qu'il ne reviendra plus. L'Eau le Vent la Mort : Glaenda.

Alors je baisse la tête et, pour la première fois de ma vie, une larme roule, se perd dans ma barbe.

Je suis vieux, je suis droit. Non, non! Je me courbe au-dessus du front de Léontine, mon amour, mon absolu, et je beugle tout à coup : « Enfer! Enfer! » Alors Léontine sourit. Me sourit. Le prélude de Chopin. Si beau qu'il résonne presque faux. Glaenda.

L'avion va descendre. Des hommes précautionneux

m'entourent. Je redeviens droit, vieux, en colère. L'avion oscille. Oiseau, cercueil lumineux dans le ciel de mai. Lentement, l'avion descend, goéland qui apporte la Mort.

Ne plus se faire d'illusions. Pour la seconde fois de ma vie, je me courbe. L'avion atterrit. Je suis vieux, vieux. Mes mains vont trembler. Milan va flancher. Mon pauvre petit. Te mordre les oreilles, les mains, te cuisiner des gâteaux russes; te verser la vodka, le thé. Rire avec toi, toi qui n'as jamais ri avec moi. Enfer! Fils d'enfer, enfer, enfer...

ANDRÉ
(LE GROUPE)

Six sacs de plâtre perdus. A cause de Gaétan. Normalement, Gaétan devait finir la salle de bains du bas. Nous avons tenu bon. Lui aussi. Il n'a rien fait, accaparé par Marie-Joëlle. Six sacs de perdus!

Maryvonne frotte jusque trois fois les planchers. Parfois, elle oublie son bol; alors, de longues traînées de bave souillent les sols si bien entretenus. Elle se retourne, sanglote. « Il y a de l'abus », cire, frotte, cire. Elle monte. Elle descend. Elle remonte. Redescend. Puis monte encore. Surtout depuis la lettre de son avocat au sujet du divorce, car elle a obéi au Groupe. La conciliation doit avoir lieu avant l'été. « Gaétan, finis la salle de bains! J'annulerai le divorce. Gaétan, cercle les bocaux avec moi au lieu de courir les bois avec Marie-Joëlle. Gaétan, Gaétan... »

Son monologue est interrompu par la salivation. Gaétan a écrit qu'il passerait prendre ses manuscrits mais restait à Paris. Il accepte le divorce à condition de récupérer sa part.

Ah! s'il croit prendre ses manuscrits, il se trompe! Qu'il parte! Qu'il disparaisse! Le divorce ira plus vite et nous garderons tout.

Maryvonne a salé le dernier bac à confitures.

Pour comble, l'eau est entrée dans la cuisine. Nous avons construit une passerelle, mis à l'abri l'unique seau intact avec le grand pieu en fer. Monté les meubles au premier. On n'avait jamais vu une crue pareille depuis la mort d'Éléonore. Ainsi parle M. Steiner, heureux dans la Tour-de-Gué isolée. Les pompiers ont voulu l'évacuer mais il a refusé de quitter son « paradis ». Il chante à longueur de journée et lance parfois un long hennissement.

Pan! pan!
Sur la passerelle, Gaétan a frappé au carreau. Sac sur l'épaule, il vient chercher ses manuscrits. La semaine dernière, il a vidé une étagère de vêtements. Ce jour-là, Maryvonne est montée, descendue du grenier à la cave et elle a mordu le bol à crachats. Sa bouche a saigné. Elle avait l'air de ne rien sentir.
Va-t-elle devenir folle? Nous sommes inquiets. Maryvonne a tapé, tapé sur une des ruches en criant : « Il y a de l'abus! » Un essaim a grondé. Moi, André, j'ai pu intervenir, calmer d'abord les abeilles, ramener ensuite Maryvonne.
Je deviens le chef : la Roussille, ma femme, ma fiancée, ma maîtresse, mon amour! O Maison, ô Murs, ô Toits, ô Jardin. Ma Roussille qui se noie, submergée.
En fait, je ne supporte que les « Onne », ombres efficaces à mon service. Souvent, je fais ce rêve : comment faire, comment faire pour les empêcher d'habiter MA Roussille?
Maryvonne a vu entrer Gaétan. Dans la cuisine, nous essuyons les bocaux trempés. La première cave est inondée. Heureusement, il y a de très hautes étagères...

Je vais chasser Gaétan. Il sort à reculons car Maryvonne crache, crache : « Je t'interdis de prendre tes affaires, Gaétan mon amour, reste ici, reste! Elle crie, se débat entre les mains des « Onne ». Gaétan descend à la cave où ses manuscrits sont entassés au-dessus des bocaux. Nous avons espéré que l'eau emporterait ses sales paperasses mais Maryvonne les avait mises à l'abri.

Il a enfilé les cuissardes de sa femme et, dans l'eau jaunâtre, il glisse *Le Nénuphar bleu* dans son sac. L'étagère au-dessus croule sous les bocaux.

— Va-t'en, dis-je.

Il s'est retourné brusquement. Je dois avoir l'air particulièrement menaçant, car il sursaute :

— Ne fais pas l'imbécile, André.

Je brandis le pic du plâtre.

— Va-t'en.

J'ai frappé de toutes mes forces. Mais l'immonde s'est dérobé et le pic s'est abattu sur nos bocaux. Toute la rangée s'écroule, brisée. Je frappe à nouveau. Je veux tuer l'assassin. Il esquive le coup.

— André, ne fais pas l'imbécile!

La seconde étagère, amoureusement remplie, s'effondre en entier.

Je frappe, je frappe, je frappe.

Il y a du sang partout.

En fait, j'ai brisé deux cents pots de gelée de groseille.

Dans l'eau saumâtre où surnagent le verre et la pulpe rouge, nous nous battons comme des fous.

Le sous-sol est jonché de cornichons et de champignons.

Le Groupe nous a séparés.

Je suis sous calmants, aux Lilas Bleus.

ÉVANGÉLINE

Je ne crois pas aux guérisons mais aux modifications. Ma mère a parlé. Ma mère parle. Sous la verrière, à Montparnasse, ma mère sculpte une grappe de fleurs mobiles qui accrochent la lumière.

Nous ne sommes plus à la Bugaudière. Nous ne serons plus jamais à la Bugaudière. Nous n'avons emporté que des effets personnels et il a fallu une barque pour évacuer l'atelier de maman.

Elle ne voulait plus rien savoir de ses anciens mobiles. Elle a jeté Arégor par la fenêtre, dans l'eau qui montait à gros bouillons. Arégor a flotté un moment, puis il a glissé sur le dos. Ses yeux immobiles nous fixaient.

Arégor a flotté longtemps avant de s'enfoncer dans le fleuve. Mêlé aux herbes, aux pierres, aux poissons morts, il se disloque, disparaît, indéchiffrable.

... Nous avons quitté la Bugaudière. Antoine dit que nous sommes sauvés, Josefa, Orlanda, Laura et moi. J'écris mon traité sur les prisons avec l'intention désormais de le publier. Josefa m'y encourage. Antoine et elle nous ont beaucoup aidées pour le déménagement. Le premier soir, Josefa m'a reçue chez eux, rue

Saint-Sabin, car j'avais encore un reste de grippe. Umberto jouait sur mon lit. J'ai trouvé Josefa très embellie. Les soucis, les chagrins l'avaient rendue maigre. Elle s'est assise près de moi tandis que Laura et Antoine clouaient des étagères à Montparnasse et elle m'a dit, en me servant du thé, qu'elle attendait un enfant.

J'aime les enfants! Je serai juge pour enfants. Antoine m'a poussée à donner ma démission de l'Institut médico-légal. Maman va m'aider. Je terminerai mon étude sur les prisons et préparerai le concours de la magistrature.

— Il est normal, a dit Laura, que tout cet argent gagné avec ces horribles araignes serve à aider ma fille.

... Sa voix tremblait un peu. Elle m'aime. Elle m'a lavé la tête chez Josefa pour que je n'attrape pas froid. Elle m'a coupé les cheveux. Je suis à nouveau le page des contes qu'elle me lisait. Je l'ai accompagnée chez le notaire, et c'est presque avec indifférence que j'ai entendu le nom de mon père biologique. Il s'est alors passé un curieux phénomène : je n'ai plus du tout eu envie de le connaître. J'ai posé ma joue contre celle de maman. Elle caressait mes cheveux. J'ai dit :

— Je serai juge pour enfants.

J'aurai des enfants. Une fille qui portera le nom de Nora. Ou Laura-Manuella. Manuello... Un enfant venu de moi, et qui ira seul vers sa liberté, sa mort, sa chance.

J'ai jeté au vide-ordures tous les petits canards aux cache-col tricotés. Je veux un enfant. De Jean-François. J'aime Jean-François.

Josefa me dit :

— Tu es très jolie, Évangéline.

Antoine l'adore, lui touche les épaules, les mains, la mange des yeux. Elle était abattue et torturée, la voilà triomphante.

– Il ne faudra plus jamais revoir Tosca, Edmond et Gérard, conseille Antoine. Ils sont dangereux de nullité et de perversion possessive.

Gérard vit avec Korfou. Maman a bien encaissé la nouvelle :

– Korfou ? Les cages, l'asthme, les araignes, l'enfermement, la maladie. Un seul et même malheur : Korfou.

Laura ma mère bouge, bouge en elle-même ; hors d'elle-même. Son asthme a diminué, elle travaille au projet floral, ce qui a calmé son manager, fou de rage quand il a su qu'Arégor pourrissait désormais dans la Marne.

Qu'est-ce qui a provoqué cette modification ? La mort de Glaenda, bourré de cachets et d'alcool ? L'amour d'Orlanda et de Josefa, toutes deux enceintes ? La défection de ceux de la Roussille ? Le chant de M. Steiner à la Tour-de-Gué ? Ou, plus sûrement, la lettre de Jean-François : « Évangéline, laisse-moi te rendre visite. Je voudrais te voir. Évangéline, je crois que je t'aime. Évangéline... » ?

La pancarte « En vente » se balance sur la maison libérée de notre présence.

MILAN

Je suis droit, je suis vieux, je suis en colère.
Le cœur brûlé, j'ai suivi l'enterrement du petit.
Hélas, il y avait foule.
J'avais souvent envie de rouer Glaenda de coups.
Pour extirper de lui le pâle démon. Le sauver, oui, le
sauver. On ne sauve jamais personne : quel orgueil de
s'obstiner quand, au fond de soi, on connaît l'infernale
réponse !
Jamais je n'ai pu avoir d'enfant avec Léontine. A
cause de cet enfant-eau, cet enfant-air que je suis seul à
pleurer vraiment, au bord de la fosse ouverte. J'ai tout
su au sujet de Korfou. Grâce aux bavardages de Gérard
et d'autres.
J'ai tout su.
Depuis des années, je veux égorger Korfou.
L'égorger.
A quatre-vingts ans, je garde ma haine, ma force,
mon désespoir.
Le cercueil de Glaenda est en chêne clair, doublé de
satin blanc. Il sera donc pédé jusque dans la pourriture.
L'ensemble, plombé, a été transféré d'Orly à Sancy-
sur-Marne. Léontine a hurlé, hier soir, accrochée à la
fenêtre ; on lui a injecté des calmants et ce matin,
douce, douce, elle chantonne *Three Blind Mice.*

286

– Elle se doute du drame, dit le Dr Simplon, petit homme terne, couvert de taches de son, bourré de tics nerveux, à qui son assistante présente un verre d'eau et un cachet toutes les trois heures.

J'ai le cœur chauffé à blanc.

– Si vous voulez une piqûre, susurre le Dr Simplon.

Alors, je hurle, je hurle en russe, en allemand, en anglais, en polonais, j'injurie Dieu, la Madone, le petit Jésus et tous les saints.

La tombe de Glaenda jouxte celle des Lacolère où les noms d'Edmond et de Gérard sont gravés à côté de ceux des parents.

Heureusement, il y a Antoine; la nature créative de Josefa; le manuscrit de Léon Péchon que je leur ai apporté un soir, et qu'ils ont remis à Ludovica Mouny.

J'ai accompli ma tâche. Mon devoir. Le devoir avant tout.

Je me tiens droit, très droit. En fait, mon dos brûle. J'ai mal, alors je vais devenir un roc. Près de la tombe, Josefa m'a embrassé sur la joue.

– Nous avons tous quitté cet affreux village, dit-elle. Mouny trouve le manuscrit remarquable. Il sera publié en septembre avec une préface de réhabilitation.

– C'est plutôt lui qu'il vaudrait remercier.

J'ai désigné la caisse, le truc, la chose. Mon oreille se bouche; j'entends mal. J'entends mal, je vois rouge rouge : dans la fosse ouverte, le criminel Korfou est en train de jeter une rose.

KORFOU

Bourré de cortisone, le cheveu décoloré par Gérard, une chaîne au cou, je me suis traîné aux obsèques de Glaenda. Il avait laissé un billet près de son corps : « Enterrez-moi à Sancy-sur-Marne. Je veux être près de maman. »

Gérard est chez moi depuis près d'un mois. Il a voulu vivre avec moi. Il vit avec moi. Il est parti sans explications. Une camionnette de la Capsule a transporté ses affaires. Angelots en porcelaine, chiffonniers, table gigogne, métier à tisser, belles salopettes en cuir, coffret à maquillage. Il voulait la commode de Josefa mais Edmond lui a lancé son poing dans la figure et, une fois de plus, il a renversé le ménate qui s'est mis à glapir : « Vive Napoléon. »

Gérard est chez moi. Dans l'appartement de Gloria où venait souffrir Laura. Laura qui m'a téléphoné :

– Tout est fini entre nous, Korfou, tu me dégoûtes. Tu es le modèle d'Arégor, Arégor qui pourrit dans la vase. Toi aussi, tu pourris dans la vase. Tu suffoques dans ta cage.

Dieu qu'elle est devenue méchante, la Laura, depuis qu'elle a craché le morceau à Évangéline !

Décidément, je hais les femmes.

Tosca radote : elle vient chez moi faire le ménage avec le collier de Laura qui, soi-disant, le lui a donné en gages.

J'éprouve presque du plaisir à regarder le collier au cou de l'affreux tonnelet Tosca.

Orlanda, la maudite, s'est mariée à Rome. Le vieux Steiner a récupéré sa maison. J'achèterais bien la Bugaudière. Je vais téléphoner au notaire. La Bugaudière ou la Cage. Hier encore, pendant le spectacle, j'ai eu une crise d'asthme.

– Nous devrions avoir une maison à la campagne, dit Tintin.

Tintin eût aimé les Glycines qu'il considère un peu comme sa propriété. Mais la maison est vendue aux Suédois. J'aurai la Bugaudière pour un prix bas, à cause de la crue.

Alors, Milan Chikowski, vieux démon, s'est jeté sur moi en criant : « Assassin, voleur, violeur de mômes, immonde foutoir de Dieu et du diable! » A demi étranglé, je suis tombé de tout mon long dans la fosse, sur le cerceuil où est gravé en lettres d'or le nom de mon amour d'enfer : Glaenda.

LA FOULE

Nous avons dû maîtriser le vieux Milan Chikowski. Après avoir rossé le mime Korfou, il l'a poussé dans la fosse de Glaenda et, sans notre intervention, il l'aurait enterré vivant à grands coups de pelle et en hurlant : « Enfer, assassin d'enfants, enfer! » *Paris-Match* a pris des photos. Cet enterrement avait l'air d'un rendez-vous mondain. La sculptrice Laura Pondia a pris affectueusement le vieux Milan contre elle.

– Doucement, mon ami. Doucement, cher Milan.

Bien qu'il eût l'air fou de rage, elle lui murmurait des paroles amicales. Ludovica Mouny, qui n'avait rien dit, s'est approchée de Josefa :

– Je t'invite chez Kaspa. Avec ce traître d'Antoine. C'est mon cadeau de noces.

Une curieuse femme-crapaud s'est précipitée vers la fosse en pleurant :

– Cher mime, cher Korfou, cher artiste!

Elle portait des bas résille, une robe en matière plastique avec des damiers gris et noirs, des bracelets en ronds de serviette.

Une ambulance est entrée dans le cimetière. Le mime Korfou était évanoui. Ou mort. Son ami Gérard a aidé les brancardiers. A ce moment, Interflora a livré une immense gerbe d'œillets de la part d'Orlanda Ravel.

On se serait cru à la foire du trône.

Le vieux Milan continuait à se débattre. « Enfer, enfer! » criait-il. Antoine, Josefa et Laura l'ont emmené.

Nous nous sommes bien amusés.

TOSCA

Les vilains! les vilains!

Moi, la dévouée, l'efficace, la femme de grande classe, la surintendante, je ne comprends plus. Sont-ils tous devenus fous?

Au cimetière, j'étais habillée avec la plus grande discrétion, en accord parfait avec la bonne société qui se trouvait là : du gris, du noir. J'ai juste perdu un peu le contrôle de moi-même quand le cher mime s'est trouvé basculé dans ce trou noir.

C'est moi qui ai appelé police-secours.

... Pour téléphoner, j'ai foncé en voiture-œuf à la Tour-de-Gué dont j'ai, bien évidemment, toujours les clefs.

L'eau y stagne encore. Mais je suis entrée par la porte de derrière, celle qui accède aux étages. Je me suis accroupie sur la passerelle-chaloupe – chaque maison, à Sancy-sur-Marne, en possède une –, évitant de mouiller mon slip car j'ai rendez-vous avec Vieillard aussitôt après l'inhumation du cher défunt.

J'ai ramé jusqu'au bas de l'escalier. Orlanda a été avisée de mettre en vente cette moisissure. J'ai abordé l'escalier comme on aborde sur une île, puis je suis montée dans la pièce au piano. J'ai regardé l'espace désert. Il ne restait que le téléphone sur un fauteuil en toile de Jouy qui puait le moisi. Mes talons avaient pris l'eau. J'ai demandé à police-secours une ambulance en direction du cimetière, entrée des artistes...

Moi, l'Indispensable... Police secours avait déjà l'air au courant.

Utile, vous dis-je. Utile... Une véritable sainte. Seulement, j'ignorais que le monde fût si méchant.

Pour me venger, je fouetterai Vieillard jusqu'au sang.

M. STEINER

On a enterré ce matin le pianiste Glaenda Chikowski. Je n'y suis pas allé car, depuis ma réinstallation à la Tour-de-Gué, je ris.

Je ris et je ris. Les murs, les toits, la chambre de la chère Éléonore résonnent de ce rire que le Dr Simplon trouve normal, naturel dans un certain déroulement pathologique.

Pathologique?

Je n'étais pas au cimetière, donc, à cause de ce rire. La tombe d'Éléonore voisine avec celle de Glaenda. Je ne supporte pas d'aller sur la tombe d'Éléonore où mon nom est gravé dans l'attente du jour si doux où je la rejoindrai. Ah! ce rire!... On va me croire gai. Peut-être le suis-je. Ma maison, mon cher tombeau, cadenassé d'eau, m'exalte : le *Titanic* renversé, que je peux enfin parcourir seul, d'étage en étage.

Mlle Orlanda a laissé les meubles (qui, d'ailleurs, étaient les miens). La poussière, l'humidité les ont recouverts.

Je ris et je veille dans le lit d'Éléonore, si humide que j'ai dû déplier les journaux entre les draps effilochés.

Je ris.

La prostituée Tosca a encore les clefs et refuse de me les rendre. Comme Josefa et Laura, je vais la jeter dehors.

Je vis de peu. De rien. Une poignée de noisettes, du pain, du lait. Parfois, je me fais cuire un œuf.

Je ris, je ris.

Je n'ai pas compris pourquoi les pompiers ont voulu m'évacuer de force quand la crue a atteint son maximum. L'un d'eux a tenté de me prendre sur son dos mais je me suis débattu et je suis revenu par la passerelle-bateau, plus heureux que jamais.

Depuis le départ de Mlle Orlanda, les araignées ont tissé des toiles qui traînent jusqu'au sol. Mlle Orlanda, que j'ai failli assommer avec un gros cendrier quand elle s'est avisée d'écraser une araignée... Pourtant, j'aime beaucoup Mlle Orlanda. Mais est-ce un péché de protéger ce que l'on préfère à tout?

Même la cuisine est inondée.

Je parle aux araignées : « Chères amies fidèles. » Les toiles forment d'étranges portières que je soulève sans jamais les détruire.

Des bruits au rez-de-chaussée...

... Hissée sur la passerelle-bateau, l'horrible Tosca détruit à grands coups de balai mes chères toiles qui pendent jusque sur les arbres. Alors, brusquement, j'abats sur elle ma canne de futur paralysé et le coup la fait basculer dans l'eau jaune de la Marne.

– Sale bête! me suis-je mis à hurler. Sale bête! je vais te noyer!

Ses grotesques petites jambes bottées de faux lézard gigotent, un slip immonde apparaît sous la robe en matière plastique. Je vois rouge, car dans sa chute, elle s'est accrochée à la plus belle des toiles, le grand Soleil attaché au vieux prunier. Je cours en cuissardes, je frappe, je frappe à coups violents sur la perruque. Chauve, de l'eau jusqu'à la taille, Tosca nageote vers la porte du jardin détruite par la crue. Elle suffoque tandis que je continue à noyer, à coups de canne, la perruque synthétique où gigotent des araignées encore vivantes.

TOSCA

J'ai claqué des dents jusqu'à la voiture-œuf. Mon slip est perdu, ma perruque aussi, mon moral à zéro et mon moteur noyé. Je cours à pied vers les Glycines. J'ai perdu une jarretelle; mes bras tombent. Où aller? Où aller? Les Glycines sont fermées. Je tambourine. Je hurle : « Ouvrez-moi! » Orlanda-la-Lâcheuse est responsable de la perte de ma perruque. Elle le paiera, elle le paiera. Méchante Laura, où aller? La Bugaudière aussi est fermée; ils sont devenus fous, fous. Évangéline suit ses cours de droit du matin au soir accompagnée de Jean-François. Ils sont heureux. Tout le monde est heureux : Au secours! au secours! J'ai peur. Je suis seule. La lorgnette de théâtre me suit, les chères artistes me poursuivent : j'avais trois maisons, dix maisons, et je cours en grelottant sur la route, seule, seule.

Pourtant, j'ai encore eu une petite jouissance à Paris, en frappant chez Edmond et Gérard : ils étaient en pleine scène de ménage. Gérard venait de déménager les meubles et voulait la chienne. Assise sur le palier, j'ai entendu leurs vociférations, leurs insultes, leurs paires de gifle, la chute du ménate qui hurlait : « Vive Napoléon. »

J'étais heureuse.

Korfou dans l'escalier prenant le bras de Gérard : ils s'aiment, ils s'aiment. Orlanda attend un enfant; Josefa aussi. Au secours, au secours! La toile est défaite. Où aller? Je n'ai plus de cocon.

Mais non, mais non : j'ai les CLEFS. Je suis la Tourière, la Grande Supérieure. Et puis, et puis, autour du cou, j'ai le collier de Laura. Non! MON COLLIER...

Dans mon sac – où est mon sac? je perds tout –, des photos d'Éléonore, la montre du grand-père de Laura, Luigi, un petit portrait de la mère de Josefa. Ce sont mes ancêtres, mes ancêtres. Je suis la gardienne. Qu'on me laisse mes ancêtres. Je cours, je cours à la Roussille, à la Roussille où seule Maryvonne me comprendra. Je me vengerai. Je la vengerai. Je les aiderai pourvu qu'ils me laissent les clefs les clefs les clefs...

KORFOU

Le vieux Milan a voulu me tuer. Antoine lui a arraché la pelle du fossoyeur qu'il brandissait au-dessus de la tombe ouverte : « Je vais le fendre en deux! » hurlait-il. Et déjà, des poignées de terre me suffoquaient. Le vieux Milan était fou de colère. J'ai vu la bave couler de sa bouche. Pour un peu, il eût décapité toutes les personnes présentes. Le Samu a voulu l'embarquer. Des mains se tendaient. Je suis sorti de ce trou.

J'avais envie de vomir. Mouny m'a murmuré : « Quand écriras-tu tes Mémoires? » Laura avait l'air de rire. J'ai craint une crise. Mes poumons me faisaient mal. J'ai marché tout raide vers la porte du cimetière. Tintin courait derrière moi :

– Attends-moi! attends-moi!

J'aurais voulu crever dans ce trou.

Je voudrais crever. Je suis l'assassin. Le violeur d'enfants. Le voleur. Quelle jouissance de porter la montre des Lacolère! Quelle jouissance de l'arracher de mon cou, la jeter à la figure de Tintin, assis devant moi, dans le train de Sancy-sur-Marne. J'entends le crissement d'araigne de la montre de Josefa Lacolère

299

qui, peu à peu, s'arrête. Je serai mort en même temps qu'elle. Contre une caisse en chêne clair sur laquelle est gravé le nom de Glaenda, Glaenda mon obsession, mon âme noire. Glaenda.

– Allons chez Kaspa.

Je veux boire. De la vodka. Des alcools forts. On a voulu me tuer, m'enterrer. J'insulte Tintin qui m'a fait un café :

– Fausse femme, faiseur de bigoudis, petite frappe, illettré, vieux pédé.

... Je suis un vieux pédé qui s'est laissé faire par Laura. Laura tisse la cage. J'étouffe. Le grand mime est sorti de lui-même, jeté au trou, sorti du trou. Laura est un homme. Non, non, Laura ne veut plus me voir, elle s'est arrachée de la toile tissée par elle autour de moi et d'Évangéline.

J'étouffe. Où est la vérité? Que puis-je demander sinon que l'on me couvre de bave, de sperme?

Je veux boire. Tomber ivre. Ivre mort.

JOSEFA

Nous n'avons pas attendu la fermeture de la tombe, à Sancy-sur-Marne. Nous avons entraîné Milan, évitant les Glycines, autre tombeau que je préfère fuir. Comment, comment passer innocemment devant une maison d'enfance, une maison de famille, une maison de mélancolie, une maison déjà visitée par d'autres? Comment supporter ce petit cauchemar : moi, vivante, dans la rue, devant ce qui fut longtemps chez moi?

Les volets de ma fenêtre sont mal joints; la nuit, l'un d'eux bat, agité par le vent. La glycine, molle, pénètre par le balcon. Les odeurs m'assaillent. J'ai été cette enfant, puis cette femme rivée aux odeurs de miel et de pourriture : l'eau qui monte, l'humidité verte; puis de nouveau les roses. Les lilas. Les fleurs magiques transposées sous le titre du *Nénuphar bleu*...

Je ne passerai jamais plus devant la maison. Devant ma tombe.

Qui suportera de vivre aux Glycines, lieu tellement chargé de ce que je fus, de ce que je suis?

Il y eut, en ces lieux, des fêtes, des sanglots, la Mort. Deux mises en bière. Des fleurs à profusion. Des insultes. Du vin très noir. Des hommes. Un enfant. Des lessives qui séchaient doucement dans le jardin tandis que j'écrivais à l'étage, les portes toujours mal fermées et qui claquaient toutes seules. La lampe que l'on oubliait d'éteindre. L'amant qui se coulait dans la nuit, ombre plus ténébreuse que l'ombre. Les feuilles roussies de l'automne avec l'odeur des compotes et de la cannelle. La rondelle de citron dans le vin chaud. Les pleurs d'Évangéline quand elle errait parfois jusqu'ici. Le bouquet de tulipes effondrées que nous formions, Laura, Orlanda et moi, allongées par terre et riant de nos dos meurtris. Les bouteilles de scotch avalées par Laura, allongée sur le canapé sans couleur, effondré, aussi vieux que les murs, les murs qui finissaient toujours par se refermer sur moi.

Puis une nuit, l'enlèvement. L'amour. Sa foudre. La fin des Glycines.

L'odeur de la cire sur les meubles – ma belle commode dont je n'ai plus voulu. Le spectre de Glaïeul hissant Umberto vers la fenêtre ouverte pour lui montrer les glycines au printemps.

Certains soirs, Mouny, noyée d'alcool, balbutiait :

– Je t'aime, Macolère... Tu es un grand écrivain...

J'en avais les larmes aux yeux car j'aimais ce tyran. Ce génie. Cet enfer-là.

Il n'y a plus, désormais, qu'une clef déjà rouillée que je m'obstine à garder encore sur moi, dans mon sac.

– Un jour tu la perdras et ce sera tant mieux, dit Antoine.

... Tu as baisé ma bouche, mordu mes épaules, mangé mes doigts un à un.

Le vieux Milan ne voulait rien entendre. Il répétait : « Je vais l'égorger. » Avec Laura, nous avons échoué à la Bugaudière qui se trouvait à peu près dans le même état que les Glycines. Nous ne pouvions pas laisser repartir Milan dans cet état d'agitation. Antoine lui tenait le bras, lui parlait en espagnol, en italien, en russe. Laura dit :

– J'ai de la vodka et un fond de scotch qui restent à la maison.

Laura a l'air libérée. Quelque chose d'heureux adoucit son regard. A-t-elle un peu grossi ? Il me semble. Je la trouve très belle, vêtue de noir, pantalons et chemise en soie. Ses yeux sont très clairs. Elle est petite, moins voûtée. Évangéline n'est pas venue à l'enterrement. Elle travaille à la fac toute la journée, encore épuisée par sa grippe et le déménagement. Laura a entassé ses caisses avec Antoine dans l'atelier, à Montparnasse. Elle est allée au plus pressé : hisser le mobile floral pour continuer à le travailler. Elle sculpte, scie, transforme, crée, recommence, dort sur un matelas par terre, aime le soleil qui traverse la verrière et transforme le mobile Évangéline en un arc-en-ciel éblouissant.

Le vieux Milan s'est laissé faire. Nous avons bu, parlé, fait du café. Il s'est progressivement calmé. Il voulait rejoindre Léontine, puis son logis, ses amis, sa solitude.

– Korfou est mort, de toute façon, lui a dit Antoine. Il n'a même pas porté plainte.

Au nom de Korfou, il se lève, très droit, et tonne encore.

– Partons, dit Laura. Il n'y a plus rien à faire ici.

Le soir, j'ai quitté le blanc pour du tulle noir. Mouny nous attendait à la Madeleine, chez Kaspa. Elle était déjà attablée quand nous sommes entrés.

La nausée me tenaille. Glaenda, seul dans sa tombe.

Le cœur me fend. L'enfant se forme en moi dans la turbulence. La vodka m'écœure. Je mordille des citrons et regarde Mouny. Verre après verre, elle a l'air de gonfler – est-ce en fait une colère sourde, un désespoir violent, l'amour-haine qu'elle me voue? Le maître d'hôtel apporte les blinis, les petits flacons d'acool, les œufs merveilleux, le beurre chaud. Mouny porte sa robe d'enterrement, un sac en soie multicolore.

– Antoine, mon trésor, balbutie-t-elle les yeux rouge et blanc, yeux terribles qui voient, jusqu'aux entrailles des gens, leurs turpitudes, leurs bas calculs, parfois leur exceptionnelle grandeur, Antoine, tout me dégoûte. Même ta bonne femme.

... Elle avale plusieurs vodkas, coup sur coup.

– Ta bonne femme va tourner au bœuf miroton... Un écrivain qui fait des enfants est un nullard. Ta bonne femme ne m'intéresse plus. Donne-moi ton manuscrit... Je t'aime, mon Antoine.

... Mouny va-t-elle exploser? Les serveurs s'affairent, car Mouny a commandé les denrées les plus rares.

– C'est pour fêter le bébé! hurle-t-elle. Lacolère est une traîtresse mais elle a raison! Vive les bébés!

Elle s'effondre.

– Je veux être la marraine du bébé.

Mouny va-t-elle éclater : d'alcool, de venin, de génie, de folle générosité, d'amour plus vaste que l'univers, d'enfer et de fumée? Elle est l'ogre, la discorde, le désordre, la vérité, la générosité, la terreur : celle dont on ne se remet jamais.

– Le Dr Simplon est un assassin, éructe-t-elle. C'est lui qui a fait cette demi-mongolienne à Laura. D'ailleurs, vous aussi vous allez avoir un mongolien. Les femmes de génie – Lacolère est une femme de génie –

ont des mongoliens. Où irait la justice de ce pauvre monde si elles accouchaient d'un ange? D'ailleurs, elles n'accouchent pas. Elles subissent des césariennes et enfantent des grands criminels : Umberto est un futur grand criminel... Je veux être la marraine de tous les mongoliens de nos chères artistes, comme dit l'autre, la naine, la caboulote, la zorrette de Sangsue-sur-Marne...

Le maître d'hôtel ressemble à Edmond. Long, vieil homme blanc bleuté, au smoking empesé. Il veille à l'argenterie avec un désespoir secret car Mouny a hissé le pot de caviar jusqu'à ses lèvres d'ogresse et elle triture, récure, avale, recrache le tout dans son assiette pour tartiner les blinis avec le manche d'une longue cuillère d'argent.

— Tu n'es qu'une bonne femme! dit-elle en se jetant brusquement sur mon ventre, mais avec une telle violence que je chancelle. Non sans difficulté, Antoine écarte Mouny de moi.

— Je veux être la marraine, balbutie-t-elle en caressant mon ventre, avec tant de force que j'ai l'impression qu'elle va en extraire le fœtus et l'avaler.

— Ça suffit! Mouny, dit Antoine. On t'aime, on t'apprécie au-delà de tout, Mouny, mais ça suffit! Le truc, le machin terrible : la garde du cocon... Ça suffit.

— On va publier Léon Péchon avec une préface de toi, Homme-qui-ne-m'aurait-pas-choisie... Ingrat... Léon Péchon assassiné par Gaétan-le-Fat... Tous, tous des lâches... Antoine, mon amour, tu le sais bien : tous des lâches... Je veux être la marraine...

Elle frappe des mains :

– Un Dom Pérignon pour mon filleul qui sera un futur grand assassin!

Mouny tire la bouteille de son seau d'argent et boit, boit, boit, puis vide le reste dans le cou d'Antoine et supplie très bas :

– Donne-moi ton manuscrit... Si tu ne me donnes pas ton manuscrit, tu cesseras d'aimer celle que tu crois ta seule chance... La seule chance, c'est la dérision... Donne-moi ton manuscrit... Ou tu le paieras... Tu seras mort, mort dans ton âme... Et tu le sais... tu le sais...

GÉRARD

J'avais mis mon cuir pour aller chez Kaspa. J'aime la distinction. Les beaux vêtements posés sur des mannequins. J'aime les catalogues de mode. J'en ai beaucoup à la Capsule. Je coiffe les play-boys. Ils se tiennent immobiles entre mes mains tandis que je gomine, taille, décolore. Ensuite, j'ai des réductions dans les grands magasins.

Je suis toujours habillé dernier cri. Ce soir, chez Kaspa, mon pantalon est en cuir rouge, ma veste en cachemire fleuri sur une chemise en soie de la teinte du pantalon.

Mes vernis italiens sont noirs. Une boucle d'oreille en cristal rouge attire tous les regards. A force de coiffer des têtes célèbres, je me fais appeler « mon chéri » par les intellectuels. Ainsi Ludovica Mouny est venue à la Capsule avant l'enterrement. J'ai beaucoup parlé de Josefa qui nous avait tous trahis et j'en voulais à Mouny de son silence. Elle se contentait de me regarder fixement dans le grand miroir, sans répondre. Alors, bien sûr, je n'ai pas arrangé sa coupe. J'ai d'abord rasé la nuque. Entièrement, comme un homme. Ensuite, j'ai coupé les côtés en espalier, au-dessus des oreilles, style « canaille ». Puis j'ai taillé une légère

307

brosse sur le dessus. Décoloré une mèche, en vert canari, découpé la frange en dents-de-scie. Une coiffure très originale, qui découvre le grand front et révèle encore davantage la foudre du regard.

On eût dit vaguement une cervelle posée sur un grand cerveau.

— Ne t'inquiète pas, mon petit chéri, a-t-elle dit en me lançant un pourboire plus important que le prix de la coupe. On a toujours su que tu avais du goût.

Nous sommes encore tremblants de la scène du cimetière. En fait, Korfou ne tremble pas de peur mais d'un début de crise. Il a pas mal bu avant que nous rejoignions la Madeleine où une table nous a été réservée. Korfou me tourmente. Il ne veut pas porter plainte.

Korfou a refusé de s'habiller pour aller chez Kapsa. Il entre dans la salle avec son costume encore taché de terre, s'assoit, déjà ivre.

Il avale son premier flacon de vodka, tousse, fume, rejette sa tête si blanche en arrière, m'insulte :

— Petite frappe! L'abîme, c'est quoi, pour toi?

Je porte à mon cou la montre de Josefa – disons que je la garde. Il faut sauver les objets – Korfou me l'a jetée en travers de la figure dans le train tandis que je l'exhortais à porter plainte contre le vieux Milan.

— Le vieux Milan a fait ce qu'il devait faire. Glaenda a été ma seule passion.

J'ai reçu l'oignon en or sur le nez. J'ai baissé la tête. J'ai pleuré. Korfou me fait pleurer. Edmond aussi me fait pleurer. La brouille avec Lacolère me fait pleurer : je ne reverrai plus mon bébé. J'aime Korfou, Korfou qui me bat, il se tient immobile devant les verres d'alcool et crie brusquement :

– Gloria avait un grand corps pourri avant de mourir.

J'en suis à mon quatrième blini, gorge nouée par les réflexions de Korfou, quand soudain, une furie, une renarde, une hyène, une femme – Lacolère – fonce sur moi, arrache ma montre en hurlant :
– Voleur! La montre de mon père!... Pourquoi le vieux Milan ne t'a-t-il pas enterré ?
Mouny avait sa grosse lippe effrayante. Attentive, tout à coup dessoûlée, heureuse, Mouny regarde son auteur favori se déchaîner. Korfou renverse le flacon de vodka dans le décolleté en tulle.
– Il ne faut pas brutaliser mon amant. Moi seul ai le droit de le rouer de coups.
Seulement là, Antoine intervient. Korfou reçoit un tel coup de poing qu'il tombe à la renverse entraînant chaise, table, argenterie, caviar et beurre blond.
Mouny hurle de rire, boit la vodka à même la carafe, le Dom Pérignon au goulot, psalmodie : « Mes chéris, il y a quelque chose de pourri dans le royaume, le royaume, le royaume... »
Pour défendre Korfou, j'ai saisi une chaise en velours bleu. Mouny balbutie : « Mes chéris, mes chers pédés, mes chers critiques, mes chères écrivaines, mon cher foutoir. » Josefa est en furie car j'ai gardé la montre (MA montre). Elle l'arrache et me mord. Oui, me mord.
La chaise est tombée dans un vacarme de verres brisés et une dégringolade d'argenterie.

Des ombres s'agitent : maîtres d'hôtel, convives. Mouny, très douce, veut embrasser tout le monde. « Ah! mes amours, mes trésors, mes adorés! » Lacolère est en loques, sa robe de pute déchirée, un sein à l'air. Je vais frapper son ventre à grands coups de pied pour qu'elle fasse une fausse-couche... Tout devient noir. Est-ce le tulle de la robe? Le tombeau de Glaenda? Les crêpes tendus dans l'église de Sancy-sur-Marne pendant la messe? Josefa a la force du vieux Milan. Je ne sais plus, mais je crois qu'au bout du compte, j'ai bel et bien été assommé.

Je n'ai plus de montre.

MOUNY

Je bois. Je vois. Je laisse suffisamment de chèques ici pour empêcher le maître d'hôtel d'appeler la police. D'un geste impérieux, j'ai renvoyé le Samu et police secours à Sancy-sur-Marne. J'ai encore besoin du vieux Milan pour le manuscrit de Léon Péchon, le vieux Milan qui a fait justice. J'aime la justice. Quant au reste, on m'écoute, on m'obéit parce que je paie. Je paierai jusqu'à la fin de ma vie le grand cirque où chaque nuit j'applaudis. M. Loyal, c'est moi. Je bois, je vois. Tous des esclaves, y compris les patrons des grands établissements qui encaissent mes chèques. Ils rient d'un petit air gêné devant mes excès mais n'osent jamais m'interdire d'entrer chez eux. Je les méprise. Beaucoup de mes chers auteurs sont du même genre. Toute l'humanité est ainsi faite. Quelle dégoûtation!

Autant de démons que d'anges se battent sous ma peau. J'ai perdu l'amour, il y a longtemps. La maternité? Un affreux silence. Pourtant, j'aime les enfants. Je bois. Je vois. Comprenez-moi : je n'estime que le génie. L'intelligence. La force. L'impitoyable création. Il y a de cela à petites doses homéopathiques chez Lacolère. Hélas, c'est une sentimentale. Cet Antoine, ah! cet Antoine! Que va-t-il faire d'elle? de son génie à elle? Le bonheur, je m'en fous. Le bonheur de mes auteurs, c'est aussi leur fin. Je bois. Je vois. Je vois Lacolère s'arrondir, ronronner et pourtant, elle souffre : elle va supporter très mal de ne plus me voir, je le sais. Antoine ou moi... Quelque part on est là.

Je dégoûte, je fascine, mais nul ne peut m'acheter. Je vais vider Gaétan du Palier. D'abord c'est un assassin : il a tué Léon Péchon. A l'époque, je n'ai pas suffisamment veillé sur Léon qui, d'ailleurs, était complètement paranoïaque. Son texte est génial. Je dois ménager encore Antoine à cause de cette folle de Lacolère, la traîtresse, qui au fond ne désire qu'une chose : me voir marraine de son fœtus. Ses enfants ne sont que des fœtus. Elle a signé chez Andrexy, l'idiote, elle me le paiera. Andrexy m'a téléphoné cent fois pour avoir la suite du *Nénuphar bleu*. Je n'accorde rien. Je bois. Je vois.

Qu'est-ce que ce bruit d'enfer? Gérard est tombé par terre dans un grand charivari. Lacolère a bien visé. Si elle fait une fausse couche, ce crétin d'Andrexy me la rendra et *Dans tes bras* appartiendra au Palier sans même qu'elle s'en doute. Elle se croit libre, ô la folle! Je suis seule, seule.

M. STEINER

Je vais, je viens, je monte, je descends, je remonte, je redescends, je vais encore, je redescends encore. La Marne est ma baignoire. Personne ne me dérange. Je chantonne, je chante, je suis heureux. La chambre d'Éléonore est couverte de mes chères araignes. Les pompiers crient dans un haut-parleur : « M. Steiner, on vient vous chercher. » On veut toujours venir me chercher, m'enlever d'ici. Le téléphone sonne. J'ai débranché. Je mange comme une souris. Quelques miettes de pain que je partage avec les chères araignes. Je sens Éléonore. Elle me chuchote : « Reste, reste. » Je cours, je vole, j'ouvre la porte : elle est là. Je la vois, allongée sur le lit pourri. Éléonore est pourrie. Qu'importe! elle est là, ici, avec moi. On ne se quittera jamais. A Nice, tu aimais tant le marché aux fleurs et la rue des Mimosas. Nous déjeunions devant la mer. Tes beaux cheveux ornés d'œillets. Ton enterrement empli d'œillets. Je ris, je chante, je ris, je ris. Ta photo a jauni, s'est gonflée, mais tu marches dans le marché d'œillets de Nice. Les œillets rouges. Les toiles, désormais, occupent toute La Tour-de-Gué. J'avais acheté cette maison pour toi. Les neveux font la tête. Gloria n'est qu'un tas d'os. Le notaire aussi a ri quand j'ai racheté notre cocon.

Pourquoi, pourquoi tous ces gens ici qui veulent m'enlever de force?

Je ris. L'ennui, le voilà : je ris, je ne peux plus m'arrêter de rire. Tous ces gens trouvaient naturel de me voir pleurer. Le rire rend suspect. Je suis suspect.

Éléonore, tu n'es que de la poussière mais je te sens, je te sens, je te sens.

LE GROUPE

Nos confitures sont perdues.

Nous ne sommes plus que trois pour empêcher le navire de sombrer : Paul et nous, les deux « Onne ».

André est aux Lilas Bleus pour une semaine.

Gaétan a été poursuivi par un essaim.

Maryvonne devient de plus en plus étrange.

Après sa terrible dispute avec André et devant les hurlements de Maryvonne, Gaétan a dit pour la calmer :

— Bon, je vais nettoyer le rucher.

Mais dans son grand trouble, il avait oublié le casque, et quand il a bougé la première ruche qui était inondée, l'essaim en entier a bourdonné. Pris de panique et de colère, Gaétan a balancé un coup de poing dans la ruche en hurlant :

— Salopes, salopes, salopes!

Toutes les abeilles sont sorties.

Plus de cent.

Gaétan a vociféré : « Non, non! Allez coucher! » en faisant de grands moulinets avec ses bras. Les abeilles se sont excitées et Gaétan a couru de toutes ses forces vers la Roussille, la tête enveloppée par le nuage bourdonnant, le front, les arcades sourcilières, les joues piquées. Il s'est abattu en hurlant dans la cuisine. Nous sommes intervenues (les « Onne ») avec la bombe à gaz. Gaétan s'est jeté la tête la première dans l'évier, il s'est à demi assommé sur les bocaux, puis il est tombé, suffoqué par le gaz : les abeilles ne le lâchaient pas. Nous avons appelé les pompiers qui ont emmené Gaétan presque mourant à l'hôpital. Il a fallu le réanimer pendant deux jours, le vacciner, extraire les dards.

Il est désormais défiguré, couvert de pansements. C'est dans cet état qu'il s'est rendu à l'enterrement de Glaenda parce qu'il savait que Marie-Joëlle y serait. Et Josefa.

Maryvonne a alors sombré dans le délire le plus total et nous avons dû intervenir.

Elle a monté les escaliers plus de cinq cents fois sans s'arrêter.

Elle s'est vautrée dans le contenu immonde de la cave où croupissaient dans l'eau boueuse des déchets de toutes sortes.

Le Dr Simplon nous a envoyé une ambulance et pendant qu'ils l'embarquaient, malgré la piqûre calmante, elle hurlait : « Il y a de l'abus!... »

Nous ne sommes plus que trois-quatre, grâce à l'arrivée de Tosca, chassée de partout, prête à nous aider, « à nous venger », dit-elle.

On lui a prêté un Babygros, car elle est arrivée quasi nue, sans perruque, racontant une histoire à dormir debout où il était question « d'assassinat par l'horrible vieux de la Tour-de-Gué ».

– L'heure de la vengeance va sonner! crie-t-elle, campée sur ses courtes jambes et ses cuissardes retroussées qui la font ressembler à un mousquetaire de foire.

316

Elle est donc logée, nourrie et couchée à la Roussille, moyennant douze heures de ménage par jour.

– J'apporterai à votre Groupe la classe indispensable à son prestige, dit-elle en ramassant les déchets de la cave à pleines mains.

TOSCA

Ils me font confiance. On me fait confiance. On m'appelle Confiance. Je suis la Confiance. Mon arrière-grand-père était gouverneur à Tahiti. On m'a confié la Roussille. Je suis la surintendante. J'ai les clefs de chaque placard. Chaque placard a des doubles clefs. Le Groupe – les trois qui restent – est parti à la clinique pour rendre visite aux chers malades. Je balaie, je balaie, je balaie. Avec mon collier d'ambre au coup, ma jupe fendue, mes bottes en lézard, car j'ai exigé de reprendre une tenue digne de mon rang.

Je dors dans la chambre du haut. Par la lucarne, j'aperçois la digue qui retient le fleuve, le rucher démoli, ma petite voiture-œuf qui a recueilli tant d'égarés. Je me vois bien vivre avec une femme : Maryvonne, par exemple. Je lui tiendrais son bol. Je remplirais les bocaux. Nous échangerions des propos de haute philosophie. Nous serions des châtelaines. J'en ai la classe, je la formerai. Mon grand-oncle était baron chez les Rothschild. Seulement, pour exécuter ce projet, il faudrait chasser les hommes de la Roussille. André, Gaétan et les autres. Au fait, combien sont-ils ? Avec les hommes, on ne sait jamais. Dès ce soir, je vais être seule ici puisqu'ils vont à Paris pour leurs affaires. Ils reviendront vendredi prochain. André sortira des Lilas Bleus. Maryvonne, c'est moins sûr. Le Dr Simplon l'a mise en cure de sommeil. Chère Maryvonne avec qui je vais partager le bol à baver, la vie, les illusions!

Je suis la surintendante. J'en ai la classe.

Mon arrière-cousin était évêque de Carcassonne. Je suis un peu bohème mais de grande famille. Il est vrai que ma mère était femme de ménage aux Lilas Bleus. Il faut bien vivre. On dit que mon père, de noblesse prussienne, la seule qui n'existe pas, vit encore.

Je vais garer ma voiture-œuf sur la pelouse, je crains que l'eau ne l'atteigne. Après tout, je suis la surintendante. Quand les trois « Onne » seront de retour, je rendrai visite au père Steiner pour me venger. Cette folle d'Orlanda s'est mariée, elle aussi. Cela est moins drôle pour moi. Mais le vieux devient fou. Je vais le faire valser. J'ai déjà dérobé un bijou de sa femme. Les chères artistes mariées, piégées, oui. Moi, je ne me fais pas piéger.

J'en ai assez de tout, de tous. Je n'ai pas d'emploi digne de mon rang. Décidément, je vais garer ma voiture-œuf sur la pelouse. Ils diront ce qu'ils diront mais ils ont tellement besoin de moi qu'ils n'oseront pas protester. Ah, ah, ah!...

Voilà, j'ai garé ma voiture-œuf devant la cuisine. Seulement, en roulant en marche arrière, j'ai un peu déplacé leur digue. Allons voir de près les dégâts. Ouïe! J'enfonce jusqu'aux genoux. C'est malodorant et froid. Je tombe, je glisse par-dessus leur sale digue. Dans le fleuve jaune, à l'endroit exact où est tombé Léon Péchon.

JEAN-FRANÇOIS

Le Groupe ne voulait pas d'enfants. Maman ne voulait pas d'enfants. Elle a toujours eu peur de devenir folle. A table, elle piquait de véritables crises si je mangeais une orange avec des carottes. Le mélange des vitamines me détraquerait. Quand je peignais les grandes vagues de fond dans l'atelier, près de la grange, elle avait peur. Elle arrivait toujours vaguement essoufflée, dissimulée derrière ses lunettes à triple foyer :

– Arrête, disait-elle. Arrête, Jean-François, fais tes devoirs.

Si j'écoutais de la musique, c'était pire. Elle se bouchait les oreilles : « Arrête, arrête! » Son angoisse s'est encore accrue quand la Roussille a mobilisé toute leur énergie sous la conduite d'André. Ces espèces d'oncles et de tantes, toujours couverts de plâtre, me répétaient :

– Arrête, ne touche pas aux arbres, aide-nous à fermer les bocaux.

J'ai horreur de la Roussille.

– Ingrat! a hurlé un jour maman, c'est pour te donner une enfance authentique que nous avions fait ce choix.

Je m'en vais; je suis parti. Enfant, je partais déjà sur le chemin de halage, chez Laura.

Je montais tout droit vers la chambre d'Évangéline qui lisait en écoutant de la musique. Je m'asseyais au pied de son lit. Nous ne parlions pas, nous restions ainsi de longs dimanches à regarder la pluie, les fleurs, les statues de Laura; Laura, que l'on entendait tousser, scier, marteler. A quatorze ans, Évangéline a eu une dépression nerveuse : elle ne voulait plus voir personne. J'arrivais en mobylette. Je l'appelais du jardin : « Évangéline! Évangéline! » Elle restait enfermée, en larmes. Muette. Laura, à cette époque, avait perdu ses cheveux et rencontré le mime Korfou. Évangéline criait, se débattait. Elle est entrée aux Lilas Bleus où j'allais la voir. M'asseoir au bout de son lit. Elle gardait les yeux fermés pendant toute la visite. « Je ne suis personne, tu comprends? » disait-elle. On entendait dans le jardin les beuglements d'un désintoxiqué. Et la chanson *Three Blind Mice*. Nous étions tous très malheureux. J'étais obligé de passer mes vacances à la Roussille, de ramasser les pommes avec eux. J'entendais les « Onne » gronder :

– Jean-François, mets les patins... Jean-François, ramasse les épluchures... Ne les jette pas dans la poubelle écologique...

D'autres enfants, ceux des « Onne », dont je me souviens mal, s'ennuyaient aussi à la Roussille. Ils ont fui dès qu'ils l'ont pu. Nous avons été très tristes dans cet endroit choisi soi-disant pour nous créer des souvenirs proches de la Nature : « une enfance », disait maman.

Personne ne nous parlait.

O cette odeur abhorrée du plâtre et du ciment!... Ces chambres jamais finies, ces relents de mastic, de peinture!... La Roussille est un fiasco. Maman va rester longtemps aux Lilas Bleus, a dit le Dr Simplon.

Le Groupe est allé la voir. Même papa, la tête encore bandée. Le Groupe a chuchoté tout un après-midi dans la chambre de maman qui dort sous perfusion : « Arrêt longue maladie... André reprendra la responsabilité du Groupe... Gaétan accepte de revenir avec nous... Les enfants sont majeurs... Nous ne sommes pas tenus de les recevoir... »

Au fond de la chambre, j'entendais. Je voyais Gaétan, mon père, pitoyable dans son petit blouson de cuir, gauche, entièrement possédé par le Groupe, surtout depuis que Le Palier l'a licencié après l'histoire du manuscrit de Léon Péchon.

Je ne veux plus revoir mon père. Antoine, dans sa préface, ne cite pas Gaétan mais il réhabilite le livre. La femme-homme a raconté l'histoire à la presse qui l'a diffusée sous forme d'accusation. Mon père est grillé. Andrexy lui a proposé un emploi dans ses magasins et le Groupe le recueille comme un parent pauvre. Gaétan baisse la tête. Marie-Joëlle a téléphoné une fois mais le Groupe le menace de l'expulser définitivement s'il la reçoit encore « chez eux ».

Gaétan mon père a tout perdu pour une série de petites lâchetés.

Maman me fait pitié. Elle est devenue folle. Les infirmières sont obligées de mettre une alèse à cause de sa salivation monstrueuse.

Indifférente à tout, elle n'a même pas prêté attention à la mort de Tosca.

Seule, une botte de Tosca a été retrouvée.

Mais un mois plus tard, le cadavre était à l'Institut médico-légal. Nous avons reconnu le collier d'ambre qui enserrait le cou démesuré. Évidemment, il y a eu une enquête à la Roussille. Nous avons tous été interrogés. Maman semble avoir oublié qui était Tosca. Elle répète : « On a écrasé les bocaux. Il y a de l'abus. »

Le groupe veille. Maryvonne représente une part de capital, les « Onne » la surveilleront quand elle sera sortie de clinique.

– On ne divorce pas d'avec une folle, a dit sèchement le notaire quand Gaétan, dans un sursaut, lui a téléphoné à ce sujet.

Ils sont donc tous empêtrés les uns dans les autres, comme ces toiles qui se reforment sans cesse au plafond du grenier.

Petit-Louis, mon copain de l'Institut médico-légal, m'a drôlement aidé. Il s'en va à cause d'Évangéline. Je voyais bien qu'il l'aimait. Il s'en va. Aucun espoir auprès d'Évangéline. Il m'a laissé sa place et sa chambre, à Paris. Au début du printemps, quand l'eau montait et qu'Évangéline allait mal, j'étais allé voir Petit-Louis. Nous assistions aux mêmes cours. J'avais besoin d'un emploi. Très vite.

– Demande à Petit-Louis, avait murmuré Évangéline, recroquevillée sur son lit.

Je suis descendu au sous-sol des Frigidaires. Petit-Louis fumait, assis sur un tabouret blanc, devant la mosaïque glaciale de la table à découper. L'odeur de formol me suffoquait. Petit-Louis avait l'air minuscule, les mains croisées entre ses genoux ouverts.

– Je vais vivre à Montpellier, dit-il sans me regarder. J'ai trouvé du travail là-bas. Je me suis inscrit pour octobre à la fac. Si tu veux prendre ma place pour l'été... Ça ne chôme jamais ici. Je pars la semaine prochaine. Il leur faut un remplaçant.

Il écrasa sa cigarette dans un demi-crâne humain.

Il fumait. Aucun bruit dans ce sous-sol éclairé au néon.

– C'est un boulot infect, dit-il. Seulement, tu auras le Smig et du temps devant toi pour tes cours.

Petit-Louis glissa sur sa jambe trop courte et grimaça. Son pied difforme le faisait souffrir.

Tout le faisait souffrir.

Il posa sa tête dans ses mains. Sa cigarette se consumait toute seule, dans le crâne vide d'où s'exhalait une vague odeur de bois brûlé.

– Si tu veux ma chambre, rue Cujas. Évidemment, les w.-c. sur le palier... Mais tu seras libre.

– Je veux être libre.

Il se leva, alla vers le vasistas opaque, s'appuya un moment au carreau grumeleux.

Il frappa sur son pied-bot :

– Il n'y a que ça de stable, conclut-il.

ÉVANGÉLINE

Petit-Louis s'en va. Petit-Louis est parti. Est-ce après sa désastreuse visite que Petit-Louis a décidé de partir ? Jean-François, qui le remplace à l'Institut, ne dit rien à ce sujet.

Petit-Louis était monté directement dans ma chambre. Je grelottais de fièvre. Ma respiration se bloquait. Vais-je mourir ? Laura, parle-moi. J'ai vu au cou de Tosca ton collier. Laura, je t'aime. Maman, pauvre maman. La mère de Jean-François est en train de devenir folle; pas toi, Laura. Je ne le veux pas. Parle-moi. Parle-moi.

Je devais délirer pas mal quand Petit-Louis est entré. Derrière le carreau, j'entendais battre la pluie, monter la Marne. J'entendais : clop, clop dans l'escalier; était-ce la fièvre, le martèlement de cette jambe de bois dans mon crâne ? Petit-Louis ou la pitié... Maryvonne ou la pitié. Chasser la pitié. Josefa, coincée pendant plus de dix ans par pitié avec Glaïeul. Poids brûlant sur ma poitrine. J'ai soif. Laura a monté une orangeade. Elle est tiède, je voudrais de l'eau glacée. Mal à la gorge. Pourtant, quelque chose rafraîchit la peau de mes mains : un bouquet de violettes, de roses, de lilas, délicieux de fraîcheur soudaine. Mais au-dessus des fleurs, le visage contracté, boutonneux, de Petit-Louis... Il a mis un costume à carreaux, pauvre Petit-Louis; seule la fièvre peut engendrer de telles visions : Petit-Louis, en costume à carreaux, porteur d'un bouquet. Une quinte de toux m'agite. Mes mots sifflent. Aurai-je un jour du remords d'avoir frappé l'innocent simplement parce qu'il est laid, malingre, difforme et que je cherche éperdument le bel homme dont je suis issue ?

– Va-t'en, va-t'en, je n'aime pas te voir. Tu es laid et triste. Je suis laide et triste.

Je criais n'importe quoi, des larmes plein les yeux, la gorge desséchée, les jambes faibles, près de m'évanouir. Pourquoi Laura l'a-t-elle laissé monter ?

J'ai dû tomber de faiblesse. Lorsque j'ai ouvert à nouveau les yeux, j'ai vu Laura penchée sur moi, avec un flacon d'eau de Cologne.

– Il est parti, a-t-elle dit. Il a même ajouté que tu ne le reverrais plus.

Le petit bouquet radieux avait roulé sous le lit.

– L'eau monte encore, a dit Laura. Dès que tu iras mieux, nous déménagerons à Paris.

– Maman, ai-je dit, coupe-moi les cheveux, fais-moi un shampooing.

Alors, Laura s'est assise au pied du lit et, tranquillement, s'est mise à pleurer.

– Lave-moi les cheveux, maman.

– Tu as trop de fièvre, mon petit.

– Refais-moi la coiffure du page. Celle qui plaît à Jean-François.

J'étais debout, faible, faible, mais déterminée. J'allai chercher les ciseaux, le peigne, la brosse puis je l'entraînai vers la salle de bains et je défis ma natte.

– Maman, dis-je, les yeux fermés sous la mousse parfumée, Tosca t'a volé le collier d'ambre... Je te défendrai, maman.

– Je le sais, dit Laura, la voix de Laura. C'est une trahison. J'en suis restée paralysée, muette.

– Quand tu es tombée enceinte de moi, tu es restée aussi paralysée, muette, horrifiée ?

– Tais-toi. Je t'ai voulue. J'étais si mal dans ma peau, à l'époque.

Séchoir électrique. Je ferme toujours les yeux. Crissement du peigne, des ciseaux, de la brosse. Les galas de Laura. Les expositions de Laura. Laura en pantalons de velours noir. Le blazer rouge, une rose à la boutonnière. Enfant, je l'accompagnais partout. Les mobiles dans la galerie me faisaient peur. Je les avais vu naître à la maison, sous le toit familial.

– Comment s'appelle mon père ? Pour faire un enfant, il faut un père.

Laura a répondu. J'avais toujours les yeux fermés quand Laura a répondu. Sous mes paupières lourdes, brûlantes, ont défilé les fontaines d'Italie, des ruelles rouges, pavées à l'ancienne, de longues tables sous le ciel bleu, des églises baroques, des tuiles roses. Le nom a sonné à mes oreilles.

Je vais pouvoir approcher Jean-François.

– J'ai envie de sculpter des fleurs, dit ma mère. Le mobile Évangéline est en train de naître, je le sens. Une grappe éclairée de tous les feux : ton visage. L'expression de ton visage. Le mobile Évangéline. Regarde-moi.

Oui, le page d'avant le déluge et les moissons mauvaises. Ma dépression inspirait à Laura ma mère Arégor et ses fils. Des monstres. Des araignes.

Le mobile Évangéline, engendré par Laura et un homme du nom de Manuello. Oui, c'est moi, c'est bien moi : j'avais perdu mon image.

— Tu as une tête de petite vieille, disait souvent Tosca quand elle venait à Paris me voir. Je vais te prêter une perruque. Et des bas résille, ce sera plus gai.

— Allons vivre à Paris, dit Laura. Quittons Sancy-sur-Marne. Le mobile Évangéline naîtra loin d'ici.

MILAN

Plus j'ai du chagrin, plus j'ai l'air raide. Un épouvantail. Quand les camions ont écrasé le jeune homme après l'avoir fusillé, j'ai marché, très raide, dans la plaine. Les balles sifflaient. Je n'ai été ni touché ni blessé. J'allais trop droit, trop raide. Un spectre. J'avais fait peur à la guerre même.

Je suis intact à l'intérieur. Mes colères, mon amour pour Léontine, mes idées, mes indignations, rien n'a changé.

Je marche tout raide vers les Lilas Bleus, la maison des fous.

Je longe l'allée aux lilas mauves, aux bancs peints en vert. Léontine ne sait rien, officiellement, de la mort de Glaenda. Mais elle a eu une grave rechute et les piqûres se sont révélées impuissantes. Elle ne chantait plus *Three Blind Mice* mais s'était mise à rire. Puis la torpeur a suivi la crise de rire. Devant la chambre de Léontine, j'hésite. C'est l'heure de la visite du Dr Simplon. L'heure de la camisole chimique.

Je n'ai pas envie de pousser la porte. J'entends gémir, rire, pleurer. Quelques notes de *Three Blind Mice* s'élèvent.

A l'heure qu'il est, Glaenda, mon fils, bleuit dans le

satin déjà pourri. Tout va disparaître, même la musique.

Qui a dit que la musique est éternelle? Il n'y a rien d'éternel. La vérité? Mais où est la vérité? Au ciel, peut-être? Mais le ciel n'existe pas. Blanc, mauve, bleu, identique à ces lilas jaunis sous les pluies.

Three blind mice...

— Vieille! Sale vieille! Ventre stérile! Mort de l'amour! Les enfants sont morts, vieille, tu entends? Le tien, celui que je n'ai jamais eu. Tu entends?

J'ai éclaté en sanglots.

M. STEINER

Je monte. Je descends. Je monte. Je descends. Il pleut. Il vente. Je pleure. Je ris. Je monte. Je descends.

Où est ma maison?

Où est Éléonore?

Pourquoi ces vilains pompiers m'ont-ils enlevé de force alors que je faisais cuire mes œufs, de l'eau jusqu'à la taille?

Qu'est-ce que je fais là, dans ce lit tout blanc, au fond d'un parc, à côté d'une chambre où une femme chante jour et nuit *Three Blind Mice*?

Je monte. Je descends.

Pourquoi un vieil homme pleure-t-il devant la chambre de la dame qui chante?

On m'a dit:

– Reposez-vous. Votre famille viendra demain. Il faut dormir.

– Où est Éléonore?

Mais on m'a piqué. Je dors, oui, je dors avec des bouts de toile d'araignée sous les ongles.

GLAÏEUL

Comment intervenir? J'existe si peu, mon image est évanescente. Il paraît que j'ai fait beaucoup de mal autour de moi. Je ne comprend pas. Ma famille (des grands bourgeois du Nord), ma femme (la romancière Josefa Lacolère) l'ont dit. Mais quel mal?

Les amis de Lacolère – elle tenait beaucoup plus à son nom qu'au mien –, ses amis, donc, homosexuels, m'ont surnommé Glaïeul. J'ai fini par accepter cette image absurde. Ma vie est absurde. J'ai été choisi, épousé, rejeté, renié, repris, haï, fait père sans qu'intervienne jamais ma volonté. On me dit beau. On me dit veule. Glaïeul : image d'une fleur mortuaire, banale, ordinaire. Une fleur répandue dans tous les cimetières; dans tous les salons, sans odeur, prenant de la place, pourrissant vite.

Ma famille? Je l'ai oubliée. Ils détestaient Josefa. « Heureusement, elle ne signe pas ces livres de notre nom », avait dit ma mère, ou ma tante. Je ne sais plus. J'ai oublié. Oublié que je suis épileptique. Seul, Edmond était compatissant quand les crises me terrassaient. « Mon Loulou, disait-il, mon pauvre Loulou », tandis que Gérard brodait au salon.

Surveillé : on me surveille. Ma femme me surveille.

Ma famille me surveille. Edmond m'épie. Je vais fuir, me cacher. Pour cela, il faut de l'argent. Je ne sais plus où est l'argent : le chéquier. Le grand sac à main de celle qui m'a épousé, puis a divorcé de moi. Sans mon consentement. Dans les deux cas, sans mon consentement. Elle disait :

— Tu as de beaux coudes; je suis fascinée par tes coudes. Je t'aime pour des raisons absurdes.

Je sors par la fenêtre. Je ne veux pas que l'on me voie partir, je vais chez les femmes. Les femmes ouvrent, sinon leur bourse, du moins leur porte. Elles veulent baiser. Elles iraient jusqu'à donner leur plan épargne-logement pour avoir une queue à domicile.

Je pars de longs mois, puis je reviens. Aux Glycines. Après tout, je suis chez moi. J'ai un fils, oui, un fils. J'ai mis plus de huit jours avant de le déclarer à la mairie. « Tu exagères », grondait Edmond. Pourquoi alors m'empêcher de le voir ? Il me ressemble. Il m'aime; il est mon Double.

Depuis que ma femme a profité de mon absence pour se remarier, je suis tout seul, mort, mourant aux Lilas Bleus. Le cerveau ralenti, le corps secoué par les crises. Où sont Edmond et Gérard ? Et Tosca ? Elle était gentille, Tosca. Elle courait nue, à quatre pattes dès que je lui ordonnais d'un claquement des mains. Où sont ceux qui tissaient la toile, le confort de ma continuelle agonie ?

Je ne suis pas tout à fait un clochard puisque ma famille vient voir le Dr Simplon dans une grosse limousine et payer mon séjour dans cet endroit quasi luxueux.

Je veux fuir.

Il ne faut pas m'enfermer. On m'a déjà retrouvé à la frontière belge où j'étais arrivé à pied. Malgré les calmants.

– Umberto! Umberto!

Je crie, je crie le nom de mon fils. Je me coucherai devant la porte où il dort, dans les rues où il passera, devant la portails des écoles et des lycées.

Il me regardera, il me regardera, me reconnaîtra, verra son Double.

Je retrouverai alors ma propre image et nous fuirons ensemble.

M. STEINER

Que de personnes inconvenantes parmi les malades!
Cet homme jeune et grand par exemple, qui s'évertue à
séduire les infirmières, les femmes de ménage, la
standardiste et même la vieille de cent deux ans qui
radote dans un fauteuil percé...

Cet homme grand et jeune, il me semble l'avoir déjà
aperçu aux Glycines. Il est mince, souple, quoique
raide de démarche. Il surgit derrière les haies, sourire
aux lèvres, de façon tellement feutrée et inattendue
qu'il ferait trembler les plus courageux.

Habillé de blanc, les mains parfaites, on se demande
ce qu'il fait aux Lilas Bleus. Sauf, bien entendu, quand
on le retrouve raide, de l'écume à la bouche, derrière
les haies où il guette les femmes.

Une importante limousine immatriculée dans le
Nord vient de temps à autre se garer dans le parc.
Des femmes et des hommes vêtus en corbeaux en
descendent.

Quand il aperçoit la limousine, l'homme jeune court
se cacher dans les fourrés. Derrière les lilas. Les
infirmières usent de leur charme pour le ramener dans
le petit salon ouvert exprès pour sa famille.

Après la visite, il erre dans le jardin, puis se roule sur

le gravier, écume à la bouche, ses vêtements blancs maculés de terre. Il pleure. Il crispe ses poings. Je l'avais déjà surpris ainsi devant les Glycines dont la porte était fermée à clef.

Sommes-nous tous deux fous aux Lilas Bleus?

Éléonore me poursuit jour et nuit. On m'a arraché de force à mon cocon. Ma chère maison pleine d'eau et de larmes.

Ai-je tué Éléonore? Tout ce laudanum d'un seul coup. C'était beaucoup. Oui, beaucoup. Mais ces souffrances, n'était-ce pas trop? Le laudanum... Les gémissements. L'eau... Je lui ai donné tout ce laudanum, un soir où l'eau avait déjà atteint l'escalier des chambres.

Il a fallu passer le cercueil par la fenêtre, côté jardin, sur le bateau-passerelle où Tosca s'accrochait. Sale bête, sale bête, sale bête...

La cloche sonne. Le goûter. Tout le monde m'écœure. Je n'ai ni faim ni soif. Qu'on me rende ma maison. Mon cercueil dans l'eau. A cause de leurs cachets, je n'ai plus une seule larme. Une seule goutte d'eau. Je vais mourir de sécheresse. Et pis : je ne ris plus.

EDMOND

Voilà un an qu'ils sont tous partis. Tosca est morte. Même Tosca. Je l'ai pleurée. Mon passé s'écroulait. Lacolère, l'abominable femme, a eu un enfant, une femelle, je crois. Toutes les maisons de Sancy-sur-Marne ont été vendues : nos chères Glycines en premier. Je n'ai plus de passé. Au secours! Tintin, mon Tintin vit chez cette immondice de Korfou depuis l'été dernier. Je me souviendrai toujours de l'appartement vide. Je revenais d'un congé d'antiquaires, au Touquet. J'ai d'abord trouvé bizarre que Tintin ne soit pas à la gare. J'ai téléphoné à la Capsule. La voix de Tintin était neutre.

Tintin est parti. Parti : quand j'ai ouvert la porte de l'appartement, je l'ai tout de suite compris. Excepté mon lit, ma bergère, mes soldats de plomb, la gueuse avait tout pris. Même mes crèmes à raser. Le cher ménate avait sa dose de millet pour survivre et m'appelait toutes les secondes : « Beau-Pitout! Beau-Pitout! Edmond! Vive Napoléon! »

J'ai posé Marie-Astrid et téléphoné partout. Seule, Tosca, qui balayait l'atelier de Laura, a répondu :

– Gérard est chez Korfou. Nous sommes trahis.

Je pleurais. Je hoquetais.

Ils sont partis. Tous partis. Le lendemain, un lundi, je suis allé à la Capsule. J'ai erré devant les grandes vitrines où sont exposées des photos géantes de coiffures banchées. En face de la Capsule, dans un café, j'ai avalé trois scotchs. Je fume, je tousse. Je serre Marie-Astrid contre moi.

Je fonce au théâtre de Korfou. Jour de fermeture. Je hurle : « Assassins, voleurs! » Je reviens à pied vers l'appartement de Korfou. Je grimpe sans allumer la minuterie. Il fait noir. Il fait moite. Je sonne, je cogne à la porte. Je hurle : « Beau-Pitou! » J'entends miauler derrière la porte : la gueuse de Tintin a emporté le chat. Je gémis : « Paulin, Paulin », comme Glaïeul quand il pense à Umberto.

Je suis retourné à l'appartement. J'étais dans l'escalier quand la minuterie a fonctionné. J'ai entendu leurs pas. Tintin et Korfou dans l'appartement. Dans la chambre exactement. Ils tiraient la commode vers le palier. Tintin a son cuir. Sa tête rasée avec une crête colorée en blond méché de rouge. La chaîne où pendait la montre de Lacolère (nous l'avions prise pour la protéger, pour la donner plus tard à Umberto), la chaîne est brisée. Korfou a des bleus plein la figure. Je crie : « Vous n'aurez pas la commode! » Je gesticule, je les pousse, le ménate se renverse. « Napoléon, Napoléon! » Il a peur, bat des ailes. Je n'ai plus aucune fierté. Ils ont descendu l'escalier. Alors, je me penche sur la rampe et je sanglote : « Tintin, Tintin... »

GLAÏEUL

Je ne suis pas si malheureux qu'on pourrait le croire, le lithium m'aide à survivre. Je vois la vie à travers une paroi translucide, comme Korfou dans sa Cage.

Mille idées étranges me traversaient l'esprit pendant le numéro de l'araigne : enfermer Josefa dans la Cage en bouchant toutes les aérations, la baiser, la baiser, et l'abandonner, nue, bleue, étouffée, morte, vidée de mots, fusil enfin inutile et sans munitions. Que de gens se marient alors qu'en fait, ils se haïssent profondément! Seul point où Ludovica Mouny me donnait raison. Dans la Cage de Korfou, je suis à l'abri de tout. Surtout du bonheur, qui exige bien trop de courage dès le lever du jour. Seul Umberto m'obsède. Est-ce l'amour?

Edmond monte me voir régulièrement aux Lilas Bleus.

– Comment vas-tu, mon Loulou?

Vivre avec Edmond? Devenir homosexuel? Mais pour les hommes, c'est un phénomène si naturel qu'il n'y a vraiment pas de quoi en faire une histoire. Et puis, où aller après les Lilas Bleus? Sur les routes, encore une fois, vers les gîtes des femmes que j'exècre?

Edmond, pourquoi pas... D'autant plus qu'il a gardé la commode de Josefa. Notre commode.

Il nous restera au moins ça : notre commode.

JEAN-FRANÇOIS

J'aime bien ma petite chambre à Paris. Si près de celle d'Évangéline. La chance nous favoriserait-elle? J'ai mis un matelas par terre, avec un grand tissu oriental en guise de couvre-lit et certains de mes dessins sur les murs. Josefa m'a offert un pavé lumineux en forme de berlingot; Laura une chaise de bureau en acier chromé. Antoine est venu clouer mes étagères. Je suis entouré d'amis depuis que Gaétan, mon père, s'est effondré quand, bafoué par la critique, il s'est retrouvé magasinier chez Andrexy.

Antoine et Josefa partent en septembre pour Florence. Leur bébé, Octavie est née.

Même le mobile Évangéline est quasi achevé.

— Cette grappe m'évoque un soleil éclatant, un soleil trop longtemps resté dans l'ombre, a dit le vieux Milan.

Laura, ce mobile est un chef-d'œuvre. De l'eau, de l'air. Enfin, on respire. Laura n'a plus d'asthme. Et Milan lui baise les mains :

— On apprend à désaimer. Glaenda. Léontine. Je me délivre de cette inextricable possession? Laura, chère Laura!

Le vieux Milan aime Laura. Laura adore le recevoir à Montparnasse, dans l'atelier.

– Je suis vieux, Laura. Droit, raide, encoléré et vieux.

–Oui, dit Laura, mais tes visites me rendent heureuse.

Le vieux Milan aime Laura. Laura aime le vieux Milan. Étrangement, ils ont décidé que leurs rapports resteraient chastes.

– Le corps compte si peu, dit Laura.

Le vieux Milan acquiesce gravement.

– Laura, chère Laura.

Laura caresse désormais la tête coiffée en page de celle que j'aime : Évangéline. Évangéline, qui, par un curieux revirement mental, a complètement oublié le nom de son père.

Elle vient souvent dans ma petite chambre. On dîne de rollmops. On écoute du jazz. Nos mains se cherchent. Nous avons peur. Jamais nous n'avons fait l'amour. Nous sommes hantés l'un par l'autre et rapprochons délicatement nos bouches. Nous nous donnons le meilleur de nous-mêmes. Je dessine le visage d'Évangéline entouré d'une grande vague furibonde, avec au-dessus le dard glorieux de la lumière.

ORLANDA
(ROME)

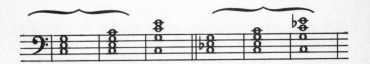

Désormais, je feuillette souvent ce petit opuscule, *Elementi ti Armonia* composé par Luigi, mon grand-père. Au début de ma vie, à Rome, je n'avais aucun équilibre émotionnel.

Je suis redevenue italienne très vite. Luigi, l'auteur du petit opuscule, est mort pauvre. A Rome, derrière la via Cavour, dans un immeuble toujours debout. Le jour de mon mariage, Campo dei fiori, une jeune fille jouait du violon avec une petite corbeille en osier à ses pieds. Alors, j'ai couru vers cette jeune fille pauvre – la musique est une très belle jeune fille pauvre – et j'ai songé à Luigi composant le petit opuscule dans sa quasi-misère, et j'ai glissé un très gros billet dans la corbeille.

La jeune fille a souri. Quelque chose en moi se déchirait? Vivaldi? La beauté des fleurs? Les baisers de Manuello? Le ciel de Rome? La certitude que j'attends un enfant?

343

Le bonheur m'habite, bête chaude, ineffable. J'ai repris la musique et je découvre la peinture. La mort de Glaenda traîne dans ma mémoire comme une nuée basse, menaçante. Pourquoi la mort?

Luigi inventait tout le temps. Passion de l'orgue et du piano. Il voulait que la musique fût aussi un mobile, la beauté touchant chaque sens. Même l'odorat.

– Il y a des musiques inodores.

Les fleurs de Rome. Les pierres. La poussière. Les fontaines.

– Modère tes émotions, mon amour, a dit Manuello quand j'ai fait tomber le gros billet dans la petite corbeille en osier. Modère tes émotions et tu vivras encore plus intensément. Tu seras encore plus forte.

La jeune fille a attaqué le second mouvement. Corelli. Très loin, dans le ciel de Rome, monte une musique qui rejoint au fond de moi le flux multicolore de ma mort toujours possible, dans mon éternité toujours possible.

Glaenda est parti sans avoir jamais compris qui il était lui-même. Il se vivait à côté de la musique. A côté de tout, de tous. Sa mort a été sa dernière profanation. Disparu, disparu de ma mémoire amoureuse, lui qui tourmentait mes nuits, lui le fantôme que j'allais épouser. Lui que j'aimais...

Manuello n'est qu'ardeur, passion, curiosité totale du monde. Il n'y avait personne à notre mariage, excepté Antoine, Josefa et le petit Umberto. Ils revenaient de voyage de noces. Ils vont avoir un enfant.

Nous sommes allés à Tivoli. Je n'avais pas enlevé la couronne de petites fleurs blanches et bleues tressée dans mes cheveux. L'eau de la villa d'Este jaillissait en cabochons multicolores et j'ai immédiatement songé aux sculptures de Laura. J'ai su qu'elle avait jeté Arégor et commencé le mobile floral.

Notre appartement me plaît beaucoup. Le balcon est couvert de fleurs, de plantes, de basilic. Mon piano occupe la moitié du living où dès le matin, le soleil entre à flots. Notre chambre ouvre sur le Campo dei Fiori. Dans quelques mois, notre enfant y dormira.

Manuello mange mes épaules, mes mains. Je voudrais une fille, une fille de Manuello. Son regard gris, bleu, son regard d'aigue-marine. Une fille dont je baiserai les joues, les mains, le corps.

Le café ici, est merveilleux, comme les tomates, les poivrons, l'huile douce, les pâtes... Je reparle couramment l'italien. A l'heure du déjeuner, je retrouve Manuello, Piazza Navone. J'ai dans la bouche le goût de basilic. Tous les après-midi, je travaille Satie. Je voudrais enregistrer Satie. Mon agent déplore ce qu'il appelle mon exil :

– Les absents ont toujours tort, Orlanda. Reviens à Paris.

Je m'obstine. J'enregistrerai *Gnossiennes* à Rome.

Puis je continuerai l'œuvre de Luigi : donner des cours d'harmonie, travailler sur son projet à deux claviers.

– Je t'aime, dit Manuello. Toi, la musique, notre musique...

Je m'endors dans ses bras. A l'exacte mesure de ses bras. Ses paumes sur mes seins. L'été prochain, nous irons au Caire. Puis au-delà du Caire.

– Je t'aime, murmure encore Manuello.

Il faudra que je lui montre la lettre de Laura. Il ne sait encore rien de mes amis d'avant. Laura aura fini son mobile d'ici à quatre mois. Elle veut l'exposer à Rome.

Nous verrons le mobile Évangéline au moment où notre enfant naîtra.

Cet ouvrage a été réalisé sur
Système Cameron
par la SOCIÉTÉ NOUVELLE FIRMIN-DIDOT
Mesnil-sur-l'Estrée
pour le compte des Éditions Flammarion
le 8 septembre 1987